六神磊磊读唐诗

王晓磊 著

北 京 出 版 集 团
北京十月文艺出版社

新经典文化股份有限公司
www.readinglife.com
出　品

目　录

序

之前从来没有想到过，在今天这个互联网时代写唐诗、杜甫会有人看。我以为大家爱转的都是仓央嘉措、纳兰容若之类。

记得还是三年前，在写读金庸的专栏时，忽然异想天开想给读者换个口味，写了一点儿关于唐诗的故事，没指望有太多人看。写完已经是深夜，随手发掉就睡了。

第二天起来，发现稿子在网上已经转得到处都是。只不过大多数都没有了我的名字而已。

后来，自己关于唐诗的文章越来越多，就产生了认真写一本书的打算，并且不走心地对编辑说，半年就交稿。

然后就是一年、两年……有一首老歌的歌词，叫作"不负责任的誓言，年少轻狂的我，在黑暗中迷失才发现自己的脆弱"，说的就是这个意思。那些日子里，我推掉了各种活动，放弃了很多休假，埋头在这本书里，稿子却迟迟完不成。

直到第三个年头，意识到这事不能再无止境地拖下去了，人家曹寅编《全唐诗》也才一年呢。这才强迫自己结束全书，完成了最后一篇文章，画上最后一个句号。连书名也无力再斟酌了，决定就叫《六神磊磊读唐诗》。

现在，回头看看过去写作的这两年多，越来越感觉到这是开心的、充实的两年。

因为搬家，我的书房里堆满了杂物，没有办法写作，经常要背着一书包的材料到外面去写。多数时候是坐在咖啡厅里，耳机里放着现代的"动次打次"的音乐，却读着古人的"噫吁嚱""之乎者也"的文字和材料，真有一种恍如隔世的感觉。

那些日子里，自己每天的心情也都随着文字在起起落落。当写到杜甫最后的日子里，老朋友们一个个离世，他感叹"郑公粉绘随长夜，曹霸丹青已白头"的时候，忍不住湿润了眼眶；当写到韩愈为李贺鸣不平，大声疾呼：父亲叫"晋肃"，儿子就得避讳不能考进士，那父亲如果叫"仁"，儿子是否就不能做人了，此时又忍不住感动。

写这本书，还唤起了以前的不少回忆。

小时候，我很长时间里的最爱，都是小城街头吵闹的游戏厅，并没有特别喜欢唐诗。到了初中，才得到了第一本正儿八经的唐诗集。

记得在杜甫的名下，劈头就是三首《羌村》，第一眼就特别不喜欢。什么"柴门鸟雀噪""群鸡正乱叫"，一股子泥土味，除了让人想起过年到乡下亲戚家吃饭，那种腊肉堆满海碗、屋外鸡鹅乱叫的情景外，看不出一点儿好。

我于是本能地就不喜欢杜甫，第一眼就喜欢钱起：

潇湘何事等闲回？水碧沙明两岸苔。
二十五弦弹夜月，不胜清怨却飞来。

这才是最美的诗啊，那时我坚定地觉得。

唐诗，在那时我的心目中，是由两个阵营的人组成的，或者说是"土洋二元世界"。这两拨人气质迥异，泾渭分明，一拨是靓丽、清新、洋气、白衣飘飘的人，比如李白、杜牧、钱起、许浑，我如果见到，需要向他们拱手；另一拨是沉闷、费解、无聊、灰头土脸的人，比如杜甫、元结、孟郊、张籍，他们弱爆了，连一句"长笛一声人倚楼"都写不出来。

后来，唐诗接触得略多了，年纪也慢慢增长了，自己心目中唐诗的样子不知不觉变了。

原先印象里老朽的人渐渐年轻丰润起来，一些枯燥的人渐渐有趣起来，一些严肃的人渐渐诙谐起来。小时候那么嫌弃的《羌村》，居然成了最喜欢的诗之一。

今天的人说起唐诗，经常有两个极端：一个是顶礼膜拜，上纲上线，不学不是中国人；另一个是觉得枯燥无聊，又不切实用，心里给唐诗发张好人卡，宁愿去找成功学和鸡汤约会。

其实，我从来不觉得有任何一种人文学问，是什么"非学不可"的。吓唬谁呢。只不过是错过它们的遗憾程度不同而已。

而唐诗，乃是一种错过它的遗憾指数极高的东西。这么美的风景，你明明懂汉语却没能领略，那不是很遗憾吗？

其实，只要你认识常用汉字，懂得二十一世纪的汉语，你就是唐诗的有缘人，你和唐诗的距离，真是只隔一道矮矮的墙而已。

我给自己的定位，就是一个翻墙的人，帮你翻过唐诗那道墙，去折出几枝带露的花来，拿给你看。喜欢的话，你就可以自己去找正门参观。

看这本书会很轻松，以前对唐诗没什么了解也没关系，分不清元稹和元结也没关系，手边上不用放一本诗词格律学，也不用存一部《全唐诗》备着。

只要一路上保持好奇心，敞开心怀，保证前方会有无数好看的风景。

今天能读到唐诗，你知有多幸运吗

一

距离今天大约四百年前，大明朝天启年间，魏忠贤公公正权势熏天的时候。

在浙江海盐县，有一位老人默默脱下了官袍，整齐叠好。这是一件绣着精致白鹇鸟的青袍，代表着他是五品官员。

外面有人喊："胡大人，您怎么还不出来？我们等着接您去德州上任呢。"

"上任？"老先生淡淡一笑，自言自语，"再见了，官场！对于你，我早已厌倦。[1] 我要回到家乡，用剩余的岁月，去完成一件更重要的事——

"编一部最全的唐诗集，不要再有遗漏，不要再有散佚，让后世子孙都能读到它！"

让我们记住这位老先生的名字——胡震亨。

现在人可能很难理解，不就是编本唐诗的集子，很难吗？用得着这么发狠吗？事实是，在那个年代，真的好难。那时可没有这么多出版社、印刷厂、图书馆，没有这么多搜索引擎。你要查找一首诗，就要翻无数的书，说不定还要跋涉千山万水去抄，也不一定能抄到。

如果老胡偷懒，不编这本唐诗集，会怎么样？答案是：后果很严重。

那时候，唐诗正以今天物种灭绝般的速度在失传。据胡震亨估算，到他所处的年代，唐诗已经至少失传了一半。

你也许以为：诗怎么会失传呢？只要诗人够棒，写得够好，就会口口相传留下来。

愿望很美好，但要真是这样就好了。

先问一个好像不太严谨的问题：在所有唐诗里，最牛的是哪一首？可能有不少人会回答：《春江花月夜》。所谓"孤篇压全唐"嘛。那么它的作者是谁？不少读者也能答上：张若虚。

这位张先生写出了这么牛的作品，一定是个大名人了？没错，他当时就被人尊称为"吴中四士"之一。要是拿武侠小说打比方，张先生的江湖地位就算不如明教"四大护教法王"，也差不多够"五散人"的级别了。

然而，这么了不起的一位先生，到今天留下来了多少诗呢？一百首？八十首？答案令人震惊——只有两首。

由于一个很偶然的机会，宋代人在编一本乐府诗集时，收录了张若虚的这首诗，[2] 让它得以流传下来。不然，我们压根不会知道这首诗。

此外，唐代的五言绝句里哪一首最牛？有很多人会脱口而出：《登鹳雀楼》，就是每个人小时候都背过的"白日依山尽，黄河入海流"。一般认为，它的作者是王之涣。

这个大诗人有多少诗留了下来？答案触目惊心，只有六首。

一千多年里，也不知道有多少"白日依山尽""海上明月共潮生"湮灭失传。

二

王之涣、张若虚同学的遭遇，并不是偶然的。

李白有多少诗留了下来？最惨的说法是：大概十分之一。[3] 这个伟大的天才写了一辈子诗，总数估计有五千到一万首，也许十之八九我们永远见不到了。

李白去世前整理了毕生稿件，郑重托付给了族叔李阳冰，请他为自己编集子，[4] 以便流传后世。李阳冰没有辜负他的期望，用心整理出了《草堂集》十卷，然后……失传了。

再说杜甫。这个同样伟大的诗人，四十岁之前的诗几乎全部失传，[5] 而他活了多少岁呢？只有五十八岁。从这个意义上说，可谓大半辈子的诗白写了。

同时期的另一个大腕儿王维也没有好到哪里去，开元年间他写了成百上千首诗，最后十成里留不到一成。[6]

还有"初唐四杰"里坐第一把交椅的王勃，没错，就是写出"落霞与孤鹜齐飞"的那个。他的集子艰难地流传了几百年，终于在明代彻底湮灭。直到明朝都快亡了，人们才从别的图书里找出一些他的诗文，甚至要跑到日本去找一点抄本残卷，攒成集子，让我们感受王勃的风采。

这就好比《金庸全集》全部失传了，你只能跑到六神磊磊的专栏里去找几段金庸原文来过瘾，想想都要哭。

伟大的孟浩然算是幸运的，死了没几年，就有人给他编诗集，但许多诗当时仍然已经散佚。还有伟大的李商隐，就是写"春蚕到死丝方尽""心有灵犀一点通"的那位，曾亲自编了四十卷诗文集，可惜全部失传，没一卷留下来。他的诗是多年之后人们陆续一点点搜求到的。

那些湮灭掉的诗文，都是因为水平糟糕，大家才记不住吗？不是的。即便是名动一时、口口相传的诗文，也照样会亡佚。比如唐代人记载说，李白的《大鹏赋》和《鸿猷文》特别伟大，比汉代辞赋霸主司马相如和扬雄的水平都高。[7] 今天，《大鹏赋》幸运地流传了下来，但《鸿猷文》呢？对不起，没有了，永远湮没在了历史中。

又比如晚唐诗人韦庄，不少读者都知道他那首浪漫的《菩萨蛮》："人人尽说江南好，游人只合江南老。"但韦庄还有一首非常珍贵的长篇叙事诗，叫作《秦妇吟》，详细描绘了唐末黄巢起义前后的历史画面，其中有一句，是写农民军进入长安后的景象的，尤其有名，叫"内库烧为锦绣灰，天街踏尽公卿骨"。

可是《秦妇吟》的全文却不幸亡佚了，宋、元、明、清四代人都没能读到它。万幸的是，后来在敦煌石室发现了一首长诗的抄本，仔细一辨认，居然就是传说中的《秦妇吟》，我们这才有机会见到它的真面目。

不光是诗歌在消失，前人编的各种诗集、诗选也在消失。何况，过去不少学者编诗集有偏见。有的人拼命选盛唐诗，中唐、晚唐的诗选得很少。有的人只爱选些清汤挂面的诗，粗犷豪迈的一首都不选。

在当时，号称最全、最完整的一本唐诗，叫作《唐诗纪》。胡震亨找到这套书，只翻开第一卷就不满意了：开篇就把唐高祖李渊的一首诗给记漏了，这也号称是最全的唐诗吗？[8]

他下定决心：我距离唐朝已经七百年了，再不编一本完整的唐诗出来，我们怎么对得住那些伟大的前辈诗人？

三

有人不解：老胡，这么难的事情，你一个人干，凭什么能干成？

老胡充满信心：就凭我家的万卷藏书！

所谓"万卷藏书"，一点儿也没有吹牛。他家有一个巨大的藏书楼，叫作好古楼，包罗万象，"收藏图书万余卷"。[9]除了藏书，老胡本人的学问也很渊博，十八岁中秀才，二十九岁中举人。[10]他还涉猎广泛，连兵书都啃，连当时的抗倭名将"刘大刀"刘铤都是他的朋友。

1625 年，老胡挽起袖子，干了起来。

"我不但要收录最全的盛唐诗，也要收录最全的中唐诗、晚唐诗、五代诗！

"我不但要收录诗歌，还要整理出每一个诗人的小传、评语，让他们名垂千古。

"我不但要收录完整的诗，还要收入断篇零句，甚至词曲、歌谣、谚语、酒令，什么都不遗漏。"

我读金庸先生的《射雕英雄传》时，每当读到大高手黄裳写《九阴真经》这一段，就往往想起胡震亨老先生编《全唐诗》的情景来。

秋去春来，无数个昼夜过去了。终于有一天，胡震亨放下了笔，完成了这部著作。此时已经是 1635 年，他已整整工作了十年。这部巨著，被取名为《唐音统签》。

这部超级大书有一千零三十三卷，按天干之数分为甲、乙、丙、丁、戊、己、庚、辛等十签，不但收录了当时最完整的唐代和五代诗，以及词曲、歌谣、谚语、酒令、占辞等等，还有极其珍贵的文学评论、传记史料，堪称中国古代私人编书的超级王中王。

更夸张的是，老胡还不过瘾，又用了七年时间，哼哧哼哧写出了研究李白、杜甫的《李诗通》《杜诗通》两部大书。

这时，已经七十四岁的老人方才露出微笑：我终于完成了一生的梦想。这才叫不辜负我的时代。

这样一个人，《明史》中却没有他的传，各类书籍史料中也没见过他的一篇生平传记传世。但那又怎么样呢？历史无视他，却不敢无视他的巨著，《明史·艺文志》里收录了他不少书。[11]

四

那么，全唐诗的编纂伟业算是完成了？还早呢。

第二位牛人登场了，他的名字叫作钱谦益。一听到这个名字，估计立刻有人开骂："呸！大汉奸！千刀万剐他！"

没错，你可以叫他大汉奸。他本来是东林党的领袖，明朝的礼部尚书[12]，却带着老婆投降了清朝，做了大官。不过，"大汉奸"就一定都只做大坏事吗？历史要真这么简单就好了。

钱谦益是研究唐诗的大咖。如果当时要成立一个唐诗学院，他老人家铁定要当院长、副院长的。直到今天，你要是想研究杜甫，都没法不读他的注。[13]

老钱也下决心要编一部全唐诗，轰轰烈烈地搞了很多年，大约已编到了数百卷的规模，怎奈天不假年，挂了，没能完成。

他的遗稿遭际很惨。要知道，当时是什么年代？那可是金庸

《碧血剑》故事发生的年代，战火纷飞，生灵涂炭。他的书稿也七零八落，今天丢一卷，明天丢一卷，逐渐亡佚过半，眼看就要丢光了。

幸亏另一个牛人出现了，他的名字叫季振宜——我写文章从不会随便提生僻的名字，一旦出现了人名，就说明他确实很重要。

这个人，十七岁中举人，十八岁中进士，不要问我为什么，天才的世界我也不懂。季振宜发现了老钱的残稿，大感兴趣，他接过前辈的火炬，开始了《全唐诗》的编纂工作。

季振宜来编唐诗，条件得天独厚。之前我们介绍过的胡震亨、钱谦益两位，他们都是当时著名的藏书家。但季振宜同学的藏书比他两人还猛。猛到什么程度呢？当时江南几个最大藏书楼，包括毛晋的汲古阁、钱谦益的绛云楼[14]、钱曾的述古堂、赵氏的脉望馆等，其中许多珍贵的藏品都归他继承了，可谓天下精华集于一身，江湖人送外号"藏书天下第一""善本目录之王"。

这位季同学还超级有钱，所谓"国朝巨富"[15]，家里豪宅无数、童仆如云都不必说了，光是昆剧戏班就养了三个。正是因为季家人如此豪富，才可以不惜代价地藏书。据说他家里有的书一本就价值六百金。

他家的藏品又牛到什么程度呢？别的不细说，仅举两件他老爹的藏品，你随便感受下：

一件叫作神龙本《兰亭序》，是王羲之《兰亭序》传世最精美的摹本，没有之一。众所周知，《兰亭序》的原本没有了，神龙本《兰亭序》是最珍贵的。

另一件叫作《富春山居图》，没错，就是现在大陆收了一半、台湾收了另一半，林志玲女士在电影里玩命抢的那个绝世大宝贝。

有钱、有书、有斗志，季振宜开始挑灯夜战，全力以赴编全唐诗集。又十年过去了（这些牛人编书，动不动就是以十年计算），他终于编出了一部宏伟的唐诗集，共七百一十七卷，每年仅是诗人的小传他就要写两百篇。

仿佛上天的安排般，在书稿编成的第二年，季振宜就病倒了，很快撒手人寰。

现在，胡震亨、钱谦益、季振宜三位牛人已经给我们留下了两部庞大的书稿，只差最后一项工作——把它们合并起来，修补完善，成为理想中的《全唐诗》。

五

第四个牛人于是出场了。

他是大家的老熟人，金庸《鹿鼎记》的主角之一——小玄子，又称康熙皇帝。他酷爱唐诗，对过去那些唐诗集总觉得不够满意：

"唐人搞的唐诗集子，不够好，too simple。

"宋人搞的唐诗集子，错漏很多，naive。"

发完牢骚，他撂出狠话："朕，爱新觉罗·玄烨，要把我收藏的所有唐诗集拿出来，搞出一本《全唐诗》，让子孙万世都可以读到！这本书，一定要牛，要猛，要全！"

究竟选谁去修书印书呢？他选定了一个人——江宁织造曹寅，也就是曹雪芹的爷爷。康熙无比郑重地给了曹寅两部书稿：

"这是季振宜的《唐诗》，这是胡震亨的《唐音统签》，朕都已经集齐了。你拿着它们，去召唤神龙吧！"

公元 1705 年，在胡震亨编《全唐诗》整整八十年后，曹寅督率十位饱学的翰林官，在扬州开局修书，大张旗鼓，编纂《全唐诗》。

这是毕全功于一役的最后一战，可谓势如破竹、水到渠成。仅仅一年后，曹寅等人就完成了工作，把《全唐诗》放在了康熙的面前。

康熙很激动，很兴奋。这可是中国所有大一统王朝里唯一的一部断代诗歌总集啊！他润笔磨墨，亲自给这部书写下了骄傲的序言：

> 得诗四万八千九百馀首，凡二千二百馀人，厘为九百卷。
> 唐三百年诗人之菁华，咸采撷荟萃于一编之内，亦可云大备矣！

他可能想起了李白的话："我志在删述，垂辉映千春。"——现在，朕可以辉映千春了。

六

今天，每读到一首唐诗，我都觉得很庆幸。

我的主业是读金庸。对比一下那些同样伟大的武功秘籍吧，从凌波微步到六脉神剑，从九阴真经到北冥神功，都无一例外湮灭了。降龙十八掌到元末就只剩十五掌，最后统统失传。它们的拥有者都是强横的武士，却没能保住这些经典。

相比之下，守护着我们的唐诗的，是一群手无缚鸡之力的柔弱书生。他们呵护着脆弱的纸张和卷册，他们的藏书楼建了烧、烧了建，编的书印了毁、毁了印，仍然让五万首唐诗穿越兵燹水火，渡过重重浩劫，一直传到了今天。

因为他们，我们今天才能看到唐朝的伟大诗人们朝辞白帝、夜泊牛渚、暮投石壕、晓汲清湘；看诗人们记录下千里莺啼、万里云罗、百尺危楼、一春梦雨；看他们漫卷诗书、永忆江湖、哭呼昭王、笑问客来。

这是何等的享受，又是何等的幸运。

注释

[1] 胡震亨果真没有去做德州知州。《海盐县志》里说他："升德州知州，州吏持牍来迎，震亨批牍尾以诗，有云：'自爱小窗吟好句，不随五马渡江来。'谢病不赴。"这人居然在公文上写诗，乱涂乱画。

[2] 今天我们能见到《春江花月夜》，要归功于北宋郭茂倩《乐府诗集》卷四十七里收录了它。被收录的原因十分侥幸，因为《春江花月夜》乃是一首乐府诗。

[3] 李白的诗歌在唐代就亡佚严重。李阳冰《草堂集序》："公避地八年，当时著述，十丧其九。"詹锳《〈李白集〉版本源流考》："李白原稿，在乱离中已十丧其九。"王琦《李太白集辑注》："太白诗文，当天宝之末，尝命魏万集录，遭乱尽失去。及将终，取草稿手授其族叔阳冰，俾令为序者，乃得之时人所传录，于生平著述，仅存十之一二而已。"

[4] 李白一生多次找人给他编集子。魏颢、李阳冰应该都帮他编过集子，可惜不传。

[5] 这个损失很大。陈弱水《唐代文士与中国思想的转型》："杜甫曾自言，他四十岁以前的诗文，'约千有余篇'，可惜这段时期的作品绝大多数都已经丧佚。今天所谓的杜甫早期诗篇，其实都是中年以后所写。"

[6] 《旧唐书·王维传》："开元中诗百千馀篇，天宝事后，十不存一。"

[7] 〔唐〕任华《杂言寄李白》："《大鹏赋》《鸿猷文》，嗤长卿，笑子云。"

[8] 胡震亨老师批评《唐诗纪》没有收录高祖李渊的诗，一通蔑视。但后世以他的《唐音统签》为蓝本的《全唐诗》还是不收李渊的诗。看来问题还是出在李渊自身的水平上吧。

[9] 老胡不但自己家里的书多，而且还有许多藏书家朋友，尤其和汲古阁主人毛晋关系很好，不时能读到一些珍异的书。

[10] 周本淳《胡震亨的家世生平及其著述考略》："万历十四年丙戌（1586），年十八，中秀才。""万历二十五年丁酉（1597），年二十九，中浙榜举人。"

[11]《明史·艺文志》里收录了老胡的《靖康盗鉴录》一卷、《读书杂录》三卷、《秘册汇函》二十卷、《续文选》十四卷、《唐音统签》一千零二十四卷等，不见诗集，很好奇他自己作诗水平究竟如何。读到过两首据说是他的诗，有句"自是龙蛇终有辨，从他牛马暂相呼"，很有个性。

[12] 钱老师做的是南明的礼部尚书，姑且也算是明朝。

[13] 乾隆皇帝因为讨厌钱谦益，禁了《钱注杜诗》，这一珍贵的著作差点失传。幸亏当时许多学者冒死藏书将其保存了下来。

[14] 钱谦益的藏书点很多，有绛云楼、荣木楼、拂水山庄、半野堂、红豆庄等等。

[15]〔清〕俞樾《茶香室续钞》："国朝巨富，有南季北亢之称。"

谢朓死后，王勃生前

现在，我们的唐诗故事，就从唐朝之前很早的一个时间——公元499年说起。

这一年，中国南方有一个政权叫作南齐。在它的首都建康的一所监狱里，有一个诗人死去了。

他是卷进了一场政治斗争，落到这个下场的。他的名字叫谢朓。

今天，许多读者可能没听说过这个名字，也没有读过他的名句"大江流日夜，客心悲未央"，或者是"天际识归舟，云中辨江树"。但只说一点，你就知道他有多牛了，谢朓在后世有一个死忠粉，叫作李白。

李白是个傲娇的人，他看得上的诗人可不多，但他一生都很崇拜谢朓，无时无刻不在碎碎念：我真的十分想念谢朓。他登上了高楼，会想起谢朓，比如"谁念北楼上，临风怀谢公"；当风吹来，他会想起谢朓，比如"长风万里送秋雁"，然后"中间小谢又清发"；看见美丽的月色，他会想起谢朓，比如"月下沉吟久不归"，然后"令人长忆谢玄晖"……所以后人说李白"一生低首谢宣城"，这个谢宣城就是指谢朓，他曾经做过宣城太守。

谢朓是因为卷进了一场政治斗争，被下狱整死的，去世的时候才三十六岁。害死他的庸人们并不知道，他们做了一件多么糟糕的事——此后整整一百年，中国再没有出过一个第一流的诗人。[1]

我简单给大家讲一下谢朓死后，当时中国诗歌江湖的形势：

当时，中国南方的诗坛大致可分为两大门派——山水派和宫廷派。谢朓是山水派的掌门人，最后一位撑场面的高手。他这一死，山水派倒了台柱子，一门绝学再无杰出传人。宫廷诗派渐渐地一统江湖，肆意妄为。

这一派的特色，用后来隋文帝的话说，就是"多淫丽"。

为什么说他们"丽"呢？因为这一派诗人写诗的风格浮华，特别追求辞藻精致、声律考究。而之所以说他们"淫"，是因为他们虽然也写一些乐府诗、山水诗、怀古诗，却都没写出太大的成就来，偏偏在一种诗歌——小黄诗的创作上独领风骚。

例如宫廷派的开派宗师之一——梁简文帝萧纲，就开创了本门里的一大支派"放荡门"。萧纲自己说的："立身先须谨重，文章且须放荡。""立身谨重"那是幌子，你看看他一辈子的经历，是从来没有谨重过的。至于"文章放荡"，按他的原意，本来应该是指文章风格率性，大气开合，可慢慢地却变了味道，成了真的"放荡"了。

这位大宗师的主要诗歌题材是两个：一是大姑娘，二是大姑娘的床上用品。他的几首代表作的题目[2]，翻译成现代汉语，就是《我那正在睡觉的老婆》《我那正在制作床上用品的老婆》，以及《我那长得像大姑娘一样的小白脸》。

举一首《夜听妓》为例，很多诗人都写过同题作品，但简文帝写得最为色眯眯。大家可以看一下这首诗，不用怕难，会有一两个生僻字，但不算很拗口：

> 合欢蠲忿叶，萱草忘忧条。
> 何如明月夜，流风拂舞腰。
> 朱唇随吹尽，玉钏逐弦摇。
> 留宾惜残弄，负态动馀娇。

简单讲一下这首诗。第一句"合欢蠲忿叶，萱草忘忧条"，用的是诗人嵇康说的一句话："合欢蠲忿，萱草忘忧。"意思是说：合欢的叶子能让人消忿，萱草的嫩条能让人忘忧，但都不如今晚姑娘们的腰肢那么使我开心。

整首诗都是在肉欲上下功夫，对舞腰、朱唇等不遗余力地细致刻画。在诗的结尾处，还照例出现了一个色鬼形象，就是那个"宾"。大家有兴趣的可以去翻检一下，当时的宫体艳诗里往往都会出现这样一个"宾"。

一个诗歌门派，有了这样的掌门人带头，其他高手们也就纷纷效仿，把放荡神功发扬光大。诗人们开口闭口自称"上客"，"上客娇难逼""上客莫虑掷黄金"，大约随时准备胡天胡帝；姑娘则动不动就"横陈"，"立望复横陈""不见正横陈"，一不小心就被放倒了。他们约在一起做什么呢？"托意风流子""密处也寻香"……再引下去，我都要捂住眼睛了。

在那些年里，南中国发生了无数大事，国家战乱频繁，权贵互相屠戮，人民流离失所，但是这些内容你在他们的诗里几乎看不到。如果只看这些诗，你会以为那时候中国人的生活天天歌舞升平、花好月圆。

二

大家可能会问：南朝的诗坛那么惨，那北朝呢？

在我们的猜想中，北朝的诗，一定是苍凉、古直、雄浑的。真的是这样吗？他们能不能撑起中国诗歌的门面？答案是：你想多了，北朝比南朝还惨。[3]

惨到什么程度呢？后来直到唐朝还流传着一个段子，说南朝第一才子庾信去北朝出使。人们问他北方文士水平如何，庾信傲然一笑，说："能够和我的水平相抗衡的，大概只有韩陵山上的一块碑文吧。此外也就只有薛道衡、卢思道这两人勉强能写上两笔。其余的货，都不过是驴鸣狗叫、哼哼汪汪罢了！"

北朝诗坛这么凋零，实在也太难看，那可怎么办？北朝的人开动脑筋，终于想出了一个绝妙的办法，让后世的我每次读到，都佩服得五体投地：

既然我们不出产诗人，那么把南朝的诗人抓过来不就是了？

北朝人说干就干。于是乎，南朝三个最牛的诗人——庾信、王褒、徐陵，统统被抓了，一出使北朝就被扣住不放。其中徐陵还好，没过几年放了回来。另外两个就惨了，北朝下决心要留他们终老，软硬兼施，封官授爵，充分进行情感留人、待遇留人，就是不让回家。

北朝给这两人的待遇好到什么地步呢？先看庾信，西魏给他的待遇，是开府仪同三司，做车骑大将军，理论上这是当年刘备封给张飞做的官，后来又做骠骑大将军，理论上这是刘备给马超做的官。"五虎上将"的官他一人干了俩。再看王褒，直封到太子少保，这是岳飞、于谦后来受封的那个头衔，名义上和后世两个大英雄一般待遇。

两人就此滞留在北朝多年。好不容易等到时局变化，南北两边关系和缓，政策松动了，开始允许双方人员互相交流探亲。南朝打来了申请：您以前扣留的我们的人，现在可以放回来了吧？北朝爽快地答应了：放！都放！不过只有两个人例外——庾信和王褒不准回去。

现在你大概能够明白，在唐朝之前，中国的诗坛是个什么状况了。

渐渐地，时间来到了公元 584 年前后。谢朓已经死了快一个世纪了，文坛的气象仍然没什么好转，下一个谢朓还不知道在哪里。

有一个人，对当时文坛的风气看不惯了，大发脾气：这都写的什么玩意！

这个人叫作杨坚。他有一个很酷的鲜卑名字，叫作"普六茹那罗延"，意思是"金刚不坏"。此外，他还有一个更众所周知的头衔——隋文帝。

三

当时的隋文帝其实是很忙的。他马上要完成中国的大一统了，这一年他有许多大事要办：

在西北，他的军队正在进攻凶悍的吐谷浑；在北方，他的使者正在出使突厥，给对方的贵女赐予姓氏和封号，希望搞好关系；在南方，陈朝的后主虽然懦弱，但还在凭借着长江天险苟延残喘；在内部，杨坚刚刚搬进新的首都大兴，当地的河流水量少，不敷漕运之重，需要抓紧修渠。

可即便在这么忙的当口上，杨坚仍然打算抽出时间来，好好抓一抓文学。

一项"更气象、正文风"的工作轰轰烈烈开始了。杨坚专门下达指示，要扭转写作的风气：

"如今的文风，风格太浮艳，太做作，都是些靡靡之音。从现在起，朕要提倡一种新的文风，让那些浮华虚文都成为过去！"[4]

一般来说，皇帝想推动重大改革，不但要做指示、发诏书，还要树典型，包括正面典型和反面典型。隋文帝要改革文风，就要杀鸡儆猴，他很快找到了那只鸡——泗州刺史司马幼之。

这位老兄其实颇有来历，是大名鼎鼎的司马懿的后代，少年时曾经在北齐当过高级干部，后来又在隋朝做地方大员，也算是乱世中的一号人物。

《北齐书》里还专门提到了他，说他为人清廉、高尚。他早年有一次出使南朝，朋友写诗给他送行，诗写得还不坏，[5] 颇为慷慨激昂。有朋友如此，料想他本人也不是个庸蠢之人。

然而这家伙却成了文风改革的倒霉蛋。开皇四年（584）九月，正是改革文风的敏感时期。司马幼之据说是"文表华艳"，估计写公文有点假大空，套话略多了些，被皇帝抓了反面典型，居然"付所司治罪"[6]。

抓了反面典型，皇帝又大力树立了一个正面典型——治书侍御史李谔。

对于皇帝的文风改革，这位李谔先生响应最积极，放炮最猛烈，很快就写出了多达一千字的长篇心得体会，叫作《上高祖革文华书》。

在文中，他猛烈抨击浮华的文风，说它是"竞一韵之奇，争一字之巧"，"连篇累牍，不出月露之形；积案盈箱，唯是风云之状"，而且指出坏风气的源头在于南方，是"江左齐梁，其弊弥甚；贵贱贤愚，唯务吟咏"。

李谔还表态说，坚决支持朝廷依法严惩司马幼之的决定，惩治得好，惩治得对，并积极声明：对这种类似的家伙，要"请勒有司，普加搜访"，一旦发现，绝不姑息。

隋文帝看了之后非常高兴，当即批示：这封信很好，发群臣学习讨论。

除了李谔之外，文帝的改文风运动也得到了一些帝国高层的响应。比如他的二儿子杨广。

对父亲的指示，杨广是跟得很紧的。在刚刚当了太子的第一年，杨广就抓住一个机会，积极响应了老爹的文风改革。杨广到太庙参加祭祀活动，借机说仪式上的礼乐歌辞不好，"文多浮丽"，要求重新制定一套。

和老爸这一介武夫相比，杨广更胜一筹，不但能搞文艺批评，还能亲手写作。他努力地写着一种新的诗歌，比如：

> 辽东海北翦长鲸，风云万里清。
> 方当销锋散马牛，旋师宴镐京。

又比如：

> 千乘万骑动，饮马长城窟。
> 秋昏塞外云，雾暗关山月。

杨广支持老爸的改革，动机很复杂，不排除有投机的因素。但在他的诗里，确实涌动着一种新的东西。

四

那么，这一次改革的成果怎么样呢？文坛、诗坛是不是真的振兴了？

答案却让人失望：成果不怎么样。

几年之后，改革的发起人——隋文帝杨坚就挂了，并没有亲眼看到所谓"斫雕为朴"的效果。

诗坛的新领袖杨广接了班，摇身一变，成为了中国历史上著名的昏主——隋炀帝。很快地，朝政日乱，反贼蜂起，天下如沸，炀帝被混乱的时局搞得焦头烂额，终于在扬州，一群造反的士兵用一条绳子，要了他的命。

他再也没有机会搞文学了。当时天下流传最广的文字是什么呢？很有趣，居然是讨伐隋炀帝的檄文。

一场改革，终于草草地偃旗息鼓。尽管皇帝短时间内三令五申，要改文风、倡新作，结果却不尽如人意。没有群众奔走相告，没有佳作如雨后春笋般出现，更没有立刻唤醒一个伟大的文学盛世。谢朓之后，仍无谢朓。

不过，当我们今天回头来看584年，看这一场虎头蛇尾的改革，却发现它有其特殊之处——在中国历史上，还很少有这样的情况，皇帝和他的接班人，都是文学新风的提倡者。

这不禁让人想起，在隋朝之前三百五十多年前，就曾经有过一个帝王父子组合，撑起了中国诗歌的天穹。他们就是杰出的文学天团——"三曹"。而那个了不起的时代，叫作建安。

相比之下，杨坚和杨广这一对父子组合，没有曹操父子的天分和才华，甚至杨坚搞改革的初衷，也不过是为了道德教化，不是真的为了文学。

但和"三曹"一样，他们同样站在了一个伟大文学时代的开端，打算做出一些改变。他们努力推动了那扇门，发出了呐喊。

这一年，距离后来的王勃出生只有六十六年 [7]，距离陈子昂出生只有七十五年 [8]。新的诗歌的种子正在血色、动荡中悄无声息地孕育，伺机绽放，直到唐诗的盛世来临。

伟大的时代往往都是这样开启的：当门被推开时，并没有什么大动静，大家尚在沉睡。只有光照进来之后，人们才被惊醒，发出赞叹的声音。

注释

[1] 闻一多《唐诗杂论·宫体诗的自赎》："我们该记得从梁简文帝当太子到唐太宗晏驾中间一段时期，正是谢朓已死，陈子昂未生之间一段时期。这其间没有出过一个第一流的诗人。"

[2] 原题分别是《咏内人昼眠》《和徐录事见内人作卧具》《娈童诗》。

[3] 宇文所安《初唐诗》："战事连绵、政治动荡的北中国对于诗歌是更糟糕的环境……北方诗人不是蹩脚地模仿南方风格，就是写作笨拙的诗。"

[4]《隋书·文学传》："高祖初统万机，每念雕雕为朴，发号施令，咸去浮华。然时俗词藻，犹多淫丽，故宪台执法，屡飞霜简。""郑卫淫声，尽以除之。"

[5] 写诗的人是同事卢思道，题为《赠别司马幼之南聘诗》，有："楚山百重映，吴江万仞清。夏云楼阁起，秋涛帷盖生。陆侯持宝剑，终子系长缨。前修亦何远，君其勖令名。"倒也颇为硬挺雄健。

[6] 不知道司马先生最后受了什么处分，但他出事的时候是泗州刺史，最后官终眉州刺史，固然没有升迁，但好像也没有受太重大的影响。

[7] 我们很难准确知道王勃同学是哪一年生人。谭丕模《中国文学史纲》说是674年，似乎显得略晚。郑振铎《中国文学年表》则说是648年。王勃自己在《春思赋序》中说："咸亨二年（671），余春秋二十有二。"那么倒推下来应该是650年出生。这里暂取这一说法。

[8] 陈子昂同学的出生年也是个问题，有好几个说法，郑振铎《文学大纲》认为陈子昂生于656年；闻一多《唐诗杂论》中认为陈子昂生于661年；彭庆生《陈子昂生卒年考》认为他生于659年。这里采用659年说。

唐诗的崛起，还是没半点征兆

一

时光飞逝，中国王朝的年号，转眼间从"开皇"变成了"武德"。

前文说了，隋炀帝杨广是个喜欢写诗的人，曾经搞起过一个诗歌俱乐部。他让人搬来了沙发，放上了椅子，请来了客人，自己亲自主持，热闹了那么一阵子。

可是后来，天下大乱，国家一度又陷入动荡之中。俱乐部主席杨广去了扬州，然后再也没有活着回来。

从此，俱乐部很久都没人来了，大门紧闭，冷冷清清，桌椅上都是灰尘。

然而这一年，在已经不知道被遗忘了多久之后，俱乐部门外的楼道里，忽然响起了杂乱的脚步声。

一群工作人员跑了过来，摘下旧招牌，打开锁闭了很久的大门，开始手忙脚乱地打扫卫生。

"快！都快点！秦王说了，这里要以最快的速度开张！"

瞬间，这里重新粉刷了墙面，换上了新沙发，添置了鲜花、茶具，还喷了香氛。

验收的主管来了，一脸严肃地指示：

"秦王说了，隋朝已经过去，现在乃是大唐。一个新的时代，必须要有新的文艺！他要来亲自主持俱乐部，指导我们的创作，开创新局面！"

一块硕大的烫金桌牌，被工作人员郑重放在了会议桌的上首："大唐诗歌俱乐部主席——李世民"。

二

一年前的十一月，隆冬。

在山西龙门关外，北风凛冽，交河的河水已经结冰。一位二十一岁的青年，英气勃发，正带着一支军队在寒风中行进。他要开赴前线，讨伐来犯的枭雄宋金刚和刘武周。[1] 他就是李世民。

望着眼前的雄壮景色，李世民心潮澎湃，诗意大发。他选择的题目，就叫作《饮马长城窟行》。

这是当时非常流行，也非常符合他身份的乐府诗题。在他之前的几十年间，中国就曾有两位著名的帝王，都写过同样题目的诗。

第一位，是陈后主陈叔宝。这是一位有名的亡国之君，生活很奢靡，诗歌也写得软绵绵。陈叔宝所交出的《饮马长城窟行》很合乎他一贯的风格：

> 征马入他乡，山花此夜光。
>
> 离群嘶向影，因风屡动香。

为了减轻大家的阅读负担，我只引了前四句。你瞧，哪怕是行军的时候，他注意到的也是花草和香气。对于这类柔美的东西，陈后主有一种天生的敏感。

陈后主的美好生活没有持续多久。几年之后，一位强悍的北方皇子率领大军，势如破竹地攻破了他的首都，俘虏了躲在井里的亡国之君。

这位来自北方的皇子就是杨广。他骄傲地俯视着陈后主这手下败将，踌躇满志。

打仗，你不是我的对手；写诗，我也不输给你。杨广也骄傲地交出了自己的一首《饮马长城窟行》：

> 肃肃秋风起，悠悠行万里。
> 万里何所行，横漠筑长城。

同样只引前四句。和陈后主一比，杨广的作品硬朗多了。即便只对比这两首诗，也能一眼看出谁是绵羊、谁是虎狼。

然而故事到这里还没有结束。杨广仍然不是最终的胜利者，他很快也成了亡国之君。取代他的人，正是前面提到的那位青年——秦王李世民。

陈后主，还有杨广，我李世民不但要在武功上碾压你们，还要在文学上把你们抛在身后。

李世民也交出了他的《饮马长城窟行》：

> 塞外悲风切，交河冰已结。
> 瀚海百重波，阴山千里雪。

他还写道，自己要打败敌人，刻碑勒石，以记录这个伟大时代的功勋。他要高唱凯歌，浩浩荡荡地进入周天子的灵台：

> 扬麾氛雾静，纪石功名立。
> 荒裔一戎衣，灵台凯歌入。

数十年间，三首《饮马长城窟行》，记录了豪杰的起落、时局的变迁。

李世民要在武功上胜过杨广，我们信了。但要在文学上超越杨广，是否只是说说而已？作为一个在乱世中成长起来的马上皇子，他对文学真的会有很大兴趣吗？

李世民用实际行动证明了他的宣言。和宋金刚的这一仗，李世民大胜，把敌人打得仓皇逃窜。就在此战获胜之后不久，也就是公元 621 年，他就搞起了文学俱乐部，取名"文学馆"，搜罗当时一流文学高手，要掀起一场创作的高潮。

那么，谁来充当领军人物呢？李世民微笑了：就是我。

三

在一片热烈的掌声之中，"文学馆"热闹开张了。

十八位当代文坛高手被罗致入馆，团结在李世民周围，成为了他的导师。他们个个大名鼎鼎，乃是房玄龄、杜如晦、虞世南、许敬宗、褚亮、苏世长、陆德明、孔颖达、颜相时、李守素……一时间群贤毕至，要开创大场面。

李世民试了试话筒，发表了热情洋溢的开馆讲话：

"这个俱乐部，以前是杨广当主席。他是怎么管理的呢？一个字：杀。只要写诗比他好的，他就杀掉了。

"比如薛道衡，是当年大作家庾信少有的能看得上眼的几个北朝诗人之一，写过一句很有名的'空梁落燕泥'的，结果被杨广给杀了，据说一边杀还一边变态地问：更能作'空梁落燕泥'否？另一位大诗人王胄写了句'庭草无人随意绿'，也被杨广杀了，杀了还念叨：'庭草无人随意绿'是谁语耶？

"现在杨广已经死了，孤王来做这个主席。孤王的作风和他是不一样的，一句话：海纳百川、唯才是举。请大家安心搞创作，都拿出好作品来，辉映我们大唐的盛世吧！"

"啪啪啪……"房玄龄、杜如晦们再次带头拍手，现场一派欢快的氛围。

声明一下，李世民以上讲话内容，只是我的揣测和杜撰。

有人说，他搞的这个"文学馆"，是挂羊头卖狗肉，主要不是搞文学的，而是搞政治的，是专门研究怎么搞掉太子李建成的。诚然有这种因素。

但我们可不要太小看李世民在文学上的志向。读读他的诗——"移步出词林，停舆欣武宴"，他从来都是自诩要文武双全的。

眼看万事俱备，导师齐集，雄心勃勃的李世民要在诗坛大显身手了。他亲笔写下了自己的文艺创作总纲：

　　予追踪百王之末，驰心千载之下，慷慨怀古，想彼哲人。庶以尧舜之风，荡秦汉之弊；用咸英之曲，变烂漫之音……[2]

什么意思呢？简而言之就是：诗文不行已经很久了，靡靡之音已经受够了，现在轮到朕出手了！某种意义上说，这等于是重启了数十年前隋文帝的改革。

李世民还提出了他的文风改革总目标："去兹郑卫声，雅音方可悦。"[3]——我要告别那些浮艳的东西，让真正典雅庄严的文艺发扬光大。

文学馆——那个被认为"挂羊头卖狗肉"的文学机构，在李世民顺利当上皇帝以后，不但没有被裁撤，反而扩充壮大了。贞观二年，刚登上龙椅不久的李世民把"文学馆"改为"弘文馆"，继续吸纳顶尖文士。

这些诗人是招来做摆设、唱赞歌的吗？不是。他们都要值班轮岗，以备皇帝召唤。李世民上班再忙，一旦有空，都要拉着他们讨论典籍，吟诗作赋，"日昃夜艾，未尝少怠"。

巍峨的太极宫里，许多个夜晚，都留下了李世民在灯下写作、吟哦的身影。

李同学不但努力，而且谦虚。每写了新诗，常要拿给文学导师们看。这些导师并不好伺候，不少都是些自负的道德家，蹬鼻子上脸，动不动上纲上线地对李同学一通批评。但李世民一般都心平气和地接受，抱着诗稿回去就改。

有一次，李世民写了一首宫体诗风格的作品，大概自我感觉不错，开心地拿给大臣虞世南，让他唱和。

没想到虞世南抓住机会，板起脸，对李同学一顿教训：

"陛下写的诗嘛，倒是挺工整的。但俗话说：上有所好，下必甚焉。我怕陛下这种诗歌一流传出去，天下效仿，把风气都搞坏了。

这首诗谁爱和谁和，反正老臣我是不和的。"

李世民讨了个没趣，忙给自己打圆场："老虞啊，你不要紧张，朕就是和你开个玩笑。"

另一名大臣魏徵也一样。有一次，李世民在洛阳宫开派对，多喝了几杯，兴致高涨，作了一篇赋《尚书》的诗。

按理说，这首诗主题不错，只是有几句稍微流露出了一点善恶报应的佛家腔调，和儒家正统思想不很符合。魏徵就抓住机会，马上赋了一篇《西汉》来说教："皇上啊，你要像汉朝推崇儒家一样去作为，才能受到真正的尊敬啊！"

李世民同学又大度地表示："朕明白，你这是为我好。"

不但导师的意见他要听，就连前朝亡国之君杨广的诗，他都要学习。

在我们的印象里，李世民是大明君，杨广是大昏君。前者总是把后者当反面典型，做事几乎处处要和杨广相反。

比如杨广奢靡，李世民就节俭；杨广骄矜，李世民就纳谏；杨广残暴，李世民就"宽律令""囹圄常空"；杨广用人很猜忌，李世民就标榜自己用人不疑，还有意重用一些敌对阵营的人，包括他哥哥李建成的旧部，处处表现自己宽宏大量。

甚至在"玄武门事变"里，那些曾带兵帮着哥哥火并自己的人，李世民居然都能任用。比如将领薛万彻，玄武门事败后藏到深山里，李世民把他找出来，加以安抚，提拔他做右领军将军。这些做法，都几乎和杨广相反。

然而，唯独在一件事上，李世民却是杨广的粉丝，那就是诗歌。

刚当上皇帝不久，他就在朝堂上大谈杨广的诗歌，还给了《隋炀帝集》四字评语："文辞奥博。"他甚至还把杨广的诗谱成曲，请来乐官一起唱和。

一个新王朝的宫殿里，居然大唱着旧王朝末代皇帝的作品，也算是少见的一景。

李世民同学活了五十二岁，在位二十三年，除了做皇帝之外，一直是个勤勤恳恳的诗人。整个贞观朝的宫廷诗坛里就数他最高产，留下的诗歌有近百首，比全部"十八学士"现存的诗加起来还多。

朕，应该无愧于一代诗坛领袖了吧？

可是不少后人回答说：呸。

四

李世民大概怎么也不会想到，他会被后世骂得那么惨。

有人给了他八个字的评价："远逊汉武，近输曹公。"[4] 还有人把他的一些诗句挑出来批判，表示惨不忍睹："'圆花钉菊丛'，这么丑的字眼他是怎么写出来的啊！"[5]

还有更刻薄的，比如北宋有学者说："唐太宗这个人啊，功业是很卓著的，但是写的诗文太烂了，都是些靡靡之音，好像是妇人和小孩子闹着玩的东西，太配不上他的功业了。"最后此人给出定论："李世民写的这些浮浪之文辞太糟蹋人了！"[6]

李世民要是听到了，估计要气得从昭陵跳起来。

他的诗真有这么不堪入耳吗？他到底是一代文坛领袖，还是"淫辞的写作者"？他引领诗坛、改革文风的志向实现了没有呢？在这里，我想讲一讲我自己的看法。

如果仔细看一下他留下来的近百首诗，会发现大概可以分成三类。其中第一类，我把它们叫雄主诗。

李世民要写这类诗，不难理解。作为开国的皇子帝王，总是要说几句汉高祖"大风起兮云飞扬"之类的豪言壮语的。更何况，李世民半辈子南征北战，戎马倥偬，这些句子也不能说是装腔作势，大多还是有真情实感的。

比如《还陕述怀》，这首诗不长，我全文引在这儿给大家看一下：

> 慨然抚长剑，济世岂邀名。
>
> 星旂纷电举，日羽肃天行。
>
> 遍野屯万骑，临原驻五营。
>
> 登山麾武节，背水纵神兵。
>
> 在昔戎戈动，今来宇宙平。

这就是一首标准的雄主诗。虽然它稍嫌木直呆板，缺了点灵气，但气势很足，有种一往无前的劲头。我认为这算是李世民同学的诗歌中最好的一种。

第二类诗，我把它叫作萎靡诗，是描写宫廷里的风花雪月的。李世民同学的后半生不打仗了，主要在宫里陪陪武媚娘、见见唐御弟什么的。他因此就写了不少讲宫里安逸生活的诗，占到了他集子的一半以上。他被后人吐槽的最多的也就是这一类诗。

试举一例。比如《采芙蓉》，是写小宫女的。大家也不用细读，感受一下就可以了：

> 结伴戏芳塘，携手上雕航。
> 船移分细浪，风散动浮香。
> 游莺无定曲，惊凫有乱行。
> 莲稀钏声断，水广棹歌长。
> ……　……

除了憨笨得让人哭笑不得的"结伴戏芳塘"之外，描写也算挺细致，但却是一堆陈言的拼凑，诸如什么"细浪""浮香""游莺""惊凫"之类，许多都是前人用滥了的，句式也缺少变化，没有什么诗味。

在写这一类诗的时候，李世民很像是一个缺乏天分的摄影爱好者，拿了一部好相机去逛公园，兴奋地拍了一大堆花花草草，回家一看，却挑不出一张打动人的片子。

李世民的第三类诗，叫作分裂诗。

什么意思呢? 就是李同学写这类诗的时候是分裂的，他既挡不住宫体诗的诱惑，本能地想写一些莺莺燕燕、秾丽纤巧的词句，但却又被儒家的道德规范束缚着，担心这不是"雅音"，不符合君王身份，于是往里面塞一些政治正确的表态性的口号，搞得整首诗很精神分裂。

举一首《咏风》为例。一开头是"萧条起关塞，摇飏下蓬瀛"，挺有气势，如果只看这两句，你还以为会读到一首霸气的雄主诗呢。

可是前两句豪言掷过，后文不知怎么地就忽然萎了，急转直下，变成了标准宫廷诗的调调:

> 拂林花乱彩，响谷鸟分声。
> 披云罗影散，泛水织文生。

最后，李世民同学似乎担心路子不正，有偏离"雅音"轨道的嫌疑，于是结尾处重新拔高诗意，硬塞上一句雄主的口号：

> 劳歌大风曲，威加四海清。

整首诗都给人一种分裂的感觉。

又比如一首《春日登陕州城楼》，一开始都是照例堆砌美丽景致：

> 碧原开雾隰，绮岭峻霞城。
> 烟峰高下翠，日浪浅深明。
> 斑红妆蕊树，圆青压溜荆。

但当诗歌快要结束时，在完全没有铺垫的情况下，李世民同学又突兀地来了一个大转折，喊起口号来：

> 巨川何以济，舟楫伫时英。

又是两句硬塞进去的帝王语言，表示自己是多么渴望海纳百川，五湖四海选人用人。

打个不恰当的比喻，就像是中学生作文，前面堆砌一些描写风景的成语，什么"今天风和日丽、万里无云，公园里繁花似锦"等等，最后看看要结尾了，突兀地来一句："啊！我要为了这一切奋斗终生。"

李世民的内心真的很纠结，也真是不自信。在诗才上，他似乎确实不如汉武帝，更不如曹操。

可是，李同学真是一个"沉溺淫辞"的人吗？倒也不是。这样一个人怎么会"慨然抚长剑"呢？怎么会"志与秋霜洁"呢？

五

到此，我们已经专门花费了一篇讲唐太宗李世民，还有他领导的那个诗坛。

快到了要和李世民、魏徵、虞世南等人告别的时候了。平心而论，他们还是挺努力的。在贞观一朝，诗人很少，又不太给力，只能靠这些政治家偶尔的一点作品撑场面。

但即便这样，魏徵、虞世南们在很低的产量之中，也交出了一些好诗，即便放在整个唐代来比，也是有希望拿优秀诗歌奖的。比如虞世南的《蝉》，很多人评价不高，但我觉得可以进入唐代一流诗歌之列：

> 垂緌饮清露，流响出疏桐。
> 居高声自远，非是藉秋风。

后两句"居高声自远，非是藉秋风"，不正像后来王之涣的"欲穷千里目，更上一层楼"吗？

魏徵也用诗歌倾诉过他的才华和抱负：

季布无二诺，侯嬴重一言。

人生感意气，功名谁复论。

他的"人生感意气，功名谁复论"，不也就是杜甫的"由来意气合，直取性情真"吗？

李世民、魏徵、虞世南们的问题，都是看得见旧文学的毛病，却找不到新文学的出路。

数十年后，当陈子昂横空出世，彻底扫荡浮艳文风的时候，是从古代寻找到的力量源泉——建安风骨。

可是眼下的李世民同学却还找不到自己力量的源泉。他空有改革文风的抱负，却不知道到底什么样的诗歌才是真正第一流的。

他的确是注意了不要写淫诗的，哪怕描写宫女，风格也总体比较清丽，不像齐梁的帝王那么污，抓住"朱唇""舞腰"之类的身体部位猛写。但他自己毕竟又被包围在一群陈隋遗老、宫廷文人之中，大家陈陈相因地写宫廷诗已经近百年了，你要李世民完全抛开这个传统，像后来的陈子昂一样去复古，他也做不到。

于是，他就在豪迈的雄主诗和萎靡的宫廷诗之间摇摆着，一会儿"慨然抚长剑""志与秋霜洁"，一会儿又"只待纤纤手，曲里作宵啼"，深一脚、浅一脚地走下去。

到了晚年，他的文学导师从虞世南变成了上官仪，宫廷诗的大家。李世民把自己的诗都交给他改，大家又都沉迷在你侬我侬、花花草草中。

李世民去世的时候，是七世纪中期。当时的诗坛是什么情况呢？是宫廷诗大行其道，"诗人承陈、隋风流，浮靡相矜"[7]，柔美而空洞的作品仍然充斥。他曾经豪迈的改革愿景，几乎一句都没有变成现实，"慷慨复古"的冲动似乎已被遗忘了。

最后，做一个简单的总结吧：

从隋文帝到唐太宗，两次以帝王主导、以高官为主力的文风改革都宣告失利。不管帝王怎么发诏书、设机构，甚至亲自写诗歌示范，可最终都偃旗息鼓。

唐朝建立了快四十年了，还没有任何迹象可以表明，一个伟大的诗的时代要到来。

然而，就像唐太宗的两句诗一样："焰听风来动，花开不待春。"帝王将相们的努力失败了，但这一切却并没有结束，掀起诗歌大爆发的重任，悄悄落在了几个小人物的身上。

注释

[1]〔宋〕司马光《资治通鉴》卷一百八十八："秦王世民引兵自龙门乘冰坚度河，屯柏壁，与宋金刚相持。"

[2] 李世民《帝京篇序》。

[3] 李世民《帝京篇》之四。

[4]〔明〕王世贞在《艺苑卮言》里说："唐文皇手定中原，笼盖一世，而诗语殊无丈夫气……可谓远逊汉武，近输曹公。"

[5]〔清〕贺裳《载酒园诗话》："'萤火不温风'，真为宫体之靡。'圆花钉菊丛'，何来此丑字！"

[6]〔清〕陈鸿墀《全唐文纪事》载北宋郑毅夫云："唐太宗功业雄卓，然所为文章，纤靡浮丽，嫣然妇人小儿嘻笑之声，不与其功业称。甚矣，淫辞之溺人也。"

[7]《新唐书·杜甫传》。

引爆！唐诗的寒武纪

一

在前文里，已经有几位诗人登场了。他们的身份职位如下：

杨广：皇帝

李世民：皇帝

魏徵：宰相

许敬宗：宰相

上官仪：宰相

虞世南：礼部尚书

……………

他们不是皇帝王子，就是宰相大臣。他们的诗写得怎么样呢？
当然也各有特色，但和过去的一百多年相比，没有大的突破。如果
有一个"唐诗盛世开创奖"，那么很遗憾，是不能颁给他们的。

直到公元650年前后，有一拨新的诗人陆续出现了。下面把他
们的身份、职位也列一下，和前面一组诗人做个对比：

王勃：高级伴读书童

杨炯：文员、县长

卢照邻：办事员、小儿麻痹重症患者

骆宾王：反贼

这一对比，你大概会发现：这不是一个天上，一个地下吗？怎么后面这一帮诗人层次这么低、混得这么惨？

是的，他们的仕途都不怎么成功，大多是些书童、文员之类的基层干部和群众。和早先登场的魏徵、上官仪等诗人相比，他们都是些小人物。

但在唐诗的历史里，他们一点也不"小"。事实上，正是这几个身份低微的人，组建了一个现象级的偶像组合，那就是大唐诗坛上的第一个男子天团——"初唐四杰"。

在生物学上，有这样一个时期，叫作"寒武纪大爆发"。在大约五亿多年前，有一个被称为"寒武纪"的地质历史时期，在短短的时间里，地球上突然爆炸般涌现出各种各样的生物，遍布大地和海洋，呈现一片生机勃勃的景象。

唐诗的历史上也经历了这样一场"大爆发"。诗坛突然从沉闷、封闭变成开放、活跃，然后繁花似锦、万紫千红。它正是从这几个小人物开始的。

二

如果在公元七世纪的六十年代，问一个唐朝士人：如今谁的诗天下第一？

答案可能会是：上官仪。

上官仪是宰相，大诗人。他擅长的作品叫作"宫体诗"。顾名思义，题目大都是《记一次盛大的早朝》《记一次精美的宴会》《记一次愉快的出游》之类。这些诗精致典雅，江湖人称他是"玉阶良史笔，金马掞天才"。他的诗也被称为"上官体"。

能用自己的名字来命名一种诗体，这是一个很高的荣誉。隋唐以来，还从来没有哪个诗人有过属于自己的"体"，上官仪是第一个。

他一生精华的代表作，是一首《入朝洛堤步月》：

> 脉脉广川流，驱马历长洲。
> 鹊飞山月曙，蝉噪野风秋。

诗的题目《入朝洛堤步月》是什么意思呢？就是在凌晨上早朝之前，诗人骑着高头骏马，踏着月色，缓缓经过洛堤所看到的风景。这首诗写得大气雍容，写出了帝国宰相的超凡风仪。

宰相这首诗吟出来，旁边文武百官都拼命鼓掌："太赞了，大人的诗真了不得，音韵清亮，真是美啊！这样棒的诗，再配上您这么个人，简直是活神仙一样啊！"[1]

上官仪的诗，影响了诗坛很多年。但渐渐地，有一些人不服气了。

话说，公元669年，在京城一处私家花园里，有一个二十岁[2]的年轻人，正在读上官仪的诗。

花园很大，草木葱茏，树荫遍地。年轻人的相貌也挺清秀，眉目间还带着三分桀骜。他读了几首诗，脸上露出不以为然的表情，不停摇头唏嘘：

可惜啊，可惜！就凭上官老儿这几下子，居然也成了当年天下第一高手！

哼哼，只可惜我的叔祖父——"东皋剑客"王绩王无功先生故去太早。不然，以他那一套独步天下的"田园狂歌诗"，上官仪老儿未必是他的对手。

年轻人想及此处，双眉一轩，两眼中射出异样的神采，一声清啸冲破云天："有朝一日，我必定……"

话还没说完，只听脚步声响，一个秘书带着几个警卫冲进来："王勃呢？王勃在哪里？叫他快滚出来！"

年轻人一愣："我在这里……"

秘书二话不说，一把揪住他："你老实交代，昨天到底在网上发了什么鬼文章！"

"没……没发什么啊！"年轻人王勃搔着头，"哦对了，咱们王爷不是喜欢和隔壁的英王[3]斗鸡吗，我就帮王爷写了一篇《英王，小心你的鸡》……"

秘书大怒："说的就是这个！这篇鬼东西，谁让你写的？这文章影响十分恶劣，造成了难以挽回的后果，杀了你都不算多！当年你一进王府，我就看出来你不靠谱了……"

警卫一掌把王勃推出大门。随即，"嘭"的一声，一床铺盖砸到他身上。

"拿上你的铺盖，走人！"

三

这个写文章闯了祸的年轻人，就是我们要介绍的"初唐四杰"的第一位——王勃。

王勃的人生起点，应该说是不低的。他从小就才气过人，名声在外，十六岁时就被授了"朝散郎"[4]。这是文散官，并不负责什么实际事务，但品级不低，是从七品衔。

当同龄人还在翻墙逃课泡网吧的年纪，王勃就成了副处长了。

接着，小王勃来到了他参与政治活动的第一站——沛王府，担任高级伴读书童。如果放到今天，他的经历足够攒出几套《哈佛男孩王子安》之类的畅销书。

王勃的老板——沛王李贤大有来头。他是武则天的第二个儿子、太平公主的亲哥哥。这个人颇有见识和能力，后来一度还做了太子，几次监国，离当皇帝就差一步了。

少年王勃能够跟着他做事，应该说是很有前途的，一幅美好的人生画卷正在他面前展开。

但是王勃偏偏有一个毛病：不讲政治。

沛王有一项个人爱好——斗鸡，经常和弟兄诸王们比赛。唐代的王公贵族常有这些飞鸡走狗的小爱好，本来也不足为奇。当时不要说皇子们了，许多外戚、豪门都不惜血本地买鸡、斗鸡。

十九岁的王勃跟着主子玩乐，一时手痒，便写了一篇文章发到网上，叫作《檄英王鸡》。这是一篇开玩笑的恶搞文，没有什么恶意，不外乎是为了逗主子开心，顺便也炫耀一下才能而已。

不幸的是，有一个最不该看的人偏偏看到了这篇帖子，他就是当朝皇帝唐高宗李治。

李治勃然大怒：这写的什么玩意？这个王勃怎么这么混蛋，敢挑拨我儿子们的关系？

你可能有些不理解：一篇少年人的恶搞戏谑文章，何至于惹皇帝发这么大的火？

因为在那个时代，皇子之间的竞争是高度敏感的政治话题。当年唐太宗就是杀了一个哥哥、一个弟弟后登上皇位的。唐高宗自己上台之前，也曾经和兄弟魏王李泰有过一番激烈斗争。这种事，是绝不能拿来公开调侃的。

何况王勃调侃的两个人沛王和英王之间的关系尤其敏感。这两人之中，唐高宗喜欢沛王，而武则天却偏偏和沛王关系紧张。宫廷里一度有传言说，沛王不是武则天亲生的，是唐高宗和武则天姐姐的爱情结晶。你说这事儿敏感不敏感。

王勃对此不知道避讳，反而拿来开玩笑，帮一个皇子讨伐另一个皇子，自然犯了大忌。他文章里讲的那些话，在唐高宗看来尤其刺眼，什么"两雄不堪并立，一啄何敢自妄""羽书捷至，惊闻鹅鸭之声；血战功成，快睹鹰鹯之逐"，这不是胡说八道吗？我大唐诸皇子之间，都是亲密友爱和睦融洽的，你怎么能写成这样子？

唐高宗批示："叫王勃这个家伙滚蛋！不许他带坏我儿子！"

就这样，少年王勃被迫从王府卷铺盖走人了。

可以想象，一个不到二十岁的年轻人，背着包袱，站在长安的大街旁，繁华的城市突然变得无比陌生，本来光明的前途瞬间幻影般破灭，他该有多么茫然。

难道就这么结束了吗？一个帖子，就让我施展才华的抱负、振兴家门的希望、出将入相的梦想，都统统结束了？

还有那个高宗皇帝，我曾经精心撰写了那么多大块文章来歌颂你、巴结你啊，我写了《乾元殿颂》《宸游东岳颂》《拜南郊颂》《九成宫颂》……都是满满的正能量啊，可就因为一篇斗鸡的帖子，就变成坏分子了？

也许，这是诗神的故意安排，要让王勃经历眼下的处境。他仿佛在告诉王勃：

骚年，不要留恋这里，做一个宫廷笔杆子不是你的归宿。你还有更重要的使命。

四

几个月之后，在长安通往蜀地的褒斜道上，出现了王勃的身影。

已经无处可去的他开始了四处游历。翻越秦岭，穿过汉中，踏着崎岖的蜀道，他来到了一片新的土地——四川。

王勃为什么会想到入蜀，我一直搞不明白具体原因。他既不是蜀人，在这里似乎也没有亲眷，父亲又不在此任职。唯一的可能，大概是四川有一帮可以接济他的朋友，再加上风景壮丽，让王勃打算"采江山之俊势，观天下之奇作"，于是背起行囊、迈开脚步就来了。

在当时，诗歌江湖的中心是京城，那里聚集着数量最多的诗人，每天产生着最多的作品。王勃这一去，等于是主动脱离主战场了。他要去寻找新的绿洲。

在蜀地，王勃走遍了梓州、剑州、益州、绵州。他看到了大自然的美景，所谓"江山俊势""宇宙绝观"，也体会到了羁旅游子的心情。

他的气质也慢慢变了。过去王府里高级伴读书童的洋洋自得、意气风发，现在已经渐渐磨平，他身上多了一丝幽忧孤愤、耿介不平之气。

王勃发现了一件事：过去大家在宫廷里所写的那一类诗，到了这里都是渣，都不好使了。那些空洞的辞藻、无病呻吟的句子，根本无法表现自己眼前雄奇的山川，也无力抒发胸中的浩叹。

我要写一种新的诗，一种用心灵写出来的诗。

他开始直抒胸臆，感慨"悲凉千里道，凄断百年身"；他还开始描写更广阔的社会现实："塞外征夫犹未还，江南采莲今已暮。"这些都是在宫廷里写不出来的。

他得到了新生。如果王勃还留在王府和宫廷，继续当他的高级伴读书童，大概只能留下一堆《记一次盛大的早朝》《记一次精美的宴会》《记一次愉快的出游》之类的诗。他的成就不一定能超过上官仪，而唐诗中却将永远没有了"海内存知己，天涯若比邻""寂寂离亭掩，江山此夜寒"。

今天回头来看，王勃的入蜀，是唐诗江湖的一次伟大的开辟之旅。在初唐的诗坛上，有着特殊的在蜀地的"一入"和"一出"。所谓"一出"，是我们后来会讲到的陈子昂出蜀；而这"一入"，就是670年的王勃入蜀。

这一年的秋天，九月九日重阳节，王勃来到梓州的玄武山上旅游，想看看这一带的景色。

在这里，他遇到了一个人。

此人比王勃年长，大约三十多岁年纪，[5] 虽然不是高官，但是谈吐不俗，能看出一股世家大族的风范，以及掩饰不住的才气。

他和王勃同游玄武山，一起写了许多诗。这个人就是"初唐四杰"的第二位：卢照邻。

五

卢照邻的少年经历和王勃很像。

他也是出身望族——范阳卢氏；也是很早成名——才十几岁的时候，就被人比喻成是汉代的大才子司马相如；他也早早地遇到了自己的伯乐——王勃的老板是沛王李贤，卢照邻遇到的则是邓王李元裕。老板对他很赏识，两人很谈得来。

卢照邻跟着老板辗转了几个地方，最后在长安定居。他在王府里得到了一份工作，叫作"典签"，工作主要是掌管文书，有一点点类似于图书馆管理员。众所周知，图书馆管理员这个岗位深不可测，前程可大可小，做大了有无限可能。

可我们的卢照邻同学却偏偏做小了。他大概是所有做过图书馆管理员的中国文化名人里结局最不幸的一个。前文说了，王勃的毛病是不讲政治，而卢照邻的毛病是不识时务。

用他自己的话说就是：领导重视什么，他就偏偏不搞什么；等他开始搞了，领导已经不重视了。就好像领导喜欢民歌的时候，他偏要搞摇滚；领导喜欢爵士了，他偏去搞嘻哈；等领导决定不拘一格选秀了，他偏偏身体垮了，没有机会上舞台，只剩下和病魔做斗争了。

就像他后来总结的："自以当高宗时尚吏，己独儒；武后尚法，己独黄老；后封嵩山，屡聘贤士，己已废。"

卢同学人生的第一阶段，是在长安快乐地做着诗人，"下笔则烟飞云动，落纸则鸾迴凤惊"，盼顾自雄，谈笑风生。但好景不长，人生中的第一个沉重的打击来了，他在长安最大的粉丝——邓王去世了，卢照邻失去了照拂。

老板在的时候，一切都好说；可当赏识你的老板走了，生态环境就立刻恶劣起来。后世的李商隐等也都遇到这样的问题。

卢照邻不好再待在王府了。通过一番运作，他在四川谋得了一个新岗位，便立即背上书囊，向蜀地进发。

攀登着险峻的山道，卢照邻气喘吁吁。他发出了"蜀道难"的感慨："传语后来者，斯路诚独难！"比李白早了数十年。

他在四川做的官不大，是一个县尉，相当于副处级的办事官。就是这份工作，卢照邻也没干多久就秩满去职，改非退二线了。在这里，他的老脾气仍然不改，依旧傲娇不群。

他写了一首诗，说自己是：

> 一鸟自北燕，飞来向西蜀。
> …… ……
> 不息恶木枝，不饮盗泉水。

你看他多么清高啊。最后，他还表示总有一天要实现人生理想的：

> 谁能借风便，一举凌苍苍。

这首骄傲的诗的题目很有趣，叫作《赠益府群官》。它很容易引起误会，让人联想到一句流行语：抱歉，我不是针对谁，我是说在座的各位，都是人渣。

在四川，似乎只有两个人给了他一点慰藉：

一个是一位姓郭的姑娘。我不知道他们有没有结婚，但想必感情不错，共度了一段快乐缠绵的时光。

另一个就是王勃。这两个当世才子很谈得来。他们之间实在是太互补了，一个善于写七言诗，一个善于写五言诗；一个辞藻华丽，一个典雅雄浑。四川大地上，从玄武山到成都曲水，到处都留下了他们的同游诗文。

这一年，忽然有一个好消息传来：朝廷要搞"选秀"了，让各地搜罗选拔有才能的人士，为朝廷效力。[6]

王勃和卢照邻对视了一眼，彼此都看出了对方眼中的期盼：以我俩的才能，一定有机会的。说不定仕途从此会有起色呢。

他们分别做准备去了。[7]王勃回家去借钱，写了一篇有趣的文章，叫作《为人与蜀城父老书》，感谢大家资助他。卢照邻则去和姓郭的女朋友告别。

"不要忘了有我在这里等你。"郭姑娘看着他瘦削的身影说道，眼中满是不舍。卢照邻是怎么回答的呢？不知道。我猜想他大概也点头答应了："等我搬到长安去，开着大奔来接你。"自古以来，男的哄姑娘都是这一套。

而此时此刻，在长安，有一个人正等着和他们相会，让"初唐四杰"组合的力量更加壮大。这个人，就是"四杰"里的又一位成员：杨炯。

六

在唐诗的历史上，有一个人曾留下过一声著名的大吼："我想当连长！"

因为这一声大吼，此人跻身"四杰"，名垂史册。他就是杨炯。

他的原话是这样的：

> 宁为百夫长，胜作一书生。

他想当百夫长，可不就是当连长吗。这一句诗，就来自他的五言律诗杰作《从军行》。

可能你有些好奇：这个想当连长的杨同学，到底是唐朝哪一支部队的？羽林军？还是野战部队的？然而杨炯同学并不是当兵的，他的真正职务是个文员。

杨炯是个天才，当然这是一句多余的话，"四杰"里没有一个不是天才的。他十岁就被当成神童，待制弘文馆，等于是到高级藏书室兼教研室进修。

可是，"四杰"似乎注定了官运都不会太顺。杨炯这一进修就是整整十六年，人生的三分之一就此过去了。直到三十二岁那一年，他的仕途才渐有转机，被推荐为弘文馆学士、太子詹事司直。

有人说这个官很大，东宫事务都归他管，这不对。为了搞清楚杨炯到底是多大的官，我们再详细讲一下：在詹事府这个机构里，有詹事一名，是主要领导，正三品；少詹事一名，正四品上，也算是领导；还有丞二名，正六品上，算是中层；此外还有主簿一人，从七品上，太子司直二名，正七品上。

所以杨炯应该是正七品上，大致是个处长，具体职责有可能是负责纪检、监督一类的事务。三十岁出头的正处，升迁已不能说慢了，但权力很大是谈不上的，每天仍然不过埋首文牍、弄材料而已。

尽管杨同学一生与案牍为伍，却有着一颗不安分的心。读他的诗，你看不出他是一个资深文案狗，而会以为他是一个江湖侠客。

比如这首《夜送赵纵》：

> 赵氏连城璧，由来天下传。
> 送君还旧府，明月满前川。

在一个夜晚，作者送别了一个叫赵纵的朋友。这首诗像流水一样干净、自然，不沾染半点绮丽，每一个字都浸润着月色的光辉。

不妨多聊几句这首诗。事实上，这是自从有唐诗以来，色彩最通透、明亮的诗篇之一。它用莹润的和氏璧开头，用光辉的明月结尾，可谓从光明始、从光明终，说是"夜送"，但诗人的心境却比最好的晴天还明朗。

你看王勃著名的那一首《送杜少府之任蜀州》，已经够豁达了，都还要说上一句"无为在歧路，儿女共沾巾"。杨炯这首诗里却根本不必说类似的话。所谓"明月满前川"，朋友的前程人生一片光明，哪里用得到哭湿手绢呢。

书归正传。671 年，王勃、卢照邻来到长安参加铨选，和杨炯相会了。"初唐四杰"，这时已经集齐了三个。

有人说：杨炯看不起王勃，理由是他说过一句话，叫"耻居王后"。这大概也是个误会。杨炯这人有个特点：对于自己真看不上的人，哪怕是同事、同僚，也是不大给面子的。他曾经对自己鄙视的同僚直接打脸，管人家叫"麒麟楦"，什么意思呢？就是徒有其表的草包、木头疙瘩。

但对于王勃、卢照邻，他特别推崇。他怎么评价王勃的呢？是"海内惊瞻"。他又怎么说卢照邻呢？是"人间才杰"。

三大才子聚首长安城，洵为盛事。按说这已经值得大书特书了，但历史注定要让671年的冬天显得更加不平凡——就在王勃、杨炯、卢照邻齐会的时候，在西域来京的古道上，漫漫风雪之中，有一位壮士，也向长安进发了。[8]

他比王勃等三人的年纪都要大，[9]脸上带着风霜之色，看得出来经历了劳苦的军旅生活，但精神很好，顾盼生辉。

在马上，他长吟着诗句"风尘催白首，岁月损红颜""别后边庭树，相思几度攀"，充满豪迈之气。这条大汉，就是骆宾王，"初唐四杰"中的最后一位。

在此，我不得不又重复一句："初唐四杰"都是天才。骆宾王据说在七岁的时候，就写出了唐诗之中流传最广的超级刷屏之作：

鹅鹅鹅，曲项向天歌。

白毛浮绿水，红掌拨清波。

后来杜甫据说也是七岁作诗，咏的是凤凰，但他的凤凰诗没有流传下来。骆宾王的《鹅》诗则流传千古。

这一年，王、杨、卢、骆在京师会齐。有一位武侠小说家叫温瑞安的，曾经写过"四大名捕会京师"。而唐诗的历史上，令人激动的"四杰会京师"的一幕出现了。有学者说，"初唐四杰"的名号，就是由这一次齐聚京师而来。

也不知道他们有没有一起组个局，短暂聚会，把酒言欢呢？如果有的话，那真是让人神往的场面。

接下来，我们回到主题："四杰"都热情满满地来参加这一次朝廷的选秀，可结果怎么样呢？答案是：很悲催。

七

关于这一次选秀，流传着这样一个段子：

据说这一天，在选秀的后台，两位评委——大唐王朝组织部的两位副部长碰头了。两人拿着"四杰"的档案，商量了起来。

一位副部长提议说："你看看这四个人——王勃、杨炯、卢照邻、骆宾王，最近在文坛可火得很啊，写东西相当不错，你觉得怎么样？有培养价值没有？"

另一位副部长听了，却只是淡淡一笑，是那种组织部门干部固有的矜持笑容：

"年轻干部嘛，第一要看政治水平，第二要看意志品质，第三才看业务能力。这四个人，业务能力当然是不错的，但是这个……呵呵……"

"但是？但是什么？裴部长[10] 你有话就说。"

裴部长叹了口气，给出了结论：

"我看王勃这四个人啊，做事浮躁浅露，[11] 太爱出风头。除了其中那个杨什么来着……哦，杨炯，以后培养培养，说不定能当个县长。其余三个人，哼哼，我看多半不得好死啊。"

说完，他把"四杰"的档案随手放在一边："这次就先不考虑他们啦，以后再说吧。"

于是，四杰的命运就这么注定了——落选。

这个段子流传很广，可真的是事实吗？这位裴部长对"四杰"的成见真的这么大吗？不一定。今天我们还能看到不少诗文，都表明这位裴部长和王勃、骆宾王等关系不坏，很愿意关照、提携他们。

广为流传的裴部长批评"四杰"的这一个段子，听起来很像是后人的附会。因为"四杰"命运多舛，人们就根据他们的遭际，事后诸葛亮地附会了这么一段故事出来。

那么，"四杰"为什么又这么难出头呢？大概是他们个性太突出，做事又乖张，"浮躁浅露"虽然未必，但恃才傲物多半是有的；"华而不实"虽然未必，但好出风头、遭人嫉妒大概也是有的。

在671年这一次短暂的相聚之后，"四杰"的人生命运开始呈现出一种雪崩般的倒栽葱式跌落。

王勃差点被杀了头。这个案子很有点离奇：据说他先私自藏匿了一个有罪的官奴，不久又后悔了，担心走漏风声，便把这个官奴杀了。很快事情败露，王勃获罪，还使他父亲也受到牵连而被降职。

卢照邻则残废了。他患了严重的"风疾"，后来不少诗人比如白居易晚年也得过这种病，只是程度较轻而已。我曾经一直以为"风疾"是中风，因为卢照邻的症状——不能行走，半边瘫痪，手足蜷曲，都像是中风的后遗症。但仔细看他的病情记录，他的病更像是小儿麻痹症或麻风病一类。这使他穷困潦倒，直到要向朋友乞讨买药。

杨炯看上去还算好，一直在官场中等待机会。但他也有自己的弱点。前文中说了，王勃的毛病是不讲政治，卢照邻的毛病是不合时宜，而杨炯的弱点，是成分不好。

他在詹事府当上了处长没两年，忽然接到一个晴天霹雳般的通知：

"杨炯！你弟弟牵扯到了一场叛逆活动，你已经是逆贼的家属了！"

当时，远在千里之外的扬州爆发了一场叛乱，杨炯的弟弟参与了。杨炯就此躺枪。他被清理出了詹事府，贬到四川，担任了一个叫梓州司法参军的职务。

杨炯是成分不好，那么骆宾王的毛病又是什么呢？更严重，是彻底反动——连累了杨炯的那一场扬州叛乱，就是骆宾王和人合伙干起来的。

骆宾王造反，直接原因不是很明确，但大致是对现实不满，"失官怨望"。他早年受了不少磨难，居无定所，仕途不太顺利。后来年纪渐长，到长安做了侍御史，却又因为写文章、提建议，触怒了武则天，被人诬陷，以贪赃的罪名关了号子。

放出来之后，骆老师变成了一个彻底的老愤青。在他看来，世道黑暗，报国无门，正满肚子怨气呢，恰好赶上扬州有一伙人反对武则天，领头人叫徐敬业，是唐朝开国功臣徐懋功的孙子。他向骆宾王发出了号召：来吧，老骆，我的创业团队需要你。

骆宾王就这么报名入股了。

众所周知，凡是起兵造反，都需要一篇响亮的檄文。大家的目光都不约而同落在骆宾王的身上：咱们这个创业团队就数你最能写，你来吧。

骆宾王慷慨陈词：感谢大家把这么光荣的任务交给我。他毫不推辞，挥笔落纸，写了一篇檄文，叫作《讨武曌檄》。

文章写好后，大家一看，集体陷入了沉默之中。过了半晌，才有人抬起头来说：老骆，你这是要红啊。

话说，我国的造反史源远流长，檄文历史也就随之十分精彩，有所谓的"三大檄文"（没有根据，我给封的）。一篇是东汉末年陈琳写的《讨曹操檄》，一篇是隋朝末年祖君彦所写讨伐隋炀帝的《为李密檄洛州文》，第三篇就是骆宾王同学的这篇《讨武曌檄》了。

这一篇檄文问世最晚，但要说音调的铿锵、气势的雄浑、用词的精妙，这篇是三文中的第一名。所以后来才有了那个传说：武则天拿着这篇檄文去找宰相，问他为什么遗漏了骆宾王这个人才。

也是由于这篇檄文的水平实在太高，刷屏实在太猛，给人留下的印象太深刻，骆宾王居然成了扬州起义的标志性人物，甚至比造反的几个主谋还出名。

后来明朝大思想家王夫之说起这次起义，一开口就是"起兵讨武氏，所与共事者，骆宾王、杜求仁、魏思温……"你看，他不自觉地就把骆宾王排在了第一。一个写檄文的公关，居然排在了造反团队的军师、大将前面。

所以说，写文案这种事情，差不多糊弄两句能交差就得了，不要写得太好，否则就像骆宾王那样，一不小心把自己写成了造反的旗帜，那就划不来了。

最后，这场造反行动坚持了多久呢？只有两个月。很快地，反叛的军队被打败，骨干统统被杀，骆宾王从此失踪。

有人说他是被抓获被斩了，也有人说他隐姓埋名逃亡了。唐代有个小说家叫张鷟，和骆宾王是同时代的人，他说骆宾王兵败后投水死了。《资治通鉴》里也说叛军"余党赴水死"，这两个说法比较相近。骆宾王有可能是在乱军中落水而死。

"四杰"离世的方式，都很让人唏嘘。

王勃是溺水受惊而亡，骆宾王可能是落水而死。卢照邻则长期受到病痛折磨，干脆给自己挖好了墓室，每天僵卧其中，等候死神的召唤。最后因为死得太慢，他无法忍受了，便和家人做了最后的诀别，投向了滔滔的颍水。

也许，那一刻他脑海中还浮现了远在巴蜀的郭姑娘。对不起，我终于是辜负你了。

人们常常说"三贤同归一水"，指屈原、李白、杜甫的死都和水有关，一个怀沙投江、一个入水捉月、一个自沉而死。这个说法没什么凭据。但"初唐四杰"却很可能是真的"三贤同归一水"了。

八

回顾这"四杰"的一生，你会发现一个特点：

他们最渴望干的事、主动折腾的事，都没有干成。而他们无意间随手干的事情，却干出了了不起的成就。

王勃经常标榜自己想干的事，是弘扬儒学、传播正能量。他经常谆谆告诫别人要文以载道，不能一味追求文艺辞藻之美。结果呢？自己反而搞文艺搞得最出色。杨炯耻于做书生，想当连长，可一辈子也没机会去前线，反而因为做书生，在文坛留下了显赫声名。

骆宾王平时写作，特别爱作大文章，写长篇辞赋，堆砌繁多的典故。可他最为后人所传诵的，却是短篇的讨武则天的檄文；最为人们所熟悉和喜爱的诗，也偏偏多是一些小诗。比如：

> 城上风威冷，江中水气寒。
> 戎衣何日定，歌舞入长安。
> ——《在军登城楼》

又比如：

> 此地别燕丹，壮士发冲冠。

昔时人已没，今日水犹寒。

——《于易水送人》

最让我感动的，是卢照邻。

他的外号叫"幽忧子"，一辈子的标签，是"穷""苦"两个字。他晚年得病等死，过程之凄凉，后人简直都看不下去了。明代有一位学问家叫张燮的，就对卢照邻有过这样一番感叹，我录在这里：

> 古今文士奇穷，未有如卢昇之之甚者。夫其仕宦不达，则亦已耳，沉疴永痼，无复聊赖，至自投鱼腹中，古来膏肓无此死法也。[12]

什么意思呢，就是说：古往今来的穷苦文人那么多，可是苦到卢照邻这个份儿上的，真是前所未有。你说他做官不顺吧，那倒也罢了，可是后来病成那个样子，长年累月起不来床，面容毁了，身体残了，甚至投水自杀，葬身鱼腹，这也太惨了一点吧！

在病中，卢照邻曾经像写博客一般，对自己的症状做了很细致的描述。当我们翻开它时，总有不忍卒读之感：

> 骸骨半死，血气中绝，四支萎堕，五官欹缺。皮襞积而千皱，衣联褰而百结……神若存而若亡，心不生而不灭。[13]

> 形半生而半死，气一绝而一连。[14]

"余赢卧不起，行已十年，宛转匡床，婆娑小室。未攀偃蹇桂，

57

一臂连踏；不学邯郸步，两足匍匐；寸步千里，咫尺山河。"[15]

他说，由于两腿残疾，连移动很短的距离，都好像隔了百里千里那么难。

他曾写《五悲文》以自明，分别是《悲穷通》《悲才难》《悲昔游》《悲今日》《悲人生》，都是一个"悲"字。后世以悲苦闻名的诗人不少，比如孟郊，也算是人生困厄了吧。但他的困苦的程度和卢照邻一比，真是小巫见大巫了。

但让人感到惊讶的是，这样一个极度悲苦、极度困厄的诗人，留给世人的最成功的作品，却是一部自打有唐朝以来所出现的最华美、最丰赡、最冶艳的诗篇。那就是《长安古意》。

这首诗略长，但是为了让大家了解卢照邻，展现这一篇诗的宏伟冶艳，把它全文列在下面。如果你感兴趣，可以把它读完：

> 长安大道连狭斜，青牛白马七香车。
> 玉辇纵横过主第，金鞭络绎向侯家。
> 龙衔宝盖承朝日，凤吐流苏带晚霞。
> 百丈游丝争绕树，一群娇鸟共啼花。
> 啼花戏蝶千门侧，碧树银台万种色。
> 复道交窗作合欢，双阙连甍垂凤翼。
> 梁家画阁中天起，汉帝金茎云外直。
> 楼前相望不相知，陌上相逢讵相识。
> 借问吹箫向紫烟，曾经学舞度芳年。
> 得成比目何辞死，愿作鸳鸯不羡仙。
> 比目鸳鸯真可羡，双去双来君不见。
> 生憎帐额绣孤鸾，好取门帘帖双燕。

双燕双飞绕画梁，罗纬翠被郁金香。

片片行云著蝉鬓，纤纤初月上鸦黄。

鸦黄粉白车中出，含娇含态情非一。

妖童宝马铁连钱，娼妇盘龙金屈膝。

御史府中乌夜啼，廷尉门前雀欲栖。

隐隐朱城临玉道，遥遥翠幰没金堤。

挟弹飞鹰杜陵北，探丸借客渭桥西。

俱邀侠客芙蓉剑，共宿娼家桃李蹊。

娼家日暮紫罗裙，清歌一啭口氛氲。

北堂夜夜人如月，南陌朝朝骑似云。

南陌北堂连北里，五剧三条控三市。

弱柳青槐拂地垂，佳气红尘暗天起。

汉代金吾千骑来，翡翠屠苏鹦鹉杯。

罗襦宝带为君解，燕歌赵舞为君开。

别有豪华称将相，转日回天不相让。

意气由来排灌夫，专权判不容萧相。

专权意气本豪雄，青虬紫燕坐春风。

自言歌舞长千载，自谓骄奢凌五公。

节物风光不相待，桑田碧海须臾改。

昔时金阶白玉堂，即今惟见青松在。

寂寂寥寥扬子居，年年岁岁一床书。

独有南山桂花发，飞来飞去袭人裾。

　　这是一幅长安的行乐图，也是一幅盛世来临前的破晓图。我经常很困惑，卢照邻这么潦倒、苦闷的一个人，怎么写出这样华美冶艳、烟视媚行的长安呢？怎么写出那些炫目的宝盖和流苏、游丝和娇鸟、妖童和娼妇、"日暮紫罗裙"和"侠客芙蓉剑"的呢？

有很多学者都评点过这首诗，说得最好的是闻一多。他说，这首诗，是以市井的放纵改造宫廷的堕落，以大胆代替羞怯，以自由代替局缩。

看起来这么裘马轻狂的一首诗，但它铺展在我们面前时，一点也不轻浮，一点也不猥琐。

我觉得卢照邻大概是写这首诗太用力了，他把一生的绮丽风流都攒积起来，在这一首长诗里一把耗尽了。这一首魔鬼般的诗抽干了他的生命能量，所以后半生只剩下躯壳，成了一个活死人。

九

到了七世纪的最后几年，"四杰"里的卢、王、骆三位都相继去世，只剩下了杨炯健在。

似乎是上天有意把他留下来，作为一个总结者，在"四杰"团队退场前，做最后的历史发言。

杨炯深吸了一口气，站在了话筒面前。那一刻，历史在静静聆听，因为他所说出的每一个字，都将成为"四杰"文学地位的呈堂证供。

他终于开口了。这一篇重要的发言幸运地流传了下来，就叫作《王勃集序》。

他是一边流着热泪，"潸然撤涕"，一边留下这篇讲演的。在王勃生前，他们也许是有较劲的，杨炯曾说自己"耻居王后"，存心要比拼个高下。但在王勃身后，杨炯却用了最热情洋溢的字眼，来赞颂这个早逝的故人。

在文中，他对比了前后两个时代的文学：

前一个时代，他觉得是柔靡的、浮华的、空洞的——"龙朔初载，文场变体，争构纤微，竞为雕刻。糅之金玉龙凤，乱之朱紫青黄……骨气都尽，刚健不闻。"

后一个时代，是"四杰"崛起之后的时代，他认为是振奋的、开阔的、充满希望的——"长风一振，众萌自偃。遂使繁综浅术，无藩篱之固；粉绘小才，失金汤之险。积年绮碎，一朝清廓。"

他表扬的是王勃，但这一份功业，这一股"长风"，不也有他和卢、骆等同时代诗人的努力在内吗？

叶嘉莹曾说王勃等是"小诗人"。[16] 的确，在后来盛唐、中唐的那些巨擘之前，他们是显得有点单薄、消瘦。

但他们却是唐诗大爆发的开端。就像地球生命的进化史上，忽然之间，在寒武纪，你也说不清楚为什么，物种的数量就猛然爆炸性增加，一片生机蓬勃了。

在他们之前，诗是那么狭窄，那么局促。而在他们之后，诗变得越发阔大，越发深沉。在他们之前，是一群高级干部、宫廷贵族在写诗，在他们之后，是越来越多的底层官僚和文人，甚至是穷苦困厄之士在写诗。

在他们之前，没有人能看得出"唐诗"这个文学婴儿有什么特别的前途。但在他们之后，人们开始惊讶地感觉到：有一些伟大的事情，将要在这个婴孩身上发生。

最后，让我们再看一眼王、杨、卢、骆这四个"小人物"的模样吧：

"衫襟缓带，拟贮鸣琴；衣袖阔裁，用安书卷。"——这是王勃。

"日下无双，风流第一……轻脱履于西阳……重横琴于南涧。"——这是杨炯。

"提琴一万里，负书三十年。晨攀偃蹇树，暮宿清泠泉。"——这是卢照邻。

"落魄无行，好与博徒游。""读书颇存涉猎，学剑不待穷工。"——这是骆宾王。

怀着一丝不舍，让我们向这四尊雕像挥手告别。要探寻唐诗的胜境，在前方的路上，还将有更奇异的风景。

注释

[1] 刘肃《大唐新语·文章篇》："高宗承贞观之后，天下无事，上官仪独为宰相，尝凌晨入朝，循洛水堤，步月徐辔，咏诗曰……音韵凄响，群公望之如神仙焉。"百官觉得他"如神仙"，大概还不完全是因为诗，还因为他"独为宰相"的缘故。

[2] 按河北大学杨晓彩《王勃任职沛王府考论》："王勃被高宗逐出沛王府，成为沛王与周王游戏争斗中的牺牲品。此事当发生在总章二年（669）五月。"王勃出生年本书从 650 年说，所以被逐出沛王府是十九岁。

[3] 当时英王其实应该是周王。按照《旧唐书》，到了后来的仪凤二年（677）八月，才徙封周王为英王，名字也从李显改名为李哲。

[4] 小王勃做的究竟是个什么官？《隋书·百官志下》："吏部又别置朝议、通议、朝请、朝散……等八郎……其品则正六品以下，从九品以上。"唐朝沿用了这一职官制度，《旧唐书·职官志一》："朝议郎、承议郎，正六品；通议郎、通直郎，从六品；朝请郎、宣德郎，正七品；朝散郎、宣义郎，从七品……并为文散官。"

[5] 卢照邻生卒年不确，但比王勃大是肯定的。

[6] 《全唐文》卷十三，咸亨二年（671）十月丙子诏曰："其四方士庶，及丘园栖隐，有能明习礼乐，详究音律，于行无违，在艺可录者，并宜令州县搜扬博访，具以名闻。"有研究者认为，卢照邻参加的就是这一次铨选。

[7] 王明好《初唐四杰交游考论——以卢照邻为中心》，很有趣味。其中云："咸亨二年十月，朝廷又一次大规模选拔人才……于是等王勃筹集到旅资之后，卢、王便一道离蜀返京，参加铨选。"

[8] 采用《初唐四杰交游考——以卢照邻为中心》的观点："咸亨二年冬，骆宾王自西域归京。""四杰齐聚长安参选。"我真心希望它发生过，"四杰"齐聚京师，一件多么让人神往的事。

[9] 骆宾王出生年份不确，早至 619 年、晚至 638 年等说法都有。但不管是哪

一说，一般都认为他是"四杰"里最年长者。

[10] 他叫作裴行俭，唐代名臣。《说唐》里很红的小将裴元庆的原型就是他的哥哥裴行俨。

[11] 裴行俭批评"四杰"浮躁浅露故事，见《赠太尉裴公神道碑》《大唐新语》《旧唐书》等。

[12]〔明〕张燮《幽忧子集题词》。

[13] 卢照邻《悲穷通》。

[14] 卢照邻《悲昔游》。

[15] 卢照邻《释疾文序》。

[16] 叶嘉莹《叶嘉莹说初盛唐诗》。

有趣的王家人

一

　　说完了"四杰",让我们的节奏稍微放缓一点,来讲一个有意思的插曲。

　　我们来聊一聊唐初挺好玩也很重要的一家人——山西龙门的王家。唐诗的历史里,有必要说一说这一家人。

　　先来想象这样一幅画面:在隋末的乱世之中,隐藏着一个僻静美丽的地方,叫作白牛溪。每天清晨,在那清澈的水边、碧绿的草地上,总有一位先生正襟危坐着,门人弟子围了好几圈,听他慢条斯理地讲述学问。

　　这一位严肃的先生,就是我们今天要聊的王家的族长,名字叫作王通。他大约比隋炀帝杨广小十五岁,比唐太宗李世民大十四岁,正好是他们中间的人物。

　　我这么隆重地介绍他出场,你大概要以为,这位王通先生一定是一位大诗人了?错。王通先生如果听到这一称谓,一定会大怒的:你才是诗人,你全家都是诗人。

　　他不但不是诗人,反而特别嫌弃诗人,这个我们下文中会细聊。他的真实身份,是隋末的一位教育家、儒学家。他曾立志要续写儒家的六经——《诗》《书》《礼》《易》《乐》《春秋》,据说还曾经见过隋文帝，投过简历，没有受到重用，这才回家专心做起学问来。

也不知道是因为求职不顺，还是确实学问太高，王通和他的学生们都有一点狂人的味道。王通自号"王孔子"，徒弟们也分别取了些诞诞的外号，有的叫"子路"，有的叫"庄周"，个个都很牛。

此外，王通教授还有一个特点，那就是前面讲的，他特别不待见一种人：诗人。

据说有一年，有一位叫李百药的大诗人慕名而来，主动要了王通的网络账号，想找他聊天，谈论诗歌。[1]

李百药可不是泛泛之辈，他不但会写诗，学术地位也不低，是一位有着家学渊源的史学家，曾经参与编修过二十四史之一的《北齐书》。何况，他还长期在朝廷里做官，政治地位比王通高多了。

这样一位著名的学者型官员主动搭讪、求聊天，王通多少要给点面子，敷衍一番吧。可王通的表现却让李百药惊呆了。

两人网上开聊了。李百药："王先生，您看看这首诗，我觉得真的有点意思。"

王通："呵呵。"

李百药："王先生，您觉得现在的诗歌真的需要改革吗？"

王通："嘿嘿。"

眼看这天都被王通给聊死了，李百药心有不甘，还想再聊五块钱的，却发现系统提示：信息发送失败，您聊天的对象已经把您拉黑了！

李百药忍无可忍，拉住了一个朋友——"十八学士"之一的薛收来吐槽：

"你倒是给评评这个道理：我也算有点名气吧，身份也不算低吧，学术成就也不算小吧，好心找王通聊天，他居然是这个态度，他是看不起我还是怎么的？"

薛收只好劝他："王夫子的脾气，你又不是不知道。在他看来，写诗作对、玩弄辞藻，是最上不得台面的事（'营营驰骋乎末流'），他平常最讨厌这个，当然要不搭理你了！"

事实上，被王通教授鄙视的诗人还远不只是李百药。他堪称是隋末唐初评诗第一毒舌，曾经抛出过一段惊人语录，把晋代以来百年间的大诗人、大文士踩了一个遍：

"谢灵运？小人！他写东西太傲慢！沈约？小人！他写东西很浮夸！鲍照、江淹？'古之狷者'也，他们的文章'急以怨'。吴筠、孔珪？是'古之狂者'，他们的文章'怪以怒'。谢庄、王融？是'古之纤人'，他们的文太碎。徐陵、庾信？是'古之夸人'，他们的文太怪诞。刘孝绰兄弟？是鄙人也，他们的文章淫。湘东王兄弟？是贪人也，他们的文章太繁。谢朓？是浅人也，他的文章太肤浅。江总？是诡人也，他的文章太虚……"[2]

总而言之，他老人家一个都看不上眼。

你大概很难想象，在以诗歌著名的唐朝初年，当世的大儒对待诗人竟会是这个态度。

二

这位王通教授如此毒舌，有人敢唱反调吗？有的。有趣的是，这人不是别人，正是他的弟弟。

下面我们有请王家的第二位人物——王绩，号"东皋子"。他和王通教授是亲兄弟，管王通叫三哥。

我常常觉得，王通给自己的定位，有点像是武侠小说里的中神通王重阳。他不但名字叫作"通"，最有名的著作叫作《中说》，而且他老人家总是一脸正气，以江湖正统、天下圣王自居。

而他的弟弟王绩则有点像东邪黄药师。这位老兄走的完全是和王通相反的路子，不但名号叫"东皋子"，而且还是一代狂士，放诞不羁，吃起酒来常常豪饮五斗，还写过《五斗先生传》《酒经》《酒谱》等作品。

后人评价他的诗："真率疏放，有旷怀高致，直追魏晋高风。"这不就是一个活脱脱的黄药师吗？

做哥哥的王通这么讨厌诗人，可他没想到，亲弟弟王绩却偏偏哪壶不开提哪壶，成为了有唐以来的第一位名诗人。

今天，到书店随便找一本唐诗选，翻开第一页，很有可能就是王绩的《野望》，它堪称是唐诗的"沙发之王"。这首诗是这样的：

> 东皋薄暮望，徙倚欲何依。
> 树树皆秋色，山山唯落晖。
> 牧人驱犊返，猎马带禽归。
> 相顾无相识，长歌怀采薇。

一首相当漂亮的诗。它写的是很普通的乡村傍晚景色——秋色浸染了层林，落日的柔光披覆着山尖。这一边，牧人驱赶着牛犊回来了。那一边，猎人们骑着马，带着山禽也回来了。

在八世纪任何一个中国北方的乡村，也许都有这样的景色，实在不能再平常了。但在王绩的优秀组织调度下，它比同时代绝大多数人写的那些宫廷诗都清新美丽。

再来看一首《秋夜喜遇王处士》：

> 北场芸藿罢，东皋刈黍归。
> 相逢秋月满，更值夜萤飞。

在一个秋天的晚上，诗人劳作一天回来，见到了朋友。在皎洁的秋月下，他们散着步、聊着天，草丛里偶尔还有萤火虫飞来飞去，更添加了情趣。

它让我想起很多年后，另一位唐代诗人韦应物的一首诗：

> 怀君属秋夜，散步咏凉天。
> 山空松子落，幽人应未眠。

都是在秋夜，都是在散步，两首诗的味道很像，只不过王绩是欢喜地遇到了朋友，而韦应物是单身一人，只能思念。

前文中我们曾经讲过了李世民，说他像一个缺乏天分的摄影师，拿着高级单反，在豪华花园里转，却就是拍不出美丽的画面来。而王绩呢？他买不起单反，也没有高级花园，于是他成了一个慧眼独具的画家，一个画夹，几支铅笔，随便找个地方支开了一画，就是一幅漂亮的风景。

你或许会说，从这几首诗看，王绩的风格很淡雅啊，很温和啊，为什么还说他很狂呢？

事实上，王绩写了不少狂诗，我们在后面的文章会提到。即便是他的代表作《野望》，貌似很清静、很柔和，也是暗含着孤标傲世之意的。

想象一下吧：夕阳之下，诗人放眼四望，身边的人要么是驱赶着牲口的牧人，要么是拎着山禽的猎人，诗人"相顾无相识"，慨叹没有一个是我的知音，没有一个我可以交流的人，这岂不正是一种孤傲和诞诞吗？

此前我们说了，作为王绩的大哥，王通教授对诗歌是很不待见的，他苦口婆心，谆谆告诫世人，要以文载道，要礼乐教化，传播儒家经典才是正道。至于写诗，吟风弄月之类，都是"末流"。

对于哥哥王通的这一套理论，做兄弟的王绩是什么态度呢？非常有趣。他首先是高度肯定："我家那三哥啊，可不得了，学问是大大的，我是非常佩服的！他的著作我可是经常读呀！"

原话是："昔者，吾家三兄，命世特起，先宅一德，续明六经，吾尝好其遗文，以为匡扶之要略尽矣。"

然而他真的是很看好三哥的学问，要继承三哥的事业吗？才不是呢。下面他话锋一转：

"只不过呢，我哥那一套理论固然好，但也得遇到合适的人，才能实践嘛。我的情况你们大家都是了解的，一个在野的闲人，要说承继我哥的学问，实在不是那块料啊！"

接着，他开始大肆为自己开脱，歪理一套一套：

"一个人如果不过江，要船做什么呢？如果不想上天，要翅膀做什么呢？以我现在这个情况，连周公、孔子等大圣人的学问都不学了，何况诸子百家啊。"

说了这么一大通，王绩同学对他老哥那一套东西的真正态度，就是八个字：不明觉厉，兴趣缺缺！

他到底想过什么样的生活呢？答案是："屏居独处，萧然自得……性又嗜酒……闭门独饮，不必须偶……兀然同醉，悠然便归，都不知聚散之所由也。"简而言之就是作闲诗，喝大酒！

唐初这一对截然不同的兄弟俩，宛如一对活宝般的存在，哥哥说"圣人在上者，未有若周公"，弟弟却写诗说"礼乐囚姬旦，诗书缚孔丘"；哥哥说"必也贯乎道""必也济乎义"，弟弟却说"百年何足度，乘兴且长歌"。

我想不明白，一个老是板着脸、很难打交道的王通，怎么偏偏有一个这样放浪形骸的老弟？一个那么严肃的大儒，怎么弟弟偏是一个大狂士呢？一个那么讨厌诗人的人，怎么亲弟弟偏偏就是一个大诗人呢？

三

更妙的是，王通教授不但有个大诗人弟弟，还有一个更大的诗人孙子。

这位孙子就是王勃。一听名字你就恍然了，何止是大诗人，简直是初唐诗坛的旗帜，在"四杰"里坐了第一把交椅的。王通先生如果知道了孙子的职业选择，是会摇头苦笑呢，还是叹息痛恨，甚至要拼老命呢？

王勃对这个古板严肃的祖父是什么态度？答案是：很矛盾。在对外的口径上，他是乖孩子口吻，口口声声要继承祖父的事业，以弘扬儒家思想为己任。

比如他给当时的组织部副部长写信，洋洋洒洒讲了自己的文学理想，很大一套冠冕堂皇的话，诸如："圣人以开物成务，君子

71

以立言见志。遗雅背训，孟子不为；劝百讽一，扬雄所耻，苟非可以甄明大义，矫正末流，俗化资以兴衰，家国由其轻重，古人未尝留心也。"[3]

什么意思呢？就是说写诗作文要注重教化，要文以载道，不能只追求文艺之美，而要传播正能量。这和他祖父的思想是高度一致的。

王勃公开宣称自己的主要使命又是什么呢？听上去一派正气，乃是"激扬正道，大庇生人，黜非圣之书，除不稽之论"。总而言之，就是要扫除一切不符合儒家规范的论著和观点。在他看来，屈原、宋玉、枚乘、司马相如等都该批判，因为他们过于追求文学之美，引发了"淫风"，导致"斯文不振"，违背了儒家的文学正道。

王勃真是口是心非吗？倒也不尽然。在他短暂的人生中，确实曾花了很长一段时间来埋头整理祖父王通的著述，梳理儒家经典。他写了《续古尚书》，给祖父的《元经》《续诗》《续书》都作了传、写了序，还撰写了《周易发挥》《次论语》《唐家千岁历》等著作。

从这一点上看，王勃算得上是王通的好孙子，为其祖著作的流传做了很大贡献。

可有趣的是，一到了写诗的时候，王勃就把爷爷的那一套抛之九霄云外，兴高采烈地"营营驰骋乎末流"了，仿佛是上课时满脸认真，可下课铃一响就第一个冲出教室的顽童。

他"画栋朝飞南浦云，珠帘暮卷西山雨""鹰风凋晚叶，蝉露泣秋枝"，是激扬了什么正道呢？他"徘徊莲浦夜相逢，吴姬越女何丰茸"，承载的又是什么正道呢？

翻开王勃现存的诗歌，完全看不出他投身儒家道德说教的真诚，反倒证明了他追求文艺美的天赋。[4] 他最能打动我们的，是他的文采和真性情。他比有唐以来任何一个前辈诗人都更能发现自然界萧疏辽阔的美——"乱烟笼碧砌""山山黄叶飞",人人眼中有此景,却人人笔下无此诗。这些都和他自己标榜的"激扬正道"没有半点关系。

不但在诗中看不出"激扬正道",王勃的为人处世也看不出"激扬正道",反而给人的印象是轻狂率性、不讲政治、荒诞不经。

他和朋友一起聚会,写文章吹牛,说曹植、陆机这样的人可以车载斗量,前辈大才子谢灵运、潘岳来了也得"膝行肘步",就是说要两膝跪着、用手肘爬行。

他在沛王府做事的时候,给主子起哄,写斗鸡的檄文,惹出政治事件来。后来他又搞出了一个至今都让人看不懂的杀人案,先是藏匿了一个有罪的官奴,又担心事情败露而杀死了他,自己被判死刑。

王勃,是用一种阳奉阴违的方式造了他爷爷的反。

在理智上,他觉得爷爷那一套是对的,他也确实有弘扬爷爷思想的强烈使命感。但在天性上,他和爷爷那一套不合拍,而是爱文艺、爱搞事,离经叛道,乐此不疲。

这就是有趣的王家人,祖孙三个,弟弟不待见兄长那一套,孙子也不待见爷爷那一套,但他们又分别在各自的时代、各自的领域里登上了高峰。

从这一家子的人生选择,我们能窥见唐初的气象:开放的选择,多样的可能,羊头各自挂,狗肉随便卖,这才有可能不经意间搅出一个文艺的大盛世来。

注释

[1] 李百药来访故事见王通《中说》。当然有可能是撰著的人为了抬高王通而编造的。

[2] 王通《中说》："子谓：'文士之行可见：谢灵运小人哉？其文傲，君子则谨。沈休文小人哉？其文冶，君子则典。鲍照、江淹，古之狷者也。其文急以怨。吴筠、孔珪，古之狂者也。其文怪以怒。谢庄、王融，古之纤人也。其文碎。徐陵、庾信，古之夸人也。其文诞。'或问孝绰兄弟。子曰：'鄙人也。其文淫。'或问湘东王兄弟。子曰：'贪人也。其文繁。谢朓，浅人也。其文捷。江总，诡人也。其文虚。皆古之不利人也。'"

[3] 王勃《上吏部裴侍郎启》。

[4] 陈弱水《唐代文士与中国思想的转型》："事实上，王勃自己的文章内容和风格也大多与文学功用主义渺不相涉。"

宋家的长子

一

话说公元 656 年，在王勃出生六年后，在长安城一户官宦人家的住宅里，响起了一声清脆的儿啼。一位叫宋令文的骁卫军官迎来了自己的长子。

这里闲叙一笔，宋令文先生虽然是一名武官，却也有文才，是当时颇具影响力的一位社会名流，他后来还跨界做了"东台详正学士"。

看见"东台"这个名称，我们就知道，那代表着一个特殊的时代——武则天崛起的时代。

由于她特殊的审美口味，朝廷里几套班子的名称统统被改了，变得文艺浪漫了许多。尚书省、中书省、门下省被分别改名为"中台""西台"和"东台"，侍中被改为"左相"，中书令改成"右相"，仆射被叫作"匡政"，左右丞被叫作"肃机"。

比如后来妇孺皆知的大诗人王维，就曾做过尚书右丞。如果他早生一点，活在高宗和武后时代，大概就不会被叫"王右丞"了，而应该被叫作"王肃机"。

而此刻，我们的宋令文正抱着他的长子，看着怀中那稚嫩通红的脸蛋，十分欣喜。

"等他长大了，我要把自己最拿手的本事教给他，让他有出息。"宋令文心想。

这个孩子，就是我们今天故事的主人公，唐诗历史上的一代宗匠——宋之问。

你可能会说：宋之问？这是谁啊，是个小人物吧，我怎么从来都没听说过。

这可不是小人物。我列举他三点特别牛的地方你就明白了：

第一是他的诗很牛。每一个中国人，都能够读懂他的一句诗："近乡情更怯，不敢问来人。"

直到今天还有学者说，公元八世纪的中国诗坛，是"沈宋的世纪"，其中这个"宋"就是宋之问。他还有一个更尊贵的称号，叫作"律诗之祖"。[1]

其次，宋先生不但会写诗，据传说还擅长很多绝技，比如举报、告密、宫斗之类，如果去演宫廷剧一定很无敌。

在唐代的大诗人里，有些人是很不擅长宫斗的，比如李白，进宫没几天，就被对手给斗趴下了，皇上对他各种嫌弃，最后干脆轰走了事。

但宋之问先生却堪称宫斗高手，百撕百胜，比李白不知道高到哪里去了。

第三，也是最厉害的一点：他的很多场宫斗，都是为了泡一个妞。

按说唐朝的风流诗人可不少，白居易、元稹、杜牧、李商隐都很风流，而且还各有特长：元稹爱结交才女，杜牧爱逛青楼，李商隐则据说暗恋人家的丫头。但宋之问老师却与众不同。他要泡的，是整个唐朝最难泡的一个妞。

是谁？太平公主？玉真公主？都不是，比这还更难些，他的目标是——武则天。

你大概会以为他疯了：这个女人也能下手的？可是我们的宋之问先生据说当真勇敢地出手过。

我猜现在你对宋之问同学必定已充满好奇了。下面，就让我们一起了解下他那不平凡的一生吧。

二

时光飞逝，在父亲的悉心呵护中，宋之问渐渐长大了，并已经有了两个弟弟。

某天，父亲把兄弟三人郑重叫到了面前。他要完成自己当初的心愿：把最擅长的本事传给孩子。

"你们也都慢慢长大了，该学点东西了。爹这一生最拿手的有三门本领：一是武功，二是书法，三是文学。你们一人选一样学吧！"[2]孩子们纷纷做出了选择。老二宋之逊选了书法，后来成为一代草隶名家；老三宋之悌则选了武功，后来成了一名颇有战功的勇士。

最后，父亲把殷切的目光投向了老大——宋之问。他虽然还没成年，但已出落得高大英俊，一表人才，口齿便给，像个明星。[3]

"你选什么呢，孩子？"

"我要学文学。"宋之问坚定地说。什么武功、书法，我都不感兴趣。我一定要学好文学，成为一名大诗人，书写我的壮（宫）丽（斗）人生！

定下目标之后，宋之问刻苦学习，天天读书写诗，忙得连洗脸刷牙都顾不上。

父亲劝他说："孩子啊，你刻苦学诗当然很好，但牙还是要刷的，不然早晚要吃大亏。"

宋之问却不以为然："刷一个牙，至少要五分钟，多浪费时间啊。少刷牙怎么会吃亏呢！说着，他又埋头到了书本之中。"

渐渐地，小宋同学在各大报纸杂志上不断发表作品，开始有了一些名气，尤其是五言诗写得最得心应手。随着声誉渐起，小宋也很得意。

有一天，他的手机上忽然收到一首诗，是外甥刘希夷发来的。

"小舅，你看我这两句诗怎么样，能不能发表？"外甥兴冲冲地问。

宋之问点开一读，不禁吃了一惊。诗中有两句："年年岁岁花相似，岁岁年年人不同。"这太棒了[4]，要是发表出去，一定会流行啊！

"这是你写的？"他狐疑地问。

"是啊，有什么问题吗？很差吗？"刘希夷一脸无辜。

宋之问不动声色："外甥呀，这两句诗的水平我看也就一般般啦，就算发出去效果也不会太好。要不然这样，这两句诗就署我的名字，小舅帮你发怎么样？"

刘希夷又不傻，很快反应了过来："什么？你是要剽窃？我不干……"

宋之问怒了：小子，敬酒不吃吃罚酒，我弄死你。

怎么弄死呢？话说《水浒传》里曾记载了一种害人的办法，叫作"土布袋"，把一个口袋装满土，压在人身上，一时三刻就死了。

传说宋之问就做了一个这样的土布袋，压在了刘希夷身上。可怜的外甥便这样死掉了。宋之问得到了外甥的这一句诗，发表之后，风行一时。

有不少学者考证说，这事太不靠谱：首先，刘希夷到底是不是宋之问的外甥，就要打个大大的问号；其次，刘希夷的年纪也应比宋之问大，怎么会反被小朋友压死呢。

可这个八卦段子也不是我编的，在唐朝就有人这么传。[5] 其中有一个名头响当当的传播者，就是后来的大诗人刘禹锡。他曾经和同事聊天，讲到过宋之问压死亲外甥的事，说得唾沫横飞，被同事的孩子记了下来，写成了书，传到今天。

再说了，宋之问家不是武林世家嘛，会武功的，或许真能压死刘希夷也说不定。

不管怎样，宋之问的人生第一场斗争大获全胜。

三

渐渐地，靠着帅气的长相和出众的才华，我们的宋之问越来越红了。他考中了进士，后来又进入朝中做事，担任高级书童，代号9527。

办公室里，一个同事热情地迎上来和他握手："你好，我是9528，我们以后就是同事啦！我叫杨炯！"[6]

你发现这个同事的名字有点熟是不是？没错，此人名震江湖，正是"初唐四杰"里的杨炯杨盈川。

想到这一幕，我有点感慨：唐朝诗坛是怎样地藏龙卧虎啊，在长安的一间小办公室里，居然齐聚着两个大诗人。

你或许会有点担心：和腹黑的小宋做同事，杨炯到底安不安全？会不会也因为写出一句好诗来，比如"宁为百夫长，胜作一书生"之类，被宋之问眼红盯上，用布袋给压死？

你放心，没有发生这种事。压死同事哪是这么容易的。何况杨炯此人性格孤傲，在单位人缘不太好，仕途一直没有起色，对心机帝宋之问基本构不成什么威胁。

后来宋之问不断蹿红，直至陪侍武后，风光无限，杨炯却一直在当文员，晚年做到的最大的官也就是个县长。小宋根本犯不着去撕杨炯。他们维持了终生的纯洁友谊。

长话短说。凭借着优秀的表现，我们的小宋在职场步步高升，最后担任了一个了不得的职位——武则天的高级伴读书童！他春风得意，夹着小笔记本，跟着御姐到处视察。

高处的竞争是激烈的，一场大撕也随之来临了。这次的对手很强大，叫作东方虬。

在武侠小说里，凡是复姓的往往都是高手，比如令狐、西门、慕容之类。尤其是姓东方的，更是高手中的高手，想想那个死人妖你就知道了。

东方虬当时的职位叫作"左史"。请注意，这个官并不大，不要误会成明教的"光明左使"那样的教主之下的二把手。当时的"左史"只是个在御前服务的笔杆子而已。

不过，这个岗位由于亲近主要领导，分量也不轻。何况东方虬的诗才很高，远在刘希夷之上，堪称初唐的一面旗帜。比如一首《春雪》：

春雪满空来，触处似花开。
不知园里树，若个是真梅。

从这首诗，能看出东方同学功力深厚，举重若轻，堪称小宋的劲敌。可我们的小宋毫不惧怕：尔要撕，便来撕！

战斗发生在洛阳。是日，武则天带队浩荡出游，眼看着一片山明水秀、柳绿花香，御姐心情大悦，命手下写诗助兴。

东方虬手持毛笔应声而出，一挥而就，果然文采斐然。武则天很高兴，当场给他颁发最高奖：一件豪华时装。

东方虬得意扬扬，斜眼看着宋之问，意思很明显：我左青龙、右白虎，老牛在腰间，龙头在胸口，你一个小小书童，敢和我作对吗！

可他的新衣服还没穿暖呢，就听见武则天大喊一声："好！这一首更好！"

东方虬如遭雷轰。因为武则天手里拿的，正是宋之问的卷子。

小宋这一次交上去的诗，名字叫作《龙门应制》，又名《记一次隆重的考察活动》。诗很长，这里就不全引了，它的大意是：

> 春雨初霁啊，花红柳绿，
> 御姐出行啊，多么壮丽。
> 仙乐鸣响啊，千乘万骑。
> 这可不是来游山玩水啊，
> 而是来关心老百姓种地。

辞藻十分华丽，语句十分精致，政治完全正确，大大拔高了女王出游的意义，武则天越看越高兴。她当场下令："来人呀，把东方虬的时装扒了，给我家小宋穿上！"

东方虬当时一定很悲愤。是的，用文章来谄媚人，就是这么残酷，它换不来真正的体面。

四

一战告捷之后，宋之问愈发巩固了在武则天身边的地位。他渐渐赢得了一个外号——诗家射雕手！

如果金庸那时候写《射雕英雄传》，主角应该是我们的宋老师。

这时，宋之问已制定了下一阶段的五年计划，他要继续向武则天进攻，乃至夺取御姐的欢心。光靠给女主写诗已经不能满足他了，他还决心要给武则天……当男朋友。

你可能觉得这有点荒唐，我也觉得有点荒唐。但这些事儿也不是我瞎编的，确有前人这么记述。您就存疑往下看吧。

此时宋之问年纪已经不算轻了，迈入了大叔的门槛，但仍是气质不凡，风度翩翩。对于取悦女主，他颇有自信。

他很快找到了机会。当时武则天交了几个小男朋友，最有名的是一对兄弟俩，叫作张易之、张昌宗。不少读者应该看过电视剧《大明宫词》，里面有一个很会吹箫的妖艳小白脸，那就是张易之。

武则天经常和兄弟俩一起鬼混，对外找借口说是让他们"编书"。其实在学问方面，他们是两个标准的低能儿，哪里会编什么书呢。

宋之问看准了机会，使劲巴结张家这两兄弟，鞍前马后地服侍。据传说，这两兄弟要解手，宋之问还亲自给他们端夜壶。[7]

事与愿违的是，不管宋之问怎么钻营，武则天对他的态度总是这样的：

小宋呀，你表现挺好。

小宋呀，你的诗写得真不错。

小宋呀，你是一个好人。

…… ……

好人卡领了一大堆，可小宋就是爬不上女皇的龙榻。

宋之问忍无可忍，决定拼了。他铆足了劲，给武则天写了一篇长诗，叫《明河篇》。

后来很多人都说那是一封情书。里面还真有些暧昧的词句，比如："鸳鸯机上疏萤度，乌鹊桥边一雁飞。""明河可望不可亲，愿得乘槎一问津。"

"乘槎"是什么意思？就是乘木筏子。什么叫"明河可望不可亲，愿得乘槎一问津"？翻译出来就是：

"我这张旧船票，还能否登上你的客船？"

情书送上去之后，过了好久，小宋才终于侧面听到了武则天的回复。这是一句在中国诗歌史上被当作段子传了一千多年的回复：

"我不是不知道小宋有才华、有情调。可是……架不住他口臭啊……"

原话是："'吾非不知之问有才调，但以其有口过。'盖以之问患齿疾，口常臭故也。"[8]

古人没有记载小宋听到这句话后的表情，只写了四个字："终身惭愤。"料想他大概是又愧又悔：爹啊，悔不该当初，看来你说对了，刷牙真的很重要。

五

这一次之后，小宋的仕途开始走下坡路了。705年，他遭到当头一棒：自己倚为靠山的女主武则天被人推翻下台了。

天塌了。小宋的高级伴读书童做不成了，被贬到广东。那时候的广东不比现在，是改革开放的前沿阵地，当时那地方偏僻荒凉，又热又苦。宋之问度日如年，暗暗下了决心：我的人生还没有完！我还可以继续宫斗！

他悄悄潜回了洛阳，住在一个叫张仲之的朋友家，等待时机。很快，他的机会就来了。

这一天夜里，月黑风高，宋之问无意间听说了一件惊天动地的大事：这位收留了自己的好朋友张仲之，居然和别人密谋搞政变，要杀了当朝宰相武三思。

听说了朋友的这一壮举，宋之问感动得热泪盈眶。他意识到自己东山再起的机会来了。于是，小宋抹着泪水，毅然做出了决定：

告密！

他连夜派人发了一条紧急微博，转给了武三思：我的房东张仲之是个坏分子！他图谋不轨！请爱唐人士一起来封杀他！[9]

结果可想而知，张仲之全家被杀光光，宋之问则举报有功，升官做了鸿胪主簿，等于是朝廷外事部、礼仪部的办公厅主任。

在当时的文人圈里，大家一说起这件事，就会偷偷对着宋之问比中指，鄙视他的为人。但这又怎么样呢？历史是胜利者书写的，我们的小宋就是会宫斗！

这一阶段，是小宋人生的中兴时刻，他十分珍惜。老板由武则天变成了唐中宗，他仍然努力地写作，要压过其他诗人，以得到新老板的赏识。

很快，他人生中的最强对手出现了。

前文曾说过，当时诗坛的两大天王并称"沈宋"。其中"宋"就是宋之问，而"沈"则是另一个人——沈佺期。

一山不容二虎。他们之间终于爆发了一场正面对决，那就是唐诗史上几大著名决战之一的"彩楼之战"。

故事发生在正月的最后一天。这一天是古人所谓的"晦日"，今天我们不讲究过这个节了，但在唐代，这一天是重要节日，一般都要到水边搞点节庆活动，泛舟、喝酒、赛诗、祓禊之类。

中宗皇帝也不例外。当天，他游览了长安郊区的昆明池，在这里搞了一场隆重的赛诗大会。

现场修起了一座彩楼，作为赛诗的会场。诗人们纷纷提笔应战。担任评委的是大大有名的一个女人——上官婉儿。

彩楼之上，上官婉儿随手评点，遭到淘汰的卷子被直接扔下来，一时间楼前如雪片纷纷，满空中都是 A4 纸。

扔到最后，上官婉儿手上只剩下两个人的卷子：沈佺期和宋之问。

所有人的目光都集中在她的手上。只见她秀眉紧蹙，将两首诗比来比去，始终难以取舍。终于，她一扬素手，一张卷子悠悠飘下，大家抢过来一看，是沈佺期的。

这说明宋之问赢了。沈佺期不服："凭什么我不如那个口臭鬼！"

上官婉儿说："你俩的诗，难分高下。但是你的结尾比他的弱，劲力泄了，所以你输了。"

沈佺期的结尾是："微臣雕朽质，羞睹豫章材。"大意是：我这么没本事的人，能有幸看到朝中这么多能人，真是觉得很惭愧——很谦虚，但也很泄气。

而宋之问的结尾呢？是气场完全不同的十个字："不愁明月尽，自有夜珠来。"

它不但巧妙地嵌入了一个关于汉武帝救鱼得珠的典故，而且还饱含正能量，体现了充分的道路自信：

"我不担心今晚的月亮会黯淡，因为一定会有明珠来照亮我大唐的夜空！"

沈佺期再不敢争了，胜负就此判定。

有人说，沈佺期这一仗输得可惜，因为他擅长七言，却非要去和宋之问比五言。也有人说，沈佺期的诗比宋之问多写了一联，气脉到最后跟不上，这才泄了。

不管怎样，宋之问又一次大获全胜。

六

那么，赢得了"彩楼之战"的小宋，从此青云直上了？

并没有，这一仗只是他的回光返照而已。他的每一场宫斗都赢了，但他却输在了大的战略上。

中宗皇帝不是一个靠得住的老板，宫中权力斗争激烈，各路政治强人轮流坐庄，宋之问同学就在中间见风使舵。

当年武则天在的时候，他拼命巴结二张兄弟；二张垮台后，他就使劲巴结当红的武三思；武三思倒台了，他就巴结太平公主；等韦皇后、安乐公主势力坐大，他又抛下太平公主，去巴结安乐公主。

大家可以去翻翻小宋的诗集来看，每换一个老板，他就写一大堆跪舔文。其实在唐朝大诗人里，谁又没有巴结过人、没写过几首跪舔诗呢，后世李白、杜甫也不能免俗。但小宋见风使舵得太露骨，弯转得太急，所以翻起车来也就特别惨。

709年以后，唐朝宫斗白热化，一场又一场的内廷剧变接连发生，宋之问的老板们先后倒台，纷纷被杀。

小宋到处遭人嫌，被一路猛贬，先贬到越州，又改到豫州，最后改到桂州，唯恐把他踢得不够远。

他提心吊胆、失魂落魄地走着，不知道下一站是什么地方，会不会又接到命令，被贬到更远处去。过去的一切荣华都随风而去，剩下的只有荒凉的边地和遥远的故乡。

宋之问似乎终于明白了点什么——我端过马桶，写过谀辞，出卖过朋友，数十载钻营，却只换来今天的下场，究竟是为了什么呢。

一路上，他写下了很多动情的诗句，和过去那些"锣鼓喧天、彩旗招展"的诗完全不一样的句子。这些前后两次被贬谪时期的作品，是小宋一生中最好的诗：

> 度岭方辞国，停轺一望家。
> 魂随南翥鸟，泪尽北枝花。
> 山雨初含霁，江云欲变霞。
> 但令归有日，不敢恨长沙。

这是他写的《度大庾岭》。这里的交通条件非常差，即便是几十年后，大诗人张九龄到大庾岭考察，发现这里仍然是"人苦峻极"。宋之问经过的时候，艰苦可想而知。

还有读来让人唏嘘不已的《渡汉江》：

> 岭外音书断，经冬复历春。
> 近乡情更怯，不敢问来人。

一个诗人，当他没有了资格粉饰太平，断绝了机会拍马跪舔，往往才能放眼苍凉世界，书写心灵之声。

可惜的是，宋之问的诗魂刚刚升华，肉体就必须毁灭了。新上台的人已经没有耐心让这个旧人再活在世上，下令把他赐死。

宋之问走得挺可怜。接到被赐死的命令后，他脑门冒汗，来回转圈，一拖再拖。[10]

最后，在别人的呵斥下，他才稍微定了定神，洗了个澡，吃了点东西，结束了自己的一生。

回望小宋的一生，那些端尿壶、求做面首、弄死外甥的八卦故事，虽然在唐朝时就被人传得绘声绘色，其实不一定都是真的。有些可能是因为他名声不好，"天下丑其行"，被人存心编派的。

但话说回来，和小宋同时代的沈佺期、杜审言等，也都是大诗人，也都因为谄媚二张被贬，却也都没被人抹黑到小宋的地步。说到底，还是小宋品行差劲，一些事做得太不体面，所谓"人品卑下而恶归焉"。

曾经，当他的好朋友杨炯去世的时候，小宋写过一篇祭文，至今都是名篇，开头是八个字：

"自古皆死，不朽者文！"

既然小宋早已明白这个道理，又何必做那么多徒劳无益的事呢？

最后，抄几句歌词，送给做事有瑕疵但诗文仍然不朽的宋之问同学吧：

在人间已是癫，何苦要上青天，
不如温柔同眠。

注释

[1]〔元〕方回《瀛奎律髓》："子昂以《感遇》诗名世……与审言、之问、佺期皆唐律诗之祖。"

[2]《新唐书》列传第一百二十七："之问父令文，富文辞，且工书，有力绝人，世称'三绝'……既之问以文章起，其弟之悌以骁勇闻，之逊精草隶，世谓皆得父一绝。"

[3]《新唐书》列传第一百二十七："之问伟仪貌，雄辩。"

[4] 这诗也有很多人觉得并不咋地。金人王若虚说："年年岁岁，岁岁年年，何等陋语。"宋人魏泰说："希夷这句殊无可采。"

[5]〔唐〕刘肃《大唐新语》："刘希夷……作一句云：'年年岁岁花相似，岁岁年年人不同。'……诗成未周，为奸所杀。或云宋之问害之。"后来〔唐〕韦绚《刘宾客嘉话录》："刘希夷诗曰：'年年岁岁花相似，岁岁年年人不同。'其舅宋之问苦爱此两句，知其未示人，恳乞，许而不与。之问怒，以土袋压杀之。"

[6]《新唐书》列传第一百二十七："甫冠，武后召与杨炯分直习艺馆。"他们的关系似乎还不错。

[7]《新唐书》列传第一百二十七："张易之等炙昵宠甚，之问与阎朝隐、沈佺期、刘允济倾心媚附……至为易之奉溺器。"

[8] 见〔唐〕孟棨《本事诗·怨愤》。古汉语里"口过"未必就是指口臭。但是后文一句"口常臭"，硬是要把宋之问的口臭坐实了。

[9]《新唐书》列传第一百二十七："之问逃归洛阳，匿张仲之家。会武三思复用事，仲之与王同皎谋杀三思安王室，之问得其实，令兄子昙与冉祖雍上急变，因丐赎罪，由是擢鸿胪主簿，天下丑其行。"这件事是宋之问最大的人生污点之一，因为他出卖了朋友。但研究者对这件事的真实性也有争议。比如杨墨秋《宋之问研究二题》："《唐书》本传、《资治通鉴》等史书所说的之问逃归，藏匿于验马都尉王同皎或洛阳人张仲之家的记载是经不起推敲的。"认为张仲之发案时间和宋之问回洛阳的时间不合。

[10]《新唐书》列传第一百二十七："赐死桂州。之问得诏震汗，东西步，不引决。祖雍请使者曰：'之问有妻子，幸听诀。'使者许之，而之问荒悸不能处家事。祖雍怒曰：'与公俱负国家当死，奈何迟回邪？'乃饮食洗沐就死。"读了让人不忍。

军曹的绝唱

一

告别了宋之问，让我们振作一下精神，迎接下一个主角。他的名字叫作陈子昂。这也是在"初唐"这座殿堂里，我们最后拜访的一位大神。

说到陈子昂，我们先绕远一点，从一个明朝人的故事讲起。

这个明朝人叫作杨慎，是一个大有来头的人。明朝有所谓的"三大才子"，你一听这称号，大概会立刻本能地想到唐伯虎，但唐寅其实并不在其中。这三个才子里，一个叫解缙，是主编《永乐大典》的那位；一个叫徐渭，是大名鼎鼎的诗文家和书画家，戏曲里也常见到的徐文长；而被称为这三人之首的，就是杨慎。

只要说出他的一首词，你一定会有印象的。这首词就是：

> 滚滚长江东逝水，浪花淘尽英雄。
> 是非成败转头空。
> 青山依旧在，几度夕阳红。

想起来了对不对？杨慎的这首词，被后人拿来放在了《三国演义》的开头，和原著水乳交融，成为天作之合。

这一年，杨慎在官场遇挫，被流放到偏僻的云南。但他并不气馁，而是在云南认真读书，研究历代诗文，撰写著作以自遣。

此刻他正在读的，就是一本唐人的诗集。

一行行扫下去，都是他早已经烂熟的诗句：

> 王道已沦昧，战国竞贪兵。
> 乐生何感激，仗义下齐城。

> 一闻田光义，匕首赠千金。
> 其事虽不立，千载为伤心。

忽然，当他随手翻到关于这位诗人的一篇小传时，年已五旬的杨慎眼睛一亮，手都轻轻颤动了：这里面居然还藏着一首诗？

八百多年过去了，它都静悄悄地躺在这一篇小传里，没有被人重视？

杨慎提起笔，珍重地将这几句诗圈了出来，并认真地写下了批注：

"这一篇诗文，简朴大气，真有直追汉魏的风骨，而我所看到的所有文章典籍却都没有记载它。"[1]

杨慎所发现的，究竟是一首什么诗呢？后人给它加了一个题目，叫作《登幽州台歌》：

> 前不见古人，后不见来者。
> 念天地之悠悠，独怆然而涕下。

在杨慎的推荐下，各路文坛大咖们纷纷转发这首诗，使它的知名度越来越高，最后变得妇孺皆知，传诵一时。自此，一篇在诗人的小传里藏身了八百年的诗章，才终于进入了中国的诗歌史，射出炫目的光彩。

这首诗的作者，就是我们的主角陈子昂。[2] 这么了不起的一个诗人，他创作这首诗时的头衔是"军曹"。这是个什么品级的官呢？说法有很多种。最差的可能，是相当于一个我们很熟悉的词：

弼马温。[3]

二

一般而言，当我们讲一个诗人的故事的时候，往往都要说他从小聪明好学，三岁识几百字，四岁会作诗，五岁拿作文大赛冠军之类。前面的"四杰"等人几乎都是这个套路。

然而陈子昂完全不是。相反，他小时候是一个不爱学习的问题少年。

当时的文坛，是一帮天才在统治，恨不得一个比一个读书早、出名早。骆宾王七岁写出《鹅》来；王勃六岁就能写文章，九岁就能写大卷大卷的专业论文，据说还指出过前人注《汉书》的错误；卢照邻自幼饱读诗书，十几岁就被朝廷里的高级干部说成是司马相如再世；杨炯十岁就被当成神童。

陈子昂却有着完全不一样的童年。当小王勃正在刻苦读书、写论文的时候，小陈子昂在干吗呢？击剑、行侠，活到十七八岁仍然"不知书"。

后来他打架斗殴闹出人命，这才幡然悔悟，弃武从文。他的经历和后世的诗人韦应物有点像，不是个天生的读书人。

这也是为什么陈子昂明明和王勃、宋之问等是一辈人，却总给我们时代更晚的感觉。说白了，不是年代晚，而是读书晚。

即使是后来，他长大了，会写诗了，也好像独立于当时文坛的圈子之外。[4]

那时的诗坛大致有两拨人。一拨是主流诗歌圈，能参加宫廷的文学活动的，比如宋之问、沈佺期、杜审言、李峤。他们在朝廷里面子熟、门路广，特别是和武则天的男朋友张易之老师的关系很好，各种好事都容易有他们的份儿。

这个圈子里的人写诗也是一个味道，声律协调，工整精丽，各种弘扬唱颂。

另一拨是非主流诗歌圈，典型的就是"四杰"。这一伙人在文坛政坛上扑腾多年，大部分时间都沉沦下僚，蹭蹬失意。他们的诗歌风格也就比较多变。

陈子昂呢？哪一个圈都不是。他既不是主流圈的，也不是非主流圈的，他自成一体，一个人玩。

他和上述所有人都不太一样。当时在朝中做官的人，多多少少都要写几首宫廷咏物诗，陈子昂却几乎一首都没有。在宫体诗大行其道的时候，他似乎没有接受过一点儿这类诗的训练。

他是四川人，家乡在遂宁射洪县，那个地方至今还留着他的读书台。按道理说，当时的"四杰"都和四川有密切关系，要么长期在四川游历，要么在四川工作过。这片土地上几百年来都没有诞生过一流的文学，但到了初唐却一时间荟萃了众多的名士，成为诗歌改革的前沿。

可是作为四川人的陈子昂却好像并不太认识他们，相互之间没有一点交集。翻翻诗文，除了宋之问等寥寥几人，我们几乎看不到陈子昂有什么和他们之间的互动。

在那个时代，他很孤独。唐代诗人们都喜欢齐名、并称，有沈则有宋，有李则有杜，有钱则有刘，有王则有孟，有元则有白，有郊则有岛，有皮则有陆。

陈子昂却没有。他这样大的名声、这样大的影响，但在他的时代里没有人和他齐名，没有人和他并称。他像是一个天外的来客。

此外，他也不像一个大诗人。

他的诗写得有些"不讲究"，比较粗直。比如到处都是重复的字眼，这是很犯忌讳的。他的代表作《感遇》组诗的开篇第一首，"微月生西海""太极生天地"，憨态可掬地连用了两个"生"。[5]接着"三元更废兴""三五谁能征"，连用了两个"三"字。又比如"化"字，鲍鹏山统计说，三十八首《感遇》诗里使用了十一次"化"字，外加十三次其他的指代词。

辞藻不丰富，是不少人读陈子昂的感觉。美国学者宇文所安读了陈子昂之后，狐疑地说，他写景状物的时候掌握的"词汇甚少"。比如，凡是要表现视觉上的延续感被打断的时候，陈子昂就不可避免地用"断"字——"野树苍烟断""野戍荒烟断"；如果要表现视觉上的延续中断之后又重新开始，就往往用"分"字——"城分苍野外""烟沙分两岸"；如果这种延续侥幸没有被打破，并扩展到了一定的距离，就难以避免地要用"入"字——"征路入云烟""道路入边城"。

乍一看去，我们的陈同学像是一个没有经过专业训练的自学成才的野路子诗人。

后人说他"章法杂糅，词烦义复"，或者是"质木无文，声律未协"，他大概也是要承认的。在语句的美丽上，三五个陈子昂加起来，也赶不上一个宋之问。

陈子昂自己好像也不在乎。他不很在意诗人的名分："文章小能，何足观者？"

甚至他的外貌也不足以做一个偶像派诗人。《新唐书》说他"貌柔野，少威仪"，和明星偶像一般的宋之问完全不能相比。

那么我们究竟是喜欢他的什么呢？

三

如果把他留给后世的一百多首诗仔细揣摩一下，你会发现，这些诗里面，有三个陈子昂。

第一个是喜欢老庄的陈子昂。

这个陈子昂是理智的、超然的，也是寡淡的、无趣的。在他的代表作三十八首《感遇》里，这样的诗占了相当数量。这一类诗不像是诗，倒像是陈子昂的哲学笔记：

"闲卧观物化，悠悠念无生""吾观昆仑化，日月沦洞冥""空色皆寂灭，缘业定何成""窅然遗天地，乘化入无穷""尚想广成子，遗迹白云隈"……他一定用了大把大把的时间钻研这些东西。我们读得很苦，但陈子昂却兴致盎然。

多数人喜欢的不是这一个陈子昂。如果他总写这一类诗，能火才怪。

第二个陈子昂，是追慕鬼谷子的陈子昂。

鬼谷子是个传说里的古人，一个跨界的专家，明明在道家做着世外高人，似乎一门心思修心养性，可偏偏又不知道出于什么目的，搞了一个纵横家培训中心，教出来的徒弟个个都是搅乱世界的枭雄。

陈子昂所爱的，到底是哪一个鬼谷子呢？他自己似乎给出过答案："吾爱鬼谷子，青溪无垢氛。"——他说自己爱的是第一个鬼谷子，因为"无垢氛"，飘然出世，不沾染滚滚红尘。

然而真的是这样吗？我们再往下读就明白了。

> 七雄方龙斗，天下久无君。
> 浮荣不足贵，遵养晦时文。
> 舒可弥宇宙，卷之不盈分。

陈子昂同学固然说喜爱鬼谷子的"无垢氛"，但他津津乐道的仍然是"舒可弥宇宙，卷之不盈分"。他羡慕的毕竟还是人家能做大事，就像青梅煮酒的时候曹操所描述的那条龙："能大能小，能升能隐；大则兴云吐雾，小则隐介藏形；升则飞腾于宇宙之间，隐则潜伏于波涛之内。"又好像今天的商战里，完成一笔几百亿的惊天收购，然后关掉手机去度假。

最后，陈子昂终于要吐露心事了："岂徒山木寿，空与麋鹿群。"仿佛正焦躁地擂着胸口：为人一世，怎么能像山上的树木一样，徒有漫长的寿命，却只能和无所事事的麋鹿为伍呢！

这一个陈子昂，是纠结的、骚动的、进退维谷的。

第三个陈子昂，是怀念燕昭王的陈子昂。

我们多数人最爱的，是这一个陈子昂，一个孤独、悲怆、呼喊着的陈子昂。

燕昭王，是一位以礼贤下士而著名的古代君王。他所统治下的燕国，也是后代有志之士所共同幻想的理想之国——简历上午投进去，豪车下午就来接你。

　　人们用各种方式怀念着他。诸葛亮把自己比作他所发掘、礼遇的部下（乐毅）；鲍照用他的事迹来对照羞辱当世的权贵（岂伊白璧赐，将起黄金台）；李白哭天抢地呼喊他的名字（呼天哭昭王）；李贺说愿意为了这样的君王而战死（报君黄金台上意，提携玉龙为君死）；汤显祖在一千八百多年后仍然念叨他的事迹，对他无比怀念（昭王灵气久疏芜，今日登台吊望诸）。

　　传说中，燕昭王为了招聘贤才，建造了一个著名的建筑——黄金台。其实对于这个台子，我们连它到底多高、多阔、规制如何、上面摆设了何物都完全弄不清楚。历史上是不是真的有这么一个台？我们也不确定。

　　可一代又一代的士人都相信它的存在。尤其是当他们人生不顺遂、不得志的时候，就会更加思慕那方圣地，为古燕国再蒙上一层梦幻的光彩。

　　陈子昂就分外地怀念燕昭王。他仰天大吼：昭王安在哉！

　　他的痛苦，和自己的经历有关。陈子昂的一生，曾在仕途上有过两次大的努力。

　　第一次是侍奉武则天。

　　作为大唐的臣子，当武则天明摆着要做皇帝，要改朝换代，他选择支持还是反对呢？陈子昂选择了支持。他还紧跟形势，和很多识时务的同僚一样，给武则天上位造舆论，写《神凤颂》，写《上大周受命颂表》，热烈拥护武则天当皇帝。

　　可惜的是，他靠拥戴武则天获得了提拔，却不肯尸位素餐。他固然不傻，但又嫌太直。他是躬着腰拿到话筒的，却又偏要挺直了身板提意见，谏疏不断，"言多切直"。别人不愿触及的敏感领域，他都要去批评，不论内政、外交、边防、刑狱、民生，各个方面他都要诤谏。

终于，他和武则天隔膜起来，被嫌弃、整肃，还坐了牢。我们不知道他被下狱的具体原因是什么，但归根到底是失去了武则天的好感和信任所致。

陈子昂落了个两面不讨好。他固然没有讨好到武氏，也没有讨好后世的批评家、道学家们。由于拥戴过武则天，陈子昂成了变节者、投机家，得到了滚滚骂名，年代越往后，就被骂得越厉害。唐代的杜甫认为他"终古立忠义"，完全是正面高度评价，但到宋元之后，人们就说他道德败坏，拍马屁、没节操，"其聋瞽欤"，甚至"立身一败，遗诟万年"。

骂得最厉害的，是清代的王士禛，说陈子昂是人渣败类，"不知世有节义廉耻事矣"，"真无忌惮之小人哉！"最后王士禛还不解气，来了一段恶毒诅咒："陈子昂这厮最终被一个县令害死了，我看不是县令害的，一定是唐高祖、唐太宗的灵魂附体，假手于县令，干掉了这个叛徒。"

这就过分了。

在陈子昂当时的环境下，劝进、拥武是例行公事。后人眼里的那些忠臣贤相，比如姚崇、宋璟、娄师德、狄仁杰，他们当时不也都拥戴武则天吗？我们为什么对一个诗人、低级官员的要求，比对那些大政治家、高级官员还严苛呢？

陈子昂对武氏的拥护，也不能说是见风使舵，多少是发自内心的。武则天把他从一个从九品的小科员拔擢到秘书省，做麟台正字，做右拾遗，虽然位阶仍然不很高，但接近了核心部门，有了建言献策、展示才华的机会，一个正常人怎么会不拥戴感激呢。

其实最没有资格批评陈子昂的，恰恰就是王士祯老兄自己。

他看不惯陈子昂作为唐臣，却去做武则天的官，觉得是人品不端。然而王士祯的祖宗世代都做明朝的官，他亲爷爷王象晋做到了明朝的布政使，省级干部。可王士祯本人却跑去做清朝的官，一路升迁，干到刑部尚书。

按照王士祯的标准，他自己比陈子昂没节操得多了。陈子昂拥戴的武则天，毕竟是李唐家的媳妇、唐中宗的亲娘，后来也被李唐家所承认，入葬乾陵，一路加谥到"则天顺圣皇后"，说到底人家是一家子人。而王士祯服侍的清朝却是敌人，是灭了南明的仇家，他又该如何面对祖上呢？难道明太祖、明成祖之灵也应该附体杀了他？

对别人的宽容，就是对自己宽容。王士祯大概还不大明白这个道理。

前文说了，陈子昂仕途上的第一次努力是拥戴武则天，他的第二次努力，是从军边关。

他是一个有侠气的人，看看"剑"在他的诗歌里出现次数之频繁就知道了。唐代二千二百多 [6] 诗人，陈子昂是其中最有侠客风范的人之一，如果有导演拍武侠片，在诗人里选角，最有可能被选上的就是陈子昂。

他一生中得到了两次机会出征。提剑塞上，跃马边关，是多么符合他的心意啊！看看他的《感遇》诗就知道了：

本为贵公子，平生实爱才。

感时思报国，拔剑起蒿莱。

西驰丁零塞，北上单于台。

登山见千里，怀古心悠哉。

谁言未忘祸，磨灭成尘埃。

　　多么慷慨的诗句。相比之下，李后主也说"金剑已沉埋，壮气蒿莱"，但和陈子昂相比，只是哀怨的亡国之音。李白则说："与君各未遇，长策委蒿莱。宝刀隐玉匣，锈涩空莓苔。"可那不过是怀才不遇的牢骚而已，毕竟李白从没有当真在边塞冲杀过，一切都是想象，比不上陈子昂真正跃马塞外的豪雄。

　　大军之中，我们的小陈同学正在渴望带一彪人马，杀敌建功呢，忽然有一个人给他泼了一盆冷水：

　　"你一个书生，你带个毛的兵啊！"

　　泼凉水的人，就是统兵的首领，武则天的侄子武攸宜。他是武家少有的几个能带兵的人。不幸的是，陈子昂和他没有能够很好地合作。

　　他们的部队到了渔阳，前锋出师不利，陈子昂几次提意见，想带兵出征寻找机会，都未获准许。武攸宜对他的嫌恶逐渐加深，最后把他的官职由管记（高级参谋）贬为军曹。

　　陈子昂一言不发，交上了自己的制服、肩章和领花。从此，这个部队里最咋呼、最爱提意见的人，变得沉默了。

　　正是在这最苦闷的日子里，他随着部队，经过了古代燕国的旧都。

　　陈子昂孤身一人登上了高处。此时距离燕昭王的霸业已过去数百年，极目远眺，城池早已不在，四下只剩一片蒿草，传说中的黄金台也不知道藏埋在何方。畅想当时豪杰云集的场面，再想想自己的处境，忍不住感慨伤怀。

这个沉默了很久的小小的军曹，终于觉得有话要说了。

他拿起了笔，浸入墨中，深乌色的墨汁迅速沿着雪白的毫毛爬升。此时万籁俱寂，连在云中窥探的诗歌之神都屏住了呼吸，等待着那一刻的来临。

陈子昂笔尖飞动。他一连写了七首诗，热情歌咏了七个和幽燕有关的人物，分别是黄帝、燕昭王、乐毅、太子丹、田光、邹衍以及郭隗。

七首诗写毕，军曹兴犹未尽，泫然流涕，作起了歌来。他一定料想不到，自己此刻所唱的内容竟然也会流传千古。后人给它取了个名字，叫作《登幽州台歌》：

> 前不见古人，后不见来者。
> 念天地之悠悠，独怆然而涕下。

这是他人生的低谷，却是他诗作的巅峰，也是有唐朝以来诗作的巅峰。哪怕埋没了那么多年，它也终于被明朝人发现，成为了名篇。

在这之后不久，他就辞职回家了。几年后，病中的他遇到一位贪婪的地方官，被下狱折磨致死。也有学者说，他实际上是得罪了武家，他们授意地方官害死了他。

唐代那么多诗人里，没有几个曾被称为"文宗"的，王维是一个，陈子昂是一个；也没有几个人的作品曾被称为"泣鬼神"的，李白是一个，陈子昂是一个。

在他去世很多年之后，有一个粉丝跋山涉水，慕名来到了陈子昂的家乡。

这位粉丝是怀着崇敬之情来的。他爬上金华山，瞻仰陈子昂的读书堂遗址，亲手抚摸了石柱上的青苔。他又来到附近的东武山，走访了偶像的故居，凝视着陈旧的砖石、斑驳的墙壁，久久不愿离去。

这个粉丝叫作杜甫。

对于陈子昂来说，武则天是不是看重他，武攸宜是不是欣赏他，乃至后世的王士祯等人是不是理解他，现在已经变得一点都不重要了。因为杜甫崇敬他。在这番游览之后，杜甫为偶像写下了这样的诗句：

公生扬马后，名与日月悬。

注释

[1] 杨慎《丹铅摘录》："陈子昂《登幽州台歌》云：'前不见古人，后不见来者。念天地之悠悠，独怆然而涕下。'其辞简质，有汉魏之风，而文籍不载。"

[2] 不得不提一种很煞风景的可能，就是陈子昂在所谓"幽州台"上吟唱的这几句，未必是他的创作，而不过是当时一首流行歌曲，又或者是最早记录这段故事的卢藏用根据陈子昂的歌意浓缩撰写的。

[3] "军曹"这个词，在日语里指中士，唐代显然不是。在新旧《唐书》里都没有"军曹"这个名目，但又说陈子昂"徙署军曹"。大概有两个可能，一是它笼统指部队系统，两宋文献里有几处"军曹"字样，常是代指部队的意思。另一种可能，它是个简称，唐代军队文职官里有仓曹参军事、兵曹参军事、骑曹参军事，都是正八品下低级官员，有时可兼任，"军曹"可能是这些职务的简称。如果陈子昂是骑曹参军事，那么就类似弼马温了。当然，弼马温"未入流"，骑曹参军事职级虽然低，毕竟是入了流的，陈子昂的境遇还是比孙猴子好。

[4] 宇文所安《初唐诗》："陈子昂的发展似乎相对地独立于同时代的文学界。"

[5] 用重复字眼，是写诗的忌讳之一。唐宣宗因为考生写诗用了重复字眼，就不录取，哪怕主考官说好话也没用。

[6] 康熙御制《全唐诗》："得诗四万八千九百馀首，凡二千二百馀人。"

浪漫的初唐

一

讲完了军曹陈子昂的故事，我们可以面对一个词了：初唐。

如果我们今天去上大学、学唐诗，老师一般会习惯性地告诉你：唐诗的历史可以分成四段，叫作初唐、盛唐、中唐、晚唐。

这个分段的方法，并不一定就是最科学的。但因为它被用得最多，也最深入人心，我们这本书也按照这个方法来分。

"初唐"时代结束、"盛唐"时代开启的时间，一般认为是705 年。

而恰恰就在这一年的元宵节，诞生了一首十分美丽的诗，叫作《正月十五夜》：

> 火树银花合，星桥铁锁开。
>
> 暗尘随马去，明月逐人来。
>
> 游伎皆秾李，行歌尽落梅。
>
> 金吾不禁夜，玉漏莫相催。

这首诗所写的，是东都洛阳的元宵之夜。[1]

唐朝的大都市生活其实没有你想象的浪漫丰富，平时是要宵禁的。黄昏之后，"闭门鼓"咚咚打过，护城中的里坊关闭，大门落锁，人就不能上街了，否则被禁军抓到就打屁股。每年只有正月十四、十五、十六三天除外，不必宵禁，叫作"金吾不禁夜"。什么是金吾？就是打屁股的禁军。

一年只能嗨三晚，市民当然要抓紧机会狂欢了。于是乎到了晚上观灯之时，城里人山人海，一片银花火树。美丽的歌妓浓妆艳抹，踏着《梅花落》的歌声在人潮中穿行，处处流光溢彩，恍如天上人间。

然而有一次，我又无意翻到《正月十五夜》这首诗，忽然浮起一个念头——这首诗恰好诞生在初唐之末、盛唐之初的分水之年，岂不是很巧？

它所描写的固然是元宵美景，但如果我们用它来形容初唐的诗歌，不是也很恰当吗？

二

试想一下，如果我们站在公元 705 年的节点上，回头望去，凝视有唐以来九十年的诗，看它从最初的萎靡，到此刻的气象万千、火树银花，难免不产生"星桥铁锁开"的感慨。

按理说，这铁锁，似乎开得晚了一点，诗的勃兴应该早些到来的。它的准备工作其实早已经就绪了。

在唐朝建立大约四百年前，东汉末年的时候，五言诗就已经打磨成熟了。三国时代的人已经可以读到非常棒的五言诗。

而在大约三百年前，到了南朝刘宋的时候，七言诗也已经准备就绪。[2] 那个时代的大诗人鲍照已经可以熟练地用七言诗高呼："君不见少壮从军去，白首流离不得还。故乡窅窅日夜隔，音尘断绝阻河关。"

这时，诗的繁荣还差一块拼板，叫作声律。同样是一句话，同样的字数，为什么有的读起来就声韵铿锵、悦耳动听，有的读起来就十分拗口？人们慢慢意识到：这是声律在暗中起作用。

在唐朝诞生之前一个世纪，这最后一块拼板也终于被补全了——有一个叫沈约的聪明人，根据前人的研究成果，总结出了一套关于诗歌声韵的规律、诀窍和禁忌，发明了"四声八病"之说，让一种全新的诗——律诗的诞生成为了可能。

此外，唐代诗歌中最重要的几种题材：边塞诗、怀古诗、离别诗、留别诗、闺怨诗、咏物诗、山水田园诗、酒后撒疯说胡话诗……都已经齐备。每一种题材都已有杰出的前辈写过，留下了许多套路和范本。

关于诗的一切关键要素，到隋唐之前都已经完成，就好像柴薪已经堆满，空气已然炽热，就等待那最后的一丝火星了。可它却迟迟没有出现。

沉闷、燥热、无聊……人们熬过了唐朝最开始的数十年，情况仍然没有什么变化，火种依旧在深处封存着。

那些年里，撑持着诗坛台面的，是一帮宫廷里的老人。他们从旧时代走过来，身份高贵、谙熟经典、训练有素、出口成章，但却又是那么缺乏创造力。他们也不满意现状，想要改革，想要振奋，不愿再像前辈那么绮丽、琐碎和柔靡，但他们却又看不到前路，走不出过去的泥淖，只好狐疑地把宫体诗一首首作下去。

今天的许多唐诗选本，第一首都放王绩，那是没有办法，不是王绩同学非要抢沙发，而是他的"长歌怀采薇"，实在是那时为数不多的清新的句子。

难道就没有希望了吗？人们猛一回头，才发现亮光已经在不经意处出现了。一批小人物昂然举起了火炬。

跟着我们来！他们吼道。诗，打从一开始"三百篇"的时候起，就不只是宫廷里的玩物啊。谁说只有达官显贵才可以写呢？我们小人物也可以写的！谁说只有吃饭喝酒、观花赏月才能入诗呢？我们还要写江山和塞漠。

人们观望着、犹豫着，但渐渐地，越来越多的人聚拢到了他们身后，那火把汇成一条长龙，大家呐喊着，向八世纪浩荡进发。

三

今天，许多学者都对唐诗的这一个时期很感兴趣，他们像做生物研究一样，取下这个时代的一些切片，放到显微镜下观察。

有一个日本学者叫作松原朗，专门研究了这个时代的一样东西，叫作"宴序"[3]。顺便说一句，对于唐诗，很多美国、日本的学者研究水平挺高，做工作很细，观点也很独到。

所谓"宴序"，就是当时文人们搞派对时所作的风雅序言。它可不是今天宴会的菜单、礼单之类的俗物，而是很有信息量的，能反映出文人活动的情况，比如一次派对有多少人参加，会上大家写了多少诗，等等。

松原朗发现了一个有趣的现象：到了"初唐四杰"的时候，宴序的数量猛然增多了。也就是说，大家喝酒、作诗的活动开始频繁了。

"四杰"流传到今天的宴序，多达五十四篇。而之前吴、晋、宋、齐、梁、陈整个六朝几百年里，留下来的宴序总和也不过只有七篇。而在"四杰"之前的唐初五十年，则一篇宴序都没有。

他认为这侧面说明一件事：越来越多的人开始写诗。

人们开始不仅仅在长安、在洛阳写诗，也在各个州府县城、馆驿茅屋、水畔林间写诗。他们之中，许多是中下层的官僚，甚至寒门士人。他们没有资格写宫体诗，于是更多地描绘各色江山风物、社会人生，更自由地抒写心情。

江湖翻腾起来，新的风格恣意生长，诗坛不再千人一面，而是像物种大爆发般，呈现出各种不同的风格。

面对深秋寥落的山景，那个叫王勃的山西诗人，用一种庄严典雅的风格，写出了帅得人眼晕的诗句：

> 长江悲已滞，万里念将归。
> 况属高风晚，山山黄叶飞。

他抛弃了那些陈腐的套路，没有写宫体诗中"哎呀我真不舍得离开"之类的矫情句子，而是选择了一帧胶片感十足的画面——"山山黄叶飞"，作为诗的结尾。

面对月色下浩荡奔流的春江，一个叫张若虚的扬州诗人也果断抛弃了靡艳的辞藻，拒绝去雕琢琐碎小景，而是四十五度角仰望夜空，用空净华美的语言，直接叩问生命和宇宙的奥秘：

> 江天一色无纤尘，皎皎空中孤月轮。

江畔何人初见月，江月何年初照人？

人生代代无穷已，江月年年只相似。

不知江月待何人，但见长江送流水。

他的这一篇作品，就是后来粉丝无数的《春江花月夜》。

随着"星桥铁锁开"，诗歌的世界终于"暗尘随马去"了。这暗尘，是沉积板结了百年的尘土，隋文帝发文件扫除不清，李世民亲自带头写作也涤荡不清的，眼下终于松动了、拂去了，直到从四川射洪冲出来陈子昂，给了这"暗尘"以最后的一次涤荡。

于是"明月逐人来"，夜空一片开阔。不断有天才满溢的玩家加入，"游伎皆秾李，行歌尽落梅"。他们竞芳斗艳、自在欢唱，完全不必担心它会太早结束，因为"金吾不禁夜"，这一场诗的盛世才刚开始呢！

四

然后下一步呢？暗尘去了，铁锁开了，之后何去何从？

在初唐诗人们的面前，依稀出现了两条道路：一条叫作"复古"；一条叫作"创新"。

诗人们自动分成了两拨，开始争论起来。一拨人说：我们要创新，要向前看，要面向未来。我们要创造一种新的诗的体裁，它的声律必须更严格，它的对仗必须更精准，它的形式必须更工稳。相信我们吧，它一定会有远大的前途！

在这一拨人里汇聚了许多高手：沈佺期、宋之问、杜审言、苏味道……前两位我们已经介绍过了，乃是"律诗之祖"。后两位也非泛泛之辈，一个是老杜的爷爷，一个是"三苏"的祖宗，都是当世的大牛。文章开头提到的那一首《正月十五夜》就是苏味道的名篇。

这些诗人商议完毕，手拉着手，逸兴遄飞，一路前行而去了。

另一拨诗人却立在了原地，没有跟随大部队前去。领头的就是陈子昂。夕阳把他的影子长长地投在地上，显得有些孤单。

"我们应该向后看，要回首过去。"他向为数不多的支持者大声说，"诗，在最近几百年里已经死掉了。我们要回头去寻找一个过去的美好时代，把它的遗产继承下来，让它在这个世界复兴。"

就像但丁、彼特拉克、达·芬奇寻找到古希腊一样，陈子昂也寻找到了一个他理想中的黄金时代：建安。

轰隆声中，他推开了那扇尘封已久的古老大门。在这座殿堂里，矗立着曹操、曹丕、曹植、孔融、陈琳、王粲等"三曹"和"七子"的塑像，这里还飘扬过"对酒当歌，人生几何""亭亭山上松，瑟瑟谷中风"的壮声。只不过很久没人来了，这里似乎已被人遗忘，杂草侵蚀了台阶，墙垣上已经爬满藤萝。

陈子昂拂拭蛛网，打扫灰尘，重新点燃了殿中的巨烛。他坚信，诗歌一定要向过去那个时代学习，要苍凉古直、慷慨悲歌，才有出路。

这是一条寂寞的复古之路。在他的时代，一种全新的诗歌——律诗已经越来越流行了，他却偏偏选择了去写古诗，仿佛是一个挥舞着锈铁矛的执拗武士。

陈子昂，确实是曹操的后继。

他们写诗时的起兴手法都是一样的。曹操说："蒲生我池中，其叶何离离！"陈子昂则感叹："兰若生春夏，芊蔚何青青。"

陈子昂的边塞征战诗也极像曹操，和后世边塞诗人岑参等的明显不一样。后来岑参等人的诗，读来像是记者的战地报道，细节丰富，有很强的第二视角的感觉——"将军角弓不得控，都护铁衣冷难着。"陈子昂的读来则像是游侠的笔记：

> 苍苍丁零塞，今古缅荒途。
> 亭堠何摧兀，暴骨无全躯。
> 黄沙幕南起，白日隐西隅。
> 汉甲三十万，曾以事匈奴。
> 但见沙场死，谁怜塞上孤。

他的《感遇》系列第二十九首，则像是一个统帅的行军日志：

> 严冬阴风劲，穷岫泄云生。
> 昏曀无昼夜，羽檄复相惊。
> 拳跼竟万仞，崩危走九冥。
> 籍籍峰壑里，哀哀冰雪行。
> …… ……

这完全是读曹操《蒿里行》《苦寒行》的感觉。

还有他的《感遇》第三十四首，是一个侠客的小传：

> 朔风吹海树，萧条边已秋。
> 亭上谁家子，哀哀明月楼。
> 自言幽燕客，结发事远游。

赤丸杀公吏，白刃报私仇。

避仇至海上，被役此边州。

故乡三千里，辽水复悠悠。

每愤胡兵入，常为汉国羞。

何知七十战，白首未封侯。

陈子昂所写的这个边塞的武士，多么像曹操《却东西门行》里面的鸿雁啊——"故乡三千里，辽水复悠悠""何知七十战，白首未封侯"，不就是曹操的"戎马不解鞍，铠甲不离傍""冉冉老将至，何时返故乡"吗？

此外，陈子昂还是李白的先声。

李白出生的时候，陈子昂刚好去世。前者简直是后者的转世。

这两位牛人实在是太像了，不管是来历、风格，还是气质、三观。如果写下这么一段诗人的简介，你几乎分不清楚这到底是陈子昂还是李白：

他来自蜀地；自带侠气；富于浪漫情怀，梦想着建功立业，然后功成身退；最喜欢的古人是燕昭王、鲁仲连；崇尚复古，大爱建安文学；明明可以靠写五律吃饭，却更喜欢写奔放自由的古诗；创作了一部重量级的古体五言组诗，成为业界标杆……

陈子昂写了三十八首《感遇》，李白就写了五十九首《古风》。陈子昂大声疾呼"昭王安在哉"，李白就"呼天哭昭王"。他们的三观也一脉相承，陈子昂说"汉魏风骨，晋宋莫传"，李白就说"自从建安来，绮丽不足珍"。难怪林庚先生曾说，陈子昂是李太白活跃在纸上，在李白之前点燃了浪漫主义的火焰。

我想，上天大概是怕李白诞生得太突兀，冲击波太强，下界无法承受，所以先派遣下陈子昂来，让他冲杀一番，扫荡诗坛的最后一丝绮靡，迎接李白的到来。也正是为此，陈子昂写古诗的时候还有浓浓的曹操、刘桢的痕迹，等到李白提笔的时候，就渐渐没有了古人的束缚，而是在一片澄碧的江海上舞蹈了。

<h1 style="text-align:center">五</h1>

唐诗的寒武纪，终究要迈向中生代的。

回到我们之前所说的，初唐的两拨诗人，分别在"追寻旧世界"和"开拓新世界"的路上，各自筚路蓝缕，艰难行进着。

这两拨勇士，在各自的征途中都看到了美丽的风景，也都创造出了了不起的成就。

让人意想不到的是，在后来的某一个时刻，这两股看似方向迥异的潮流，会令人惊讶地重新汇合。

在"追寻旧世界"的这支队伍中，会涌现出李白。复古之路走到了他这里，就到了顶峰。古诗和乐府在他的手上发挥得淋漓尽致，到达了前人没有到过的境地。所谓"举手扪星辰"，他摸到了天。

而在"追寻新世界"的这支队伍中，会出现杜甫。

他是开启新时代的大师。新的世界里的诗，五言律诗、七言律诗、长篇排律，都在他的手上锤炼、定型、完善，诗的题材也最大限度地拓宽。后世的所有诗人，几乎都在他的笼罩之下。

这有点像是中国书法的历史。苏轼曾有过一段关于书法的有趣论述，他觉得书法中有两个世界：一个是唐朝之前的旧世界，那是属于钟繇、王羲之的古代。那个世界是玲珑的、飘逸的，"萧散简远"，天真自然。

另一个是从唐代开始的新世界，是属于颜真卿、柳公权们的新时代，他们"集古今笔法而尽发之"，后世的人们纷纷学习他们，但与此同时，王羲之的旧世界也逐渐变得模糊、遥远，过去的那种飘逸再也难以寻访了。

苏轼的这一段评论，拿来说诗歌也是很有意思的。

李白就是旧世界的终点。所谓"太白诗犹有汉魏六朝遗意"，诗的旧世界到了他，便走向收束了。换句话说，你如果跑回到《诗经》的古代，转身向前望去，所能看到的最后一个人，就是李白。[4]

我读过张定浩的一本小书，叫《既见君子——过去时代的诗与人》，其中有一段话：假如一个读者是从《诗经》的源头顺流而下，那么在遭遇李白时，注定会生出一种若有若无的感慨……因为他知道，接下来他将飞流直下，从一个浑然一体、万物生辉的古典世界，跌入四季无情的流转。

而杜甫，则是新世界的开端。

莫砺锋说过这样一段话："如果把中国古典诗歌比作一条源远流长的大河的话，杜甫就像位于江河中游的巨大水闸，上游的所有涓滴都到那里汇合，而下游的所有波澜都从那里泻出。"

李白和杜甫会相遇，他们将背靠背站在一起，支撑起唐诗的下一个纪元。它有一个光辉的名字，叫作盛唐。

注释

[1] 这首诗里写的，大概也只是洛阳城繁华的表象。实际上政局暗流涌动，大变就在肘腋之间。就在这首诗诞生的当月，"神龙政变"就发生了，武则天被逼下台。

[2] 一般认为曹丕的《燕歌行》或者张衡的《四愁诗》是最早、最成熟的七言诗。这里按照游国恩、萧涤非等主编的《中国文学史》第一册："七言诗……到了刘宋时代的鲍照，它才在艺术上趋于成熟。"

[3] 见松原朗《中国离别诗形成论考》。

[4] 〔清〕陈廷焯《白雨斋词话》："诗至杜陵而圣，亦诗至杜陵而变。顾其力量充，意境沉郁。嗣后为诗者，举不能出其范围，而古调不复弹矣。故余谓自《风》《骚》以迄太白，诗之正也，诗之古也。杜陵而后，诗之变也。自有杜陵，后之学诗者，更不能求《风》《骚》之所在。"

我只留下了六首诗，但还是无冕之王

一

欢迎来到盛唐。

当我们游览的小舟，驶过之前窄窄的河道，你会发现水面忽然开阔起来，无数支流汇聚到一处，融成了一条浩荡的大河。沿岸雄伟的山峰一座接一座，数不胜数，有的甚至耸入云霄，那就是盛唐到了。

这大概是唐诗最好的时光，最美的季节。唐诗里最牛的人、最牛的诗也出现在这个时候。

虽然很多人说，后面的中唐才是最好的，那个时代的作者更多、诗也更多，但我始终觉得，盛唐才最光芒四射，猛人辈出，最让人热血沸腾。

首先走到我们面前的，是一位来自山西的高手，他的名字叫作王之涣。

关于他的故事，我们先从一场著名的诗歌大赛说起。

话说在唐代，有一些地方，是诗人们比拼谁更牛的地方，就好像武林中的华山。

当时，在山西的蒲州有一座楼，叫作鹳雀楼，一共三层，对面是中条山，楼前横着滚滚大河，蔚为壮观。

沈括在《梦溪笔谈》里说，唐朝很多诗人都爱一窝蜂跑到鹳雀楼去写诗，互相较劲，看到底谁最牛。

要知道，唐代是什么时代？是诗人一个比一个厉害的时代，没有一点儿底气是不敢乱写的。估计后世宋江之流到了鹳雀楼，也不好意思把"敢笑黄巢不丈夫"之类的打油诗写上墙去。不像现在，阿猫阿狗都敢留个"某某某到此一游"。

这一年，鹳雀楼来了一个大诗人，名叫李益。没听说过不要紧，记住他是唐代诗坛的一个高手就行了。

眺望着壮丽景色，李益很感慨，挥毫泼墨，写下了八句诗：

> 鹳雀楼西百尺樯，汀洲云树共茫茫。
> 汉家箫鼓空流水，魏国山河半夕阳。
> 事去千年犹恨速，愁来一日即为长。
> 风烟并是思归望，远目非春亦自伤。

看着那挥洒淋漓的墨渍，李益嘴边浮现了微笑。他知道，这首诗会流芳千古。

果然，这首诗被人们争相传诵：牛，真牛！一首诗写出了寥廓江天，叹尽了古今茫茫，真不愧是高手。

然而，它居然没有成为鹳雀楼上最牛的诗，甚至连第二都排不上。这不怪李益，要怪只怪唐代的猛人实在太多了。

另一个猛人来到了鹳雀楼。他叫畅当。

读了其他楼上诗人的作品后，畅当仰天长笑。看来这场比拼应该由我来结束了。

他写下了一首诗，只有四句：

迥临飞鸟上，高出世尘间。

天势围平野，河流入断山。[1]

绝了。简直绝了。

这首诗，不但被许多人认为压过了李益那首，更是让成百上千写鹳雀楼的牛人们没了脾气。

可以想象畅当的心情：鹳雀楼的诗，我这一首已经写绝了吧？还能比这景色更壮阔吗？还能比这心胸更宏大吗？

能！这是唐代，没有什么不能发生。

这首诗仍然不是鹳雀楼上的第一名。有一个更猛的人飘然而来，登上这座楼。让我们记住他的名字——王之涣。

顺便说一句，这个老兄在《全唐诗》里只留下了六首诗，其他的都散佚了。关于他的资料很少很少。

王猛人上了鹳雀楼。自从当年北周时修建它开始，一百多年间，已经来过很多诗人，在这里留下了无数篇章。

他一首一首地读着，[2] 发现这些诗歌许多都文采熠熠，霸气十足，犹如铜墙铁壁，封住了他的出路。

他必须再辟蹊径，再造高峰！

然而猛人就是猛人。眺望着眼前的苍茫落日、滚滚黄河，王之涣拿起笔来，写下了四句诗：

白日依山尽，黄河入海流。

欲穷千里目，更上一层楼。

这就是大唐的气象，是大唐一代猛人的胸襟。

由于这首诗太猛了，以至于一千多年后的今天，每一个启蒙学唐诗的小孩子都会学这首诗。

<h1 style="text-align:center">二</h1>

话说，王之涣先生也交了一些猛人朋友，其中最厉害的有两个：一个是绝句牛人王昌龄，一个是边塞牛人高适。

他们之间是互相不服气的。他们找各种机会比拼，看谁最猛。

王昌龄可不是一般人。李白的七言绝句厉害吧？想想"朝辞白帝彩云间""故人西辞黄鹤楼"就知道了。但是王昌龄的七言绝句恨不得比李白还猛，后人评论说"七言绝句，古今推李白、王昌龄""天生太白、王昌龄以主绝句之席"。

高适，那也是个不好惹的。岑参的边塞诗恐怖吧？想想"忽如一夜春风来，千树万树梨花开"就知道了。但是高适的边塞诗恨不得比岑参还猛，比如众所周知的"战士军前半死生，美人帐下犹歌舞"。大猛人杜甫是怎么评价高适的？"独步诗名在！"

可想而知，要力压这两个猛人，让他们彻底服气认尿，有多不容易。但是我们的王之涣做到了。

这一天下着小雪，三个人约着一起吃酒。正在推杯换盏之间，只见裙裾飞动，酒楼上来了几个美丽的梨园女子，奏乐唱曲。她们唱的都是当时最流行的诗，相当于现在的流行歌曲。

一个歌女首先唱：

寒雨连江夜入吴，平明送客楚山孤。

洛阳亲友如相问，一片冰心在玉壶。

王昌龄微笑起来，伸出中指（我猜的，其实我也不知道他伸的是哪根手指）在墙壁上画了一道："我一首了。"

又一个歌女唱道：

开箧泪沾臆，见君前日书。

夜台今寂寞，犹是子云居。

边塞猛人高适也伸出中指比画："我也一首了。"

王之涣只是淡定地微笑着，虽然落后，但并不慌张。

又一歌女开口唱了，是王昌龄的一首绝句：

奉帚平明金殿开，且将团扇共徘徊。

玉颜不及寒鸦色，犹带昭阳日影来。

王昌龄得意扬扬地提醒王之涣："喂，季凌兄（王之涣字季凌），我已经两首了，你怎么还没开张啊。"

一直很安静的王之涣终于表态了。他说，刚才这几个歌女品位不高，气质不好，还不如我家楼下跳广场舞的，她们唱的曲子怎么能算数呢？

他伸手指向最美丽的一个歌女，说："如果她唱的不是我的诗，我就承认自己是撸瑟。如果她唱了我的诗，那你们就拜在我座下，认我当老大吧。"

终于，轮到这个最美丽的女子唱了。王昌龄、高适都屏住呼吸，瞪大了眼，紧盯着她的小嘴，看她会唱出什么来。

只听她檀口张开，唱的是：

> 黄河远上白云间，一片孤城万仞山。
> 羌笛何须怨杨柳，春风不度玉门关。

寂静。死一般的寂静。

王之涣回过头来，微笑着看着王昌龄和高适。这首诗正是他的不朽名篇《凉州词》。

我们不知道，王昌龄和高适有没有当场下拜认老大。

但我们知道，后来的文艺批评家们争论哪首绝句是唐朝第一，费了很多口水。

明朝的文坛霸主李攀龙说，要数王昌龄的"秦时明月汉时关"最猛。继任的霸主王世贞说，是王翰的"葡萄美酒夜光杯"最猛。

但清代的才子王士禛不服。他抱来了四首诗，说：我这四颗重磅炸弹，说每一颗都可以把你们的那些"最猛"炸了。

这其中，第一颗是王维的"渭城朝雨浥轻尘"，第二颗是李白的"朝辞白帝彩云间"，第三颗是王昌龄的"奉帚平明金殿开"，而第四颗，就是王之涣的"黄河远上白云间"。

在后世，王之涣有一个大粉丝，就是章太炎。他就最爱王之涣的《凉州词》，给了四字评价："绝句之最"。

三

大猛人王之涣这一生，只留给我们六首诗。

这多半不是因为他懒，而是后人不给力，没能把他的作品保留下来。由于诗文数量太少，今天我们几乎都没法研究他——他的风格到底是什么样的？其他作品的水平究竟如何？主要爱写什么题材？更擅长五言还是七言？这都成了谜。

他的事迹也很少有记载，后人只能从他和夫人的墓志铭里，才能搜罗到一点儿他的生平事迹。对这个人，我们真的了解得太少。[3]

其实，他不但对于我们是一个神秘的存在，对于同时代的诗人来说，也是挺神秘的。

有一年，高适正在燕赵之地漫游，听说王之涣在蓟门，兴冲冲地买了火车票去找他喝酒。要知道，自从当年酒楼上那一次比拼唱诗之后，他们已经有很多年没见了。

"王之涣呀王之涣，这些年里，我攒了不少好诗，我们一定要再拼一次，重定输赢！"他想。

可等他一路顶风冒雪地赶到，四下打听，却怎么也找不到王之涣。或许他已经离开去远游了，或许高适听说的消息有误，王之涣从来就没有到过蓟门。

高适惆怅无比，在返程的车站月台上，他写下了一首诗：

> 这贤能的朋友啊，终于是不能见到了；
> 我那小小的心愿，也毕竟难以实现。
> 走吧，走吧，什么也不多说了，
> 那思念的心，已让我忧愁欲绝。[4]

今天，当我们看着王之涣仅存的几首诗、寥寥一点生平记载，也会产生和高适一样的惆怅吧。

不过，即便是这仅剩下的六首诗，也是首首精品。《登鹳雀楼》和《凉州词》前面已经说了。我们再来看一首《送别》。

在唐代，"送别"几乎是最难写的题目之一。有多少才子都在写送别，王勃已经写出了"海内存知己，天涯若比邻"，杨炯写出了"送君还旧府，明月满前川"，同时代的李颀也写出了"朝闻游子唱离歌，昨夜微霜初渡河。鸿雁不堪愁里听，云山况是客中过"。送别诗还能写出新意吗？

但王之涣却真的写出来了：

> 杨柳东风树，青青夹御河。
> 近来攀折苦，应为别离多。

王之涣版本的送别诗，清新又自然。尤其一个"苦"字，真是神奇的笔法：诗人故意不写离别的人苦，却写杨柳很苦，因为离别的人实在太多了，惆怅太深了，所以杨柳才苦于被攀折太多。

连杨柳都苦不胜情，又何况是离别的人呢？

他这首诗的影响力很大。后来李白把它的意思反了过来，写成了另一首送别名作《劳劳亭》：

> 天下伤心处，劳劳送客亭。
> 春风知别苦，不遣柳条青。

李白也是说"苦"：因为春风觉得人们的离别太苦，所以不忍心让柳条变青。柳条一青，人们就要折了它去送别了。

这是不是明显是从王之涣的诗里化出来的？我看李白应该给王之涣发个大红包才对。

你看王之涣这个人，他只保留下六首诗，其中就有唐诗里最好的五言绝句之一，最好的七言绝句之一，最好的送别诗之一。如果没有这几首诗，盛唐的天空都会塌了一角。

季凌先生，你留给我们六首诗，已经够了。我们已不能再要求更多。

注释

[1] "迥临飞鸟上"，一说原本有八句，另外四句今天仍有流传。但经过千百年流传和接受，大家都接受了四句的版本，觉得它更有味道。它的作者一说是畅诸。如果真是畅诸，那么他的年代比李益早，登上鹳雀楼的时间也应该更早。

[2] 我其实不太确定，每一个登楼的诗人究竟能不能见到前人题的诗。唐人李翰在鹳雀楼上搞派对，所写的序中说"前辈畅诸，题诗上层，名播前后"云云，这样看来，似乎楼上真的是留有字迹，能读到的？

[3] 章太炎就曾沉痛地说："诵其诗而不悉其人之行事。"

[4] 高适《蓟门不遇王之涣、郭密之，因以留赠》："适远登蓟丘，兹晨独搔屑。贤交不可见，吾愿终难说。迢递千里游，羁离十年别。才华仰清兴，功业嗟芳节。旷荡阻云海，萧条带风雪。逢时事多谬，失路心弥折。行矣勿重陈，怀君但愁绝。"

盛唐，那个伟大的诗人朋友圈

一

转眼间，已是公元 719 年，大唐开元七载。这是一个平静的年头。

这一年里，唯一值得一记的事，似乎就是五月发生了一次日食。在一番象征性的厉行节约、裁乐减膳之后，皇帝唐玄宗百无聊赖，在朋友圈里刷了条信息——"今年无事"。

要真是无事才怪。

其实，在这一年的诗歌圈子里，发生了许多日后会震动天下的大事。

在四川，有一个官宦人家的女孩儿出生了，后来叫作杨玉环。[1]

在湖南，有一座壮观的大楼修好了，主持工程的是大文豪张说，这座大楼后来定名岳阳楼。

在河南，一个七岁的孩子开始尝试作诗，他的作文题目是"凤凰"，他叫作杜甫……

当然，此刻的诗歌江湖上，还轮不到杜甫亮相。

就在他咿咿呀呀念诗的时候，一个白衣飘飘的少年走来了。他摸了摸杜甫的头：

"你还小，先不忙出场。这诗的盛世，且先让我来开启吧。"

二

白衣少年打开了手机。在朋友圈里，许多诗人都在七嘴八舌，热烈讨论着未来。

一个叫王昌龄的京兆人 [2] 说：我要高考。

一个叫孟浩然的湖北人说：我要异地高考。

一个叫李白的安西人 [3] 傲然一笑，说：我要保送。

白衣少年淡淡一笑，留了个言：我要选秀。

在众人惊讶的目光中，少年昂首出发了，目的地是长安。他随身带着心爱的吉他，哦对不起，是琵琶。在当时，琵琶就相当于今天的吉他。

那时长安的娱乐圈竞争很激烈，最红的一个新人叫作张九皋，此人不但有才，而且很有后台。他有个亲哥哥叫作张九龄，是大唐诗歌俱乐部常务副主席。

更要命的是，这个张九皋还得到了当时大唐文艺女青年俱乐部名誉主席——玉真公主的青睐，已经内定了要当选秀冠军。

然而我们的白衣少年毫不畏惧。他提着吉他，啊不，是琵琶，傲然走上了舞台，开始演奏。

要知道，那时候的琵琶只有四个音位，远远没有现在表现力强，但那又怎样呢？有才就是任性。

少年的这一首摇滚琵琶曲，就是千古名曲《郁轮袍》。听名字都很 ROCK。

一曲奏罢，全场掌声雷动，台下的导师玉真公主更是激动得站了起来：

"小鲜……啊不，小伙子，除了吉他，你还有别的什么才艺吗？"

"我还会写诗。"

公主不禁动容。要知道，那时候可是唐朝，当时所谓的"会写诗"，和现在完全不是一个概念，不像现在，只要能凑齐五十六个字的老干部都敢说自己会写七律。

"那我就考考你。不要让我失望哦。"

公主当场给他出了一道题："十秒之内写一首诗，必须要有爱情、有暖男、有季节、有地理、有植物、有王菲。"

我们的白衣少年脱口而出：

> 红豆生南国，春来发几枝。[4]
> 愿君多采撷，此物最相思。

玉真公主顿时泪流满面。她说出了改变少年一生命运的话："I want you！"

旁边的导师——大唐诗歌俱乐部主席张说先生小声提醒："公主，之前您要内定的冠军张九皋呢？"

公主满脸无辜："张九皋是谁？"

这个白衣少年，叫作王维。

顺便说一句，那个被他黑掉的才子张九皋，后来虽然也人生事业顺利，当了大官，但在文坛上却一辈子都没抬起头来。

直到很多年以后，张九皋的第好多代重孙子里才终于出了一个猛人，拿到了"大元好声音"的冠军，算是给先人争了口气。他的代表作你一定听过，就是那首"峰峦如聚，波涛如怒"，他的名字叫张养浩。

三

当王维在帝都大红大紫的时候，一个叫李白的同龄人还在外地东游西逛、不务正业，玩剑、玩神仙术、玩纵横术，什么都玩。

选秀算什么？我，是要保送的。

这一年，李白游逛到了湖北，在襄阳认识了当地大名鼎鼎的一个人——不是郭靖，是孟浩然。

两人差了十二岁，但一见如故。一说到孟浩然，我们总想到淡泊、宁静之类的词儿，不过当时的孟浩然并不是这样。他有心事。

这天，两人对坐喝酒，孟浩然闷声不响地连干了几杯，忽然说："兄弟，听说了吗，连王昌龄都考上了。"

"就是'秦时明月汉时关'那个？才听说，怎么？"

"唉，之前王维考上了，我不说啥，谁让这小白脸长得帅。但人家王昌龄都考上了！"孟浩然叹息说，"他是个苦哈哈出身，小时候种过地，学习成绩听说不好，还复读过。和人家比，我再怎么也算是个书香门第啊……"

他看着李白，目光充满热切："兄弟，我也想试一试，去趟长安。我觉得自己有戏。"

李白举杯祝福："大哥，你一定行的。"

两人依依惜别。青年李白满怀惆怅，为兄长孟浩然送行。请记住这次送别的地点——黄鹤楼，因为那一首绝美无匹的《黄鹤楼送孟浩然之广陵》。

那年冬天，孟浩然带着一颗雄心，向长安进发了。[5]

飞舞的雪花中，他形单影只，却踌躇满志，长吟道："洛川方罢雪，嵩嶂有残云。"诗中充满自信。

到了长安已是早春。考完后他感觉不错，更觉得大有希望。发布成绩那天，孟浩然兴冲冲跑到网吧，登录官网去查成绩。

网速很慢。他刷了又刷，成绩终于出来了——400分，落第。

我也不知道他为什么考不上。那些年头里，前前后后有多少诗人及第啊，王昌龄、崔颢、储光羲、刘长卿、颜真卿、李颀……但这个长长的名单里，容不下孟浩然。

愤懑，痛苦，失望……孟浩然滞留在苦雨的京城，觉得没脸面回家乡。他在这段日子里写的诗，总让我不忍卒读。

唯一的安慰，来自王维。实在苦闷的时候，孟浩然就拉王维喝酒。

顺便说一句，两人当时大概还预料不到他们未来竟会齐名，被并尊为"王孟"。要知道，当时和王维齐名的可是崔颢，就是那个写出"昔人已乘黄鹤去"的家伙。

王维安慰孟浩然："放宽心回家吧，去痛饮田家的酒，去读些有趣的书，何必为功名所困呢！"[6]

孟浩然淡淡一笑，把杯中酒一饮而尽，给王维留下了一首诗，作为最后的的告别：

> 当权者谁肯真正提携我？
> 知音在这世间实在稀微。
> 我应该独守着这份寂寞，
> 关上柴门与这人世隔离。[7]

吟罢，他仰天长笑，放下酒杯，飘然而去。自此，大唐少了一个官僚，多了一个伟大的隐士。

只留下王维喃喃自语："靠，又是我埋单……"

四

孟浩然飘然远去了。在朋友圈的另一边，李白的活动越发频繁。

为了顺利保送，他结交了五花八门的朋友，有前辈大腕贺知章，有当朝权贵玉真公主、崔宗之、韩朝宗，还有一些搞不清楚来历的怪人，比如一位号称是"相门之子"的岑勋，以及一个神神叨叨的隐士元丹丘。

顺带说一句，这两人可大大沾了李白的光。他俩生前寂寂无名，却因为后来稀里糊涂地被李白写了一笔，从此名留千古、妇孺皆知——"岑夫子，丹丘生，将进酒，杯莫停。"

天宝元年（742）秋，在朋友们的各种包装炒作下，李白保送成功，被唐玄宗召唤入京，供奉翰林，终于参加文艺座谈会了。

他一度受到超高规格的待遇。据说皇帝"御手调羹以饭之"[8]，几乎要亲自给他喂饭——要知道，目前我还没见任何资料证明唐玄宗给杨贵妃喂过饭。

李白十分开心，写了不少诗炫耀，甚至还念念不忘地冲着一个女人发牢骚："绿茶啊绿茶，你过去嫌弃我，现在我牛叉了，你后悔了吧？"[9]

据说这个女人是他的第二任妻子，姓刘。李白曾说她"淫昏"，看来诗仙也曾有过一段被深深刺伤的感情。

然而，缺乏体制内工作经验的文人，突然进了中央机关，根本待不下去。李白也一样。在权贵们的谗言下，他很快被玄宗嫌弃了，被买断工龄，遭到了体面的解雇。

且慢为他伤心——这一年他虽然失业，却收获了两样更珍贵的东西：友谊和爱情。

他遇到了一位姓宗的姑娘，有了第三次婚姻。两人后来患难相依，成就了一段不错的姻缘。

此外，他的微信朋友圈里还多了两个人——杜甫和高适。

这三个大龄青年相遇时，混得都不太好。李白刚刚下岗；杜甫还在苦苦找门路求职；高适虽然出身于大名鼎鼎的"渤海高氏"，早年却种过庄稼，没少吃苦，后来高考又落榜，到四十岁仍然没个着落，是标准的"四零五零人员"。

在他们的朋友圈里，王维还能时不时刷个屏，给名声臭大街的宰相李林甫写写马屁诗，而李白、杜甫、高适三个层次实在太低，压根就够不着李林甫，想给人家点赞都不好意思。

这三个无业老男孩，在大梁、宋中一带痛饮狂歌，骑马打猎，"醉舞梁园夜，行歌泗水春"。

如果没有以后发生的事，这将是多么完美的一段友谊。

五

光阴似箭。渐渐地，在盛唐诗人的朋友圈里，一些年长的大 V 纷纷故去了。

张说去了，张九龄去了，贺知章去了，孟浩然去了。他们留下了伟大的"海上生明月""春风似剪刀""波撼岳阳城"，永远离开了我们。

755年，"安史之乱"爆发，叛军从东北滚滚而来。大唐，再也没有了田园诗的时代。

动荡之中，朝廷分裂成了好几个政治集团。几个诗人也被战争和时局的巨浪抛到四面八方。

他们分道扬镳了：高适投奔了老皇帝玄宗，杜甫投奔了新皇帝肃宗，李白投奔了永王李璘，王维则被迫加入叛军，变成了"唐奸"。

当时叛军正到处抓人。他们先抓住了一个，喝问："你叫什么？"

"报告长官……我叫杜甫……"

"呸！是个屌丝。滚吧！"

杜甫就这样跑了。他一路狂奔到唐肃宗面前，蓬头垢面，破鞋洞里露着脚丫子，活像个乱抄六神磊磊稿子不署名的垃圾号小编，让人心酸。

年轻的皇帝一看他这凄惨样儿，大为感动：惨成这样都来投奔我啊？忠诚！立刻封了他一个官儿——左拾遗。

话说叛军继续抓人，很快又抓到一个："站住！你叫什么？"

"报告长官，我叫王维……"

"哟呵！大诗人！大官儿！别让他跑了！"

放跑了杜甫的叛军，把王维当宝贝，逼着他投降。无奈之下，王维只好当了个叛军的"给事中"。这也难怪，人家宰相陈希烈都当了叛军的中书令呢。

这时候的李白本该是最幸福的一个，好端端在庐山隐居，没事游个仙人洞什么的就完了。但偏偏他是个热血老男孩，不愿辜负了这个时代，一心想杀敌报国。

恰巧庐山接近另一个政治集团——永王李璘的势力范围。李璘拉起了一支部队，正想搞创业上市呢，几次派人来庐山猎头，邀李白加入创业团队。

李白以为杀敌报国的机会到了，豪情满怀，高调宣布加盟。你加盟也就算了，还一口气白纸黑字地写了十首《永王东巡歌》。[10]

然后……他们一起打败了叛军？错。正确答案是，李璘马上就被亲哥哥唐肃宗李亨给灭掉了。

大唐公司只有一家，你李璘搞什么创业，闹什么上市？

更讽刺的是，代表朝廷来攻打李白老板的那位大人物、新上任的淮南节度使，居然是老朋友——高适。

六

几年不见，高适发达了。靠着在政治上的敏锐眼光，他一路升官，做到了大军区级的正节度使。

在崩溃的永王队伍中，李白显得非常刺眼。谁让你是大文豪来着？诗仙变成了反动文人的代表，进监狱等着杀头吧你。

李白的处境，竟然比当了"唐奸"的王维还惨。王维本来是很可能要被严惩的，谁想他关键时刻急中生智，大喊一声："冤枉啊！我是身在曹营心在汉啊！"

"证据呢？"皇帝唐肃宗板着脸问。

王维变魔术一样从兜里摸出一张发黄的纸来，上面有两句旧诗，非说是自己当"唐奸"的时候偷偷写的。

这两句诗是："万户伤心生野烟，百僚何日更朝天？"您瞧，我虽然当了"唐奸",但心里还是向着您的啊!

肃宗反复读了几遍,气儿顿时消了:"讨厌,不早说。"

可是李白呢?像王维那样的救命诗,他一首也拿不出来,有的只是反动至极的:"永王正月东出师,天子遥分龙虎旗!"

就这样,投靠敌人的王维平稳过关,而投靠唐肃宗亲弟弟的李白则要坐牢甚至杀头。

难怪在那首著名的《上留田行》里,李白感叹说:"尺布之谣,塞耳不能听。"

什么叫"尺布之谣"?那是汉朝的一首歌谣:"一尺布,尚可缝;一斗粟,尚可舂。兄弟二人不能相容。"

监狱中的李白,备受折磨,痛苦不堪。他写了诗,记录自己一生中大概是最痛苦的时刻:

> 南冠君子,呼天而啼。
> 恋高堂而掩泣,泪血地而成泥。
> 狱户春而不草,独幽怨而沉迷。
> 兄九江兮弟三峡,悲羽化之难齐。
> 穆陵关北愁爱子,豫章天南隔老妻。

他想到父母,忍不住呜咽。其他的亲人也都不能见面,兄长在九江,弟弟在三峡,天各一方。更让他心如刀绞的是,心爱的孩子在遥远的山东穆陵关北,老伴则滞留在南方,一家人可能再没机会团聚了。

这比杜甫的"烽火连三月,家书抵万金"更泣血。因为李白眼下的处境比杜甫那时还惨,随时可能要被杀头。永王的参谋薛镠、韦子春等几个都被处死了。

李白想起了老朋友高适，写信向他求救。这首危难中的求援诗，叫作《送张秀才谒高中丞》。

在这首诗里，李白豁出去了。他大大赞颂高适的功绩，把他夸成是一个安邦定国、经天纬地的英雄，最后含蓄地提醒高适：我们曾经是朋友。

信的结果是石沉大海。

幸亏李白的朋友积极营救，夫人宗氏也到处奔走，他最后没被杀头，被判了个永远流放。高适自始至终一声也没出。

有可能那不是他的管辖范围，也有可能他是不想过问。过去的那个老男孩高适已经远去，如今的他是一个成熟老练的政治家。对于李白这个永远别想翻身的反动文人，他做出了理智的选择。

七

和李白不同，此时的杜甫度过了人生中最体面、最美好的一段时光。

他和王维、岑参等一殿为臣，有了一个共同的小圈子。大家经常写诗刷朋友圈，互相点赞。

特别是一次关于"早朝大明宫"的著名唱和，把小圈子的快乐氛围推向了高潮。如果你找出他们分别写的几首诗一对比就能发现，王维的诗大开大阖，虽然是为别人捧场，但洋溢着自信。而杜甫作为新加入圈子的成员，他的诗明显多了几分小心，着意恭维。

这个其乐融融的小圈子，是盛唐诗人朋友圈最后的回光返照。

自此之后，他们再也没有过这样愉快的相聚了。

很快地，圈子里的骨干成员杜甫、贾至、严武等接连得罪皇帝被贬，朋友星散，杜甫也日渐穷困潦倒。

一般人都关注杜甫晚年的贫困，其实在精神上，他承受的痛苦更重、更深。

在生命的最后几年，他不断接到一个又一个朋友的死讯：

761 年王维离世；762 年李白故去；763 年，和他交情深厚的房琯辞世；764 年轮到了画家郑虔和诗人苏源明，而后者甚至是饿死的；接着死去的是好朋友高适、严武、韦之晋……

他想念朋友们，用颤抖的手，写下了心中的悲伤：

> 郑公粉绘随长夜，曹霸丹青已白头。
> 天下何曾有山水，人间不解重骅骝。

这诗，表面上是写给死去的画家郑虔的，但又何尝不是对所有凋零的朋友们的哀哀挽歌？

770 年，在漂荡于湘江的一叶小舟上，杜甫又收到了老友岑参故去的消息。他闭上双眼，任由泪水无声流淌。在手机的朋友圈里，唯有他自己的头像还亮着了。

是年冬天，孤独的杜甫在舟上死去了，终年五十九岁。盛唐诗人的朋友圈，至此终于彻底停止了更新。

对于这个朋友圈，我实在找不到一首合适的唐诗来总结，万幸想起了《水浒传》结尾的一首诗：

> 天罡尽已归天界，地煞还应入地中。

千古为神皆庙食，万年青史播英雄。

　　这些朋友们生前的关系很复杂，都不是省油的灯。和我等俗人一样，他们也有一见如故，也有久别重逢；有点赞之交，也有死生契阔；有贫贱时的知遇，也有富贵后的相忘。

　　然而他们又和我们不同。这个朋友圈里的每一位，都像一座耸立云天的高山，他们的才华就像汩汩清流，沿着各自的路线狂奔。

　　杜甫曾把诗坛比喻成"碧海"。他们互相之间是友爱也好、疏远也好、隔膜也好、仇恨也罢，都不重要了，他们的诗情都化作滔滔江河，一起汇入了伟大诗国的碧海中。

注释

[1] 杨玉环的家乡，有几种说法，有说"弘农华阴"的，有说"山西永济"的。这里根据钟东《杨玉环事迹述略》："〔唐〕李肇《唐国史补》卷上说'贵妃生于蜀，好食荔枝'，应当是事实。"

[2] 还有一种说法认为王昌龄是山西晋阳人。

[3] 郭沫若说李白是中亚碎叶人。如果这里说"碎叶人"，读者容易出戏，我模糊一下说是西域人吧。

[4] 一说是"秋来发几枝"。《全唐诗》里收的是"秋来发几枝"。而沈德潜的《唐诗别裁集》等好几部书却作"春来发几枝"。查证发现"秋来"的准确性大。但"春来"已经流传很广，更为大家熟悉，这里也作"春来发几枝"。

[5] 孟浩然一生去过几次长安？说一次、两次、三次的都有。此文中采用的说法是开元十六年（728）第一次入京，即《新唐书》："年四十，乃游京师。"后文中引的几首孟诗，《行至汝坟寄卢征君》《长安早春》等也暂都认为是这一次入京所写。

[6] 王维《送孟六归襄阳》："杜门不复出，久与世情疏。以此为长策，劝君归旧庐。醉歌田舍酒，笑读古人书。好是一生事，无劳献子虚。"也有人称这不是王维的诗，而是张子容的。话说得很直白，没有鼓励他再考、爱拼才会赢，而是直接劝他放弃。如果关系不是很熟，是不能这样直言相劝的。

[7] 孟浩然《留别王维》："当路谁相假，知音世所稀。只应守寂寞，还掩故园扉。"

[8] 李阳冰《草堂集序》。我很怀疑这夸大了皇帝对李白的恩宠，但又想那个时代真能胡编人主的事情来开玩笑吗？

[9] 李白《南陵别儿童入京》："会稽愚妇轻买臣，余亦辞家西入秦。"把自己比喻成朱买臣。他应该是感情上受到过挫伤，说人家是物质女。

[10] 本来是十一首。但郭沫若认为第九首《祖龙浮海不成桥》，把永王比喻成秦始皇和汉武帝，比喻不伦不类，完全不讲政治，是伪作，有一定道理，这里遵从这种说法。

如果没有李白

在此前盛唐诗人的朋友圈里，我们见到了许多有意思的人物。这里我们单独聊一聊李白。

有一个问题：如果没有李白，我们的生活会怎么样？

似乎并不会受很大的影响，对吗？不过是一千多年前的一个文学家而已，多一个少一个无关紧要，和我们普通人的油盐柴米没有什么关系。

的确，没了李白，屈原将没有了传人，"饮中八仙"会少了一仙，后世的孩子会少了几首启蒙的诗歌，不过也仅此而已。

《全唐诗》大概会变薄一点儿，但也程度有限，大约是四十至五十分之一。名义上，李白是"绣口一吐就半个盛唐"（余光中诗），但要从数量上算，他诗集的规模远远没有半个盛唐这么多。在《全唐诗》一共九百卷里，李白占据了从第一六一至第一八五卷。少了他，也算不得特别伤筋动骨。

没有了李白，中国诗歌的历史会有一点儿变动，古体诗会更早一点儿地输给格律诗，甚至会提前半个世纪就让出江山。然而，我们普通人对这些也不用关心。

不过，我们倒可能会少一些网络用语。比如一度很热的流行语"你咋不上天呢"，最先是谁说出来的？答案正是李白爷爷：

"耐可乘流直上天？"

他什么时候说出这话的呢？是一次划船的时候。

话说这一年，有一艘神秘的游船，在南湖上漂荡……别紧张，这是在唐朝，公元759年，李白带着朋友划船。

那位朋友正值被贬之官，愁眉不展。当时李白已近六十了，看着面前苦哈哈的朋友，摸着自己已泛白的长须，仰天长笑：多大个破事啊，不就是官小一点儿吗？别想不开了，眼前如此美景，我们应该两忘烟水里，好好喝酒才对，何必为俗事唏嘘呢？

他于是写下了这首浪漫的名诗，就叫作《陪族叔刑部侍郎晔及中书贾舍人至游洞庭》：

> 南湖秋水夜无烟，耐可乘流直上天？
> 且就洞庭赊月色，将船买酒白云边。

他们喝着酒，暂时忘记了忧伤，隐没在烟水之中。

那么，李白还创造了其他的网络热语吗？有的，比如"深藏功与名"，出处是李白的《侠客行》："事了拂衣去，深藏身与名。"

如果没有李白这首诗，香港的金庸也不会写出武侠小说《侠客行》来。在这部有趣的小说里，有一门绝世武功正是被藏在了李白这首诗中。

非但《侠客行》写不出，《倚天屠龙记》多半也悬。灭绝师太的这把"倚天剑"，是古人宋玉给取的名，但为这把剑打广告最多、最给力的则要数李白："擢倚天之剑，弯落月之弓。""安得倚天剑，跨海斩长鲸。"

不只是香港文艺界要受一些影响，台湾也是。黄安一定不会写出当年唱遍大街小巷、录像馆、台球厅的《新鸳鸯蝴蝶梦》来了，这首歌就是从李白的一首诗《宣州谢朓楼饯别校书叔云》里面化出来的。"昨日像那东流水,离我远去不可留,今日乱我心,多烦忧",是化用李白的句子"弃我去者,昨日之日不可留;乱我心者,今日之日多烦忧"。

后面的"抽刀断水水更流,举杯消愁愁更愁",则直接是把李白的诗句搬过来了。

没了李白,女孩子们的生活也会受到一些影响。比如美国的化妆品牌 Revlon,中文名字不可能叫"露华浓"了。因为它是从李白的诗里来的——"云想衣裳花想容,春风拂槛露华浓。"当然,露华浓已经退出中国市场,深藏功与名了。

如果没有李白,中国诗歌江湖的格局会有一番大的变动。

几乎所有大诗人的江湖地位,都会整体提升一档。李商隐千百年来都被叫"小李",正是因为前面有"大李"。要是没了李白,他可以扬眉吐气地摘掉小李的帽子了。王昌龄大概会成为唐代绝句首席,不用加上"之一",因为能和他的绝句相比的正是李白。至于杜甫,则会成为无可争议的唐诗第一人,也不必再加上那个"之一"。

除此之外,我们在日常生活中还会遇到一些表达上的困难。

比如对于从小一起长大的男女朋友,你将没有词来准确形容他们的关系。你不能叫他们"青梅竹马",也不能叫他们"两小无猜",这都出自李白的《长干行》。

你也无法形容两个人相爱得刻骨铭心,这个词儿也是出自李白的文章:"深荷王公之德,铭刻心骨。"

岂止无法形容恋人,我们还将难以形容全家数代人团聚、其乐融融的景象,因为"天伦之乐"这个词儿也是李白发明的,出自他的一篇文章,叫作《春夜宴从弟桃李园序》:"会桃李之芳园,序天伦之乐事。"

"浮生若梦"也不能用了，出处同样是李白这一篇文章："浮生若梦，为欢几何？"

"杀人如麻"没有了，这出自李白的《蜀道难》。"惊天动地"也没有了，这是白居易吊李白墓的时候写的诗："可怜荒冢穷泉骨，曾有惊天动地文。"——没有李白，又怎么会有李白墓，又怎么会有白居易的凭吊诗呢。

扬眉吐气、仙风道骨、一掷千金、一泻千里、大块文章、马耳东风……要是没有李白，这些成语我们都不会有了；此外，蚍蜉撼树、春树暮云、妙笔生花……这些成语都是和李白有关的，也将统统没有了。我们华人连说话都会变得有点困难。

没有了李白，我们还会遇到一些别的麻烦。

当我们在社会上际遇不好，没能施展本领的时候，将不能鼓励自己"天生我材必有用"；我们遭逢了坎坷，也不能说"长风破浪会有时"；当我们和知己好友相聚，开怀畅饮的时候，不能说"人生得意须尽欢"；当我们在股市上吃了大亏，积蓄一空的时候，不能宽慰自己"千金散尽还复来"。这都是李白的诗句。

那个我们印象中很熟悉的中国，也会变得模糊起来。我们将不再知道黄河之水是从哪里来的，不知道庐山的瀑布有多高，不知道燕山的雪花有多大，不知道蜀道究竟有多难，不知道桃花潭有多深。

白帝城、黄鹤楼、洞庭湖，这些地方的名气，大概都要略降一格。黄山、天台、峨眉的氤氲，多半也要减色许多。

变了样的还有日月星辰。抬起头看见月亮，我们无法感叹"今人不见古时月，今月曾经照古人"，也无法吟诵"小时不识月，呼作白玉盘。又疑瑶台镜，飞在青云端"。

李白如果不在了，后世的文坛还会发生多米诺骨牌般的连锁反应。没有了李白"举杯邀明月"，苏轼未必会"把酒问青天"；没有李白的"请君试问东流水"，李煜未必让"一江春水向东流"；没有李白的"大鹏一日同风起"，李清照未必会"九万里风鹏正举"。

后世那一个个浪漫的文豪与词帝，几乎个个是读着李白的集子长大的。没有了李白，他们能不能产生都将是一个问题。

后来人闹革命的浪漫主义色彩也会衰减不少。有李白的"我欲因之梦吴越"，才有毛泽东的"我欲因之梦寥廓"；有李白的"欲上青天揽明月"，才有后来的"可上九天揽月"；有李白"挥手自兹去"，才有"挥手从兹去"；有李白"安得倚天剑"，才有"安得倚天抽宝剑"。

我们的童年世界也会塌了一角。那个每个小朋友记忆深处、平均每个人要听三百遍的"只要功夫深，铁杵磨成针"的故事也将没有了。它可是小学生作文的经典万金油典故。没有了它，小朋友们该怎么把作文凑足六百字？

在今天，如何检验一个人是不是华人？答案是抛出一句李白的诗。当每一个华人听到"床前明月光"，都会条件反射般地说出"疑是地上霜"。

看一个文学家的伟大程度，可以看他有多大程度融入了本民族的血脉。比如我的主业是解读金庸小说，不论金庸的作品有多少缺憾和瑕疵，你都没法抹杀他的成就，因为华山论剑、笑傲江湖、左右互搏等等词语，都已经融入了我们的血脉之中。

李白，这一位唐代的大诗人，已经化成了一种基因，和每个华人的血脉一起流淌。哪怕一个没有什么文化和学历的中国人，哪怕他半点都不喜欢诗歌，也会开口遇到李白，落笔碰到李白，童年邂逅李白，人生时时、处处、事事都被打上李白的印记。

不知道李白在世的时候，有没有预料到这些？他这个人经常是很矛盾的，有时候说自己的志向是当大官、做大干部，轰轰烈烈干一场大事，有时候又说自己的志向是搞文学、做研究："我志在删述，垂辉映千春。希圣如有立，绝笔于获麟。"

前一个志向，他没有实现，但后一个志向他是超额完成了——所谓"垂辉映千春"，他已经辉映了一千三百年的春秋了，还会继续光辉下去。

李白到底有没有千金裘

唐诗里面有一种诗，叫作炫富诗，比《小时代》还严重。比如李白先生那首著名的《将进酒》：

　　五花马，千金裘，
　　呼儿将出换美酒，与尔同销万古愁。

五花马，好理解。至于千金裘，就比较难理解了。它的字面意思，是价值一千两金子的貂皮大衣，堪称顶级奢侈品。

好好一件貂，居然脱了拿去换黄汤喝，东北姑娘听了得多心疼。

于是问题就来了：李白真的这么有钱吗？他到底有没有千金裘？一个没正经工作的人，怎么攒钱买貂？

唐代大诗人里，李白的收入情况一直是笔糊涂账。他似乎总是大把大把花钱，却没有什么进项。比如他喜欢高消费，喝的酒比杜甫的贵很多，一斗要卖十千钱——"金樽清酒斗十千"。

"斗十千"，乃是中国诗人给高级美酒定下的标准价格。自从曹植"美酒斗十千"以来，就被后世一直沿用。王维、白居易、郎士元等诗人莫不饮过"斗十千"的高级酒。相比之下，杜甫要节约多了，他喝的酒一斗才卖三百钱。这可不是我胡编的，杜甫自己说的：

"早来就饮一斗酒，恰有三百青铜钱。"

李白喝的酒，价格是杜甫所饮酒的三十三倍。想象一下，前者如果是喝的两千元一瓶的一斤装高级酒，那么杜甫喝的就是六十块钱一瓶的酒了，不折不扣的平民消费。

李白能这样高消费，看来一定是特别富裕，多半穿得起千金裘的了？其实未必。

首先，李白到底富不富，是一个大问题。他有时候看起来很富，年轻的时候到扬州去游逛，一年就败掉三十万金，当地落魄公子们手头紧了都可以找他接济，活脱一个小旋风柴进。[1] 他还说自己曾养了一千多只鸟，典型的一位养殖大户。

可他有时候又好像很穷。同样是三十岁前写的诗中说，自己"归来无产业，生事如转蓬。一朝乌裘敝，百镒黄金空。弹剑徒激昂，出门悲路穷"。几乎是破产了。

唐代诗人里，有几位特别喜欢算账，比如白居易，动不动把工资奖金写到诗中。有的则对个人收入情况讳莫如深，比如李白。在写《将进酒》之前，他公开的最大的单笔收入似乎是被皇帝唐玄宗买断工龄，礼送回家，学名叫作"赐金还山"。

这一次下岗费得了多少钱呢？五百金。也不少了，够买半件貂了。问题是李白作死，这笔钱他声称自己没要！"徒赐五百金，弃之若浮烟！"

给赏钱不要，收入从哪里来？幸亏我们有无所不知的郭沫若大师。他老人家给过一种解释：李白是大财主的儿子，有哥哥在九江经商，有弟弟在三峡营业，所以有钱买貂。

你或许要问：郭沫若大师的这个说法，根据是哪儿来的？我可以负责任地告诉你：他猜的。

郭大师的理由是：李白曾说过"兄九江、弟三峡"。九江和三峡都在长江边，做生意的一向很多，所以李白的哥哥弟弟一定是资本家、大土豪！郭大师的脑洞，也是醉了。

还有学者说，李白为什么在诗里从来不晒亲戚们的职业？正因为那时候商人社会地位低啊，李白是有苦难言。有一位研究者叫韩维禄，他说李白不像杜甫，有着既做官又写诗的祖父和父亲。他的父亲虽然有钱，但在唐代的风气之下，成了李白的隐衷，难以说得出口。这当然也有一定道理，但只是猜测，没有证据啊。

李白能够买貂，唯一有证据的解释只剩一条——娶了小公举。

李白至少有三次婚姻，其中两次都是倒插门，新娘都是富婆小公举。他第一次结婚，新娘是湖北姑娘许氏。女方家是高门望族，祖父当过"左相"，曾祖父是开国皇帝李渊的同学，后来封了公爵。

一说到公爵家的第四代小姐，你会想到最熟悉的谁？是的，林黛玉。李白就相当于娶了个林黛玉。

李白的最后一次婚姻，新娘姓宗，是前宰相宗楚客的孙女。当然，宗楚客犯了政治错误被杀了，家境已不如前。但瘦死的骆驼比马壮，对李白的经济也应该有不少帮助。

说起犯了错误的宰相的孙女，你又会想到熟悉的谁？是的，上官婉儿。[2] 李白等于又娶了个上官婉儿。先娶了个林黛玉，又娶了个上官婉儿，你说李白买不买得起貂？

他在扬州大手大脚"散金三十万"之事，以及娶许家小姐之事，时间间隔非常近，不知道哪个在前。如果按照郭沫若《李白年表》所说的，是二十六岁先游的扬州，那便有可能是散金到破产，因此"归来无产业""一朝乌裘敝，百镒黄金空"，一年后娶了许小姐，吃软饭。如果是先娶的许小姐，再去扬州散金、到处周济朋友，那就很有可能是把老婆的钱拿去做好汉了。

当然，李白的婚姻选择一定不只是为了钱，他必然有多方面考虑。他的婚姻生活幸福吗？我们也无从更多了解。千金裘里的辛酸，也只有他自己知道吧。

最后，李白的千金裘貌似也没能穿几天。

我发现唐朝大诗人都有个风气：往死里喝酒。喝光了最后一个铜板又怎么办？有个办法：脱衣服。

这也不是信口胡诌。比如杜甫，就是个喝不起酒就脱衣服的主儿。他喝得像孔乙己一样到处欠账，"酒债寻常行处有"，几乎上街就得被人揪住打。怎么办呢？于是"朝回日日典春衣"，脱衣服典当换钱，然后"每向江头尽醉归"——继续喝。

李白也是一样。和朋友喝斗十千的高档酒，兜里没钱了，又不能输了气势，于是也脱衣服，把身上的貂给扒了去换酒。

一件好貂，一首名诗，看似轻狂，几多唏嘘。

注释

[1] 李白《上安州裴长史书》："东游维扬，不逾一年，散金三十馀万，有落魄公子，悉皆济之，此则是白之轻财好施也。"

[2] 上官婉儿的祖父上官仪，曾经担任"独相"，红极一时，后来充当唐高宗限制武则天的棋子，起草废后诏书，被武则天诬陷谋反，下狱处死。后来中宗时平反，追为中书令、楚国公。

猛人杜甫，一个小号的逆袭

一

这一年，是公元 735 年 [1]。

在大唐帝国的东都洛阳 [2]，一个二十四岁的小伙子唉声叹气，用河南话自怨自艾——他刚刚在网吧查了自己在京兆尚书省的高考成绩，400 分。

这个落第的学渣，或者说大唐帝国的判卷老师——考功员外郎 [3] 眼中的学渣，叫作杜甫。

那时候的高考是很残酷的，没有调剂。你本科没录取之后想调剂到蓝翔？那是做梦，乖乖买火车票回河南老家补习吧。

这一年，和落魄的杜甫相比，许多同时代的诗人都已经扬名立万，在诗坛翻江倒海，散发着猛气。

当时，大名鼎鼎的猛人张九龄正在当宰相，并酝酿着他的新作"海上生明月，天涯共此时"。他的公众号每次更新，一群人都"赞！""顶！""宰相大人好棒，么么哒"。

一个叫王维的学霸作为高考状元，正在做右拾遗、监察御史。他的粉丝正飞快增长，包括阿九公主在内……不要吃惊，这真的是阿九公主，不是金庸小说里袁承志勾搭的那个独臂神尼，是唐朝的玉真九公主。

一个叫王昌龄的同学已中了博学宏词科，被当代人称作"超绝群伦"。他的代表作品"秦时明月汉时关"横扫诗坛，他的公众号"绝句我最强"十分活跃，经常和各路大V搞搞互推。

即便是混得最不好的李白同学，也已经在帝都隆重发布了《乌栖曲》和《蜀道难》，被广泛转发，名声大噪。[4]别看李大V还没有公职，微信公号也没认证，但却已经拥有贺知章等高端精英粉了——没错，就是那个"二月春风似剪刀"的贺知章。

他们的地位、名气，全部秒杀屌丝青年杜甫。虽然杜甫也开了一个微信公号"子美的诗"，但是人气不太高，粉丝也不太多，阅读量总在二三位数徘徊。

杜甫默默地关注了他们的微信公号。唉，要是能和这些土豪们一起玩耍就好了。

二

这一年，我们的杜甫以一个高考不中的学渣形象踏上了诗坛。他的声音小到几乎听不见："大家好，我，是一个小号。"

在群星灿烂的唐诗俱乐部里，每当有大V走进来，他都会很礼貌地起立，给人家让座，努力地和别人做朋友。

某年某日，一个走路带风的大V潇洒地推门进来，一屁股坐下，把脚放到了茶几上，摸出怀里的小二喝起来。他叫李白。

这时的李白已经被玄宗大大取消了关注，礼貌地请出了皇宫。但人家毕竟供奉过翰林，参加过文艺座谈会，比起杜甫还是牛了一截。[5]

杜甫起身迎了上去，诚恳地递上双手："李老师，我们……能认识一下吗？”

李白没有看上去那么难打交道，把脚放了下来，回答也很温暖："好，好，来坐，我们聊一聊。"

后世的人们拼命渲染这一次握手，说是"四千年历史上继孔子见老子之后最伟大的相遇"，"青天里太阳月亮走碰了头"。[6]

然而，当时的实际情况是：小号杜甫基本上是大V李白的粉丝。[7]

那些日子里，他陪着李白游山玩水、喝酒撸串，不时向旁边这个人投去敬慕的眼神。事实上，后来终其一生，他都始终崇拜、记挂、思念着李大V：

"白也诗无敌，飘然思不群。""笔落惊风雨，诗成泣鬼神。""文彩承殊渥，流传必绝伦。""李白一斗诗百篇，长安市上酒家眠。"……

每到春暖花开的时候，他对李白的思念就倍加强烈：

> 在渭北，那春天的树已经郁郁葱葱；
> 在江东，那傍晚的云也已是层层叠叠。
> 李兄啊，什么时候能够再和您相聚，
> 一起喝着酒撸着串，讨论着文章啊！ [8]

李白对杜甫其实也不错，不时也给他回个帖，但不得不说，他从来没有对杜甫的作文夸过一个字、点过一个赞。唯一和杜甫的诗有关的一句话，是调侃杜甫"作诗苦"，意思是："嗯，小杜这个人啊，写诗也是蛮拼的……"

杜甫对此大概并不意外。他从来没有表示过希望能够和李大V并列。

三

又一个大 V 推门进来了。他脸上带着刀疤，浑身散发着杀气，他的名字叫高适。

走进俱乐部，高适很酷地坐下，点燃一支烟，思考着他的新作《从军行》。

忽然，旁边传来一个温暖、诚恳的声音："高老师您好，我是小号杜甫。"

又是杜甫。他同样认真地履行着一个小号的责任，陪高适游山玩水、喝酒撸串。

这甚至成为杜甫最珍贵的人生记忆之一。后来，每当回想起和高适、李白愉快玩耍的日子，他都很自豪：

> 忆与高李辈，论交入酒垆。
> 两公壮藻思，得我色敷腴。

对大 V 高适的才华，杜甫也很仰慕："当代论才子，如公复几人？"他甚至赞扬说："高适的文章啊，就像曹植一样波澜壮阔；高适的德业啊，就像刘安一样可以证道成仙。"

后来高适的官越做越大，成了淮南节度使、彭州刺史，已经混到了大军区正职了。杜甫则颠沛流离地跑到了成都，人穷志短，时不时要吃高适的救济。

杜甫诚恳地、频繁地道谢："故人供禄米，邻舍与园蔬。""但有故人供禄米，微躯此外更何求。"好像不经常在诗里提几句这事，就会显得自己忘恩负义一样。

高适拍拍他的肩膀:"兄弟,别客气,咱们是朋友。"

高适和李白一样,都真心拿杜甫当朋友,但从他们留下来的作品看,他们好像从来没注意过杜甫的诗。在他们的眼里,杜甫真的只是个小号。

四

时间一年年过去,热闹的唐诗俱乐部里,一个又一个大 V 穿梭往来,其中有王维、岑参、储光羲、孟浩然、李邕……

他们互相握着手,愉快地聊天喝酒,不时发出轻松的笑声。

杜甫也和他们一起玩耍,带着诚恳而略拘束的笑,聆听他们高谈阔论,偶尔插话。

他天生就不会嫉妒别人。对每个朋友的进步,他都由衷高兴;对每个朋友的作品,他都送上最真诚的赞美。

对于王维,他夸奖说是"高人王右丞""最传秀句寰区满"。对于岑参,杜甫夸他是"海内知名士",说岑参的本事连当年的大文学家沈约、鲍照也不过望其项背,"高岑殊缓步,沈鲍得同行"。

还有一些大 V,明明原创作品很不咋地,都是一些"经营号",比如贾至、薛据之类,杜甫也对他们由衷赞美,说贾至"诗成珠玉",说薛据"文章开窔奥,迁擢润朝廷"。

对于那些历史上的先辈,他也满怀敬意。你很少看到他否定先辈。比如对过去初唐文坛的第一集团——"四杰",杜甫充满敬重,觉得他们的伟大难以超越:"王杨卢骆当时体""才力应难跨数公"——当今之世,应该没有人的才华能超过这几位前辈了吧!

有意思的是,当时文人互相唱和非常普遍,互相夸几句很常见，杜甫虽然也有几位朋友一直在鼓励他，赞美他的作品，认为他才是最好的，但那些第一线的大V、偶像们，却很少表扬他的诗，连客套性的表扬都没有。[9]

渐渐地，杜甫老了。生活蹭蹬和贫病交加，都让他加速走向人生的终点。

那一年的冬天，寒风刺骨。在由湖南潭州去往岳阳的一条小船上，杜甫病倒了，再也无法起身。

他强撑着偏枯的右臂，艰难地最后一次点亮了手机，看着自己的公号"子美的诗"。

是的，这一生，我终于没什么杰出的成就。一直到死，我的粉丝也不多。

年轻的时候，我也轻狂过。但和什么李白呀、高适呀、岑参呀、王维呀相比，我的成就真的没赶上，他们都好有才。

不过，对朋友，我做到了仗义、友爱、感恩、有始有终。

对粉丝，我做到了坚持更新，我写了一千五百多首诗。

我做了一个小号该做的事。

他闭上了眼睛，"子美的诗"也永远停止了更新。

五

当时，几乎没有人在意他的离去。群星璀璨的大唐诗坛，谁在乎一颗暗弱的六等星呢。

去翻翻当时唐人编的诗歌集、名人录、作家大全之类，根本就没有杜甫的名字。

连几本最重要的集子,《玉台后集》《国秀集》《丹阳集》《中兴间气集》《河岳英灵集》都不收杜甫的诗。比如三卷《河岳英灵集》,连什么李嶷、阎防都选上了,就是没有杜甫。

历史的灰尘,似乎正在慢慢把这个小号堆埋。

然而,有一些人,渐渐发现了它。

比如很多年后,有一个叫元稹的人,没错,就是那个"曾经沧海难为水"的多情种子,偶然发现了这个小号。

他随手戳了进去,连读了几篇,不禁大吃一惊:神迹!这是神迹啊!这货是多么伟大的一个诗人啊!

这一千四百多首诗连起来,已经不是诗,而是关于整整一个时代的伟大纪录片。

这里面有王朝的盛世:"忆昔开元全盛日,小邑犹藏万家室。稻米流脂粟米白,公私仓廪俱丰实。"

也有时代的不公:"朱门酒肉臭,路有冻死骨。""彤庭所分帛,本自寒女出。"

有恐怖的战乱:"孟冬十郡良家子,血作陈陶泽中水。"也有胜利的狂喜:"却看妻子愁何在,漫卷诗书喜欲狂。"

有庶民撕心裂肺的痛苦:"莫自使眼枯,收汝泪纵横。眼枯即见骨,天地终无情。"

也有麻木无奈的叹息:"信知生男恶,反是生女好。生女犹得嫁比邻,生男埋没随百草。"

有老友重逢的感动:"夜雨剪春韭,新炊间黄粱。""明日隔山岳,世事两茫茫。"

也有孤芳自赏的矜持:"绝代有佳人,幽居在空谷。""天寒翠袖薄,日暮倚修竹。"

还有惊心的花，有欢喜的雨；有青春的泰山，有苍凉的洞庭；有公孙大娘的剑器，有曹霸的画笔……

元稹呆了。他开始认识到一个事实——原来最伟大的诗人不是"四杰"，不是"王孟"，不是"沈宋"，不是"钱刘"，不是"高岑"，而是上世纪那个未享大名、穷困潦倒的小诗人。

有人告诉元稹："那个作者很可怜的，客死异乡，被孙子千里迢迢送回河南老家埋葬，连个墓志铭都没有。"

元稹挽起了袖子："没有墓志铭是吗？我来写！"

我们至今还可以读到这篇墓志铭："上薄风骚，下该沈宋，言夺苏李，气吞曹刘，掩颜谢之孤高，杂徐庾之流丽……诗人以来，未有如子美者。"

杜甫是八世纪下半叶死的。到公元九世纪，中国兴起了读杜诗的风潮。当时连文坛最大的大 V 韩愈都改了自己的微信签名："李杜文章在，光焰万丈长。"

在死去整整半个世纪后，杜甫终于完成了中国文学史上一场伟大的逆袭。

每当想起这段故事，我都有点疑惑：他真的一点儿都不知道自己诗歌的价值吗？

我忽然想起了他《南征》中的两句诗：

百年歌自苦，未见有知音。

这是他临近去世前留下的诗句。看来友谊是公平的，李白、高适、岑参们，你们不把人家当作天才，所以，人家也未必有把你们当作知音。

注释

[1] 杜甫第一次落第时间，说法不一，从开元二十二年（734）到开元二十五年（737）都有。这里暂从郭沫若《李白杜甫年表》定为735年。邝健行先生有736年的说法，论证详实，很有新意。

[2] 地点有长安、洛阳两说，这里暂从洛阳说。

[3] 有人说，考功员外郎没有简称"考功郎"的。不幸的是闻一多在《杜甫》里就称"考功郎"。

[4] 吴光兴《八世纪诗风：探索唐诗史上"沈宋"的世纪》："开元、天宝之际，李白已经成为一位文学名人，这是没有什么疑义的。"（社会科学文献出版社，2003年）

[5] 林庚《唐诗综论》："这两个诗人相遇的时候，那时李白已是名扬宇宙的大诗人……而杜甫还是初出茅庐，才在诗坛上露面。"吴光兴《八世纪诗风：探索唐诗史上"沈宋"的世纪》："在天宝三、四载结交之初，杜甫的诗名尚不足以与李白并驾齐驱。"

[6] 闻一多《杜甫》。

[7] 吴光兴《八世纪诗风：探索唐诗史上"沈宋"的世纪》："李白诗歌的成就与数量，都看在杜甫的眼里，记在杜甫的心里，评价是极高的。""李白年长十岁，得名稍早，杜甫佩服李白，文学上受其一定影响，应是意料中事。"

[8] 杜甫《春日忆李白》："白也诗无敌，飘然思不群。清新庾开府，俊逸鲍参军。渭北春天树，江东日暮云。何时一尊酒，重与细论文。"

[9] 其实就连杜甫的晚辈也是这样。吕正惠《诗圣杜甫》："几乎没有一个较重要的大历诗人提到过杜甫的名字。"

杜甫的太太：我嫁的是一个假诗人

一

公元741年，三十岁那年，杜甫脱单了。[1]

他的岳父姓杨，叫作杨怡，是一名朝廷干部，职务叫作司农少卿。

是什么级别的干部呢？有人说，是县财政局的副局长，那就是科级。

那是不对的。这个职务是属于"九寺"里的司农寺，级别是从四品上，相当于副部长，或者部务委员。

婚前，杨部长看着杜甫，问他：

"你们京兆杜氏，可是了不起的人家呀。家里现在还有些什么人啊？"

杜甫挺了挺胸膛，说：

"祖父必简公，过世已久了……"

杨部长点点头："知道，知道。前朝的杜司长，'文章四友'之一，大诗人哪。"

杜甫接着说："家父在山东工作，现在做兖州司马。"

杨部长又点点头："有印象，有印象，杜巡视员，为人不错的。"

他忽然问："子美啊，你自己现在在做什么工作啊？"

杜甫不禁有点惭愧："主要是写写诗。"

但他随即又鼓起勇气："我会努力再准备考试的。而且，我会对小姐好的！"

杨部长望着他的眼睛，认真又温和地说：

"这两件事，以后都要记得啊。祝你们幸福吧。"

二

就这样，杜甫把杨小姐娶回家了。

他比她大十一岁，还有人研究说，他比她大二十一岁。

要是今天，像这种年龄差距，杜甫应该叫人家小甜甜才对。可是杜甫不懂，嘴巴特别不甜。

他称呼杨小姐，统统是一个特别没有美感的词——老妻。

"老妻书数纸""老妻忧坐痹""老妻寄异县"……好像根本不知道明明自己更老一样。

杨氏夫人有时都有些怀疑：这么不会说话，我嫁的是不是一个假诗人？

就算他偶尔不叫老妻了，也要换一个同样很难听的词——"山妻"。比如："理生那免俗，方法报山妻。"

那口吻，活像《西游记》里的牛魔王："扇子在我山妻处收着哩。"

偶尔地，杨氏夫人也问他："朋友都说你的才华高得不得了，就不能给我写几句情诗什么的？"

杜甫挠着头："诗，我写是会写，可是'朱门酒肉臭，路有冻死骨'……这些放在你身上也不合适啊……"

不过，杨氏夫人也发现，假诗人也不一定就不好——他对别的
女人也不会油嘴滑舌。

李白写诗，动不动写女人，写吃喝嫖赌，什么"千金骏马换小
妾"啊，"载妓随波任去留"啊。后来连王安石都看不下去了，说他
十句里有九句不是女人就是酒。

这也不怪李白。唐代那些才子们都是这样的。

只有杜甫例外。翻遍他的一千四百多首诗，里面极少有风流的
东西，除了极个别应酬之外，不搞吃喝嫖赌，一句撩妹子的话都没
有。几乎唯一的一句，就是："越女天下白。"

杨氏夫人说："瞧，就说笨有笨的好处吧。"

三

按计划，他努力准备着考试，争取进步。

结婚前，他就曾考过一次，结果碰上了一个考官叫李昂。[2] 这
个人没水平，还出了名的心眼小、脾气坏，"性刚急，不容物"。

杜甫同学落榜了。他没有气馁，认真复习，等待着机会。

天宝六年（747），朝廷发通知，宣布要搞一次特别高考，号召
大家都来参加，量才授职，绝不食言，骗人是小狗。

杜甫精神一振：我的机会终于来了！他告别了夫人，踏上了征
途。这一年他三十六岁，写作文的造诣已经炉火纯青，放眼天下，
几无对手。

考试的场面十分隆重，气氛十分庄严，程序十分完善，尚书省长官亲自主考，御史中丞监督，煞有介事。

杜甫同学认真答完了诗歌、辞赋、策论等所有题目，觉得发挥得不错，交了卷，静静等待着成绩。

和他一起等成绩的，还包括唐朝的另一位大诗人元结同学。

许多个日夜的翘首以盼后，榜单终于公布了，杜甫等人一拥而上去看，发现结果是：一个都不录取！

是的，这不是阴谋，是阳谋。所有的考生，恭喜你们被玩了。

这一次，杜甫同学碰上的不是最差考官，而是大唐最差宰相。

"陛下，大喜呀！"宰相李林甫拿着这份录取结果，跑去找玄宗皇帝，说，"一个人都没录取，这说明什么？说明野无遗贤啊！您瞧咱们的组织人才工作搞得多出色！"

"是吗？那好啊！"玄宗皇帝正在打马球，心不在焉地答道，然后一纵马，"嘚儿……驾！"再次投入比赛。

夜晚，长安的小旅馆里，杜甫拿着手机，看着杨氏夫人的头像，辗转反侧，不知道该怎么和她说好。

先发个李安多年默默无闻、最后一举成名的鸡汤故事给她？还是给她唱一首《闯码头》，告诉她我总有一天会出头？

正踟蹰着，结果杨氏夫人发来信息了，很短，只有一句话：

都听说了，别难过。早点回来。下一次加油。

四

然而，没有下一次了。几年后，"安史之乱"爆发。

前天新闻里还在说，大唐繁荣稳定，昨天就洛阳丢了，今天又潼关丢了，明天眼看长安又要丢。从陕北到关中，到处都是逃难的人。

杜甫带着一家人逃跑，先坐火车，结果火车停运了；又坐汽车，结果司机也跑路了。最后他们改坐驴车，逃到陕西鄜州一个小山村里。

鄜州，今天已经有了一个很喜庆的名字，叫富县。但是杜甫当时住的那个村子，一点儿都不富。

土房子，泥巴墙，还有满屋子凌乱的行李，看着这一切，杜甫很惭愧：夫人啊，结婚十几年，还是让你过这样的日子。

安顿好了妻子，他出去寻找组织，想看看有什么出路，结果迎面碰上叛军，被抓回长安。

这简直是一幕唐朝版的《英国病人》。他和妻子、孩子隔着六百里路，从此不能见面。

要知道，那可是个人命如草的大乱世。可能他明天就会死在乱军的马蹄下，那也不过是增加了一个失踪人口而已，杨小姐怕是永远也不知道他的下落了。

一个孤寂的晚上，他抬头看着月亮，想起了她，不禁泪眼模糊：

今晚的月亮，她在鄜州只能独自一个人看了吧?

这一句话，在他心里瞬间变成了一句诗："今夜鄜州月，闺中只独看。"

他回到窄仄的屋里，拿起了笔，在膝头写下了八句诗，题目就叫作《月夜》：

今夜鄜州月，闺中只独看。

遥怜小儿女，未解忆长安。

香雾云鬟湿，清辉玉臂寒。

何时倚虚幌，双照泪痕干。

如果翻译成现代文，大意就是：

今晚上的月亮啊，她只能一个人看。

那没长大的娃娃啊，还不能把忧愁替她分担。

凉夜的雾啊，湿了她的秀发；

冷冷的月光，映得她玉臂也生寒。

什么时候我们能再相见，

依偎在帘下，不再泪水潸潸。

小时候读《月夜》，不相信这是杜甫的作品。一个满脸胃疼相的老家伙，怎么会写这样缠绵的诗呢。

可是这千真万确又是他写的。"香雾云鬟湿，清辉玉臂寒"，每一个字都是他写的。

他以为自己不会写情诗，她也以为他不会写情诗。但是乱世之中，他挥笔一写，一不小心，就写出了整个唐朝最动人的一首情诗出来。

它让我们想到韦庄的"垆边人似月，皓腕凝霜雪"，想到卢照邻的"北堂夜夜人如月，南陌朝朝骑似云"。但那些不过是讲逛夜店、喝花酒的，诗句再漂亮，又怎么能和离乱中的思念相比呢。

话说，在那个陕北的小村子里，杨氏夫人等了很久，很久。

终于，一天傍晚，那个熟悉的瘦削身影出现在村口，是杜甫，风尘仆仆，但满脸喜悦。他活着回来了。

"我回来了，我找到组织了，有了职务了……"他上气不接下气。

杨小姐哭了起来。墙头上围满了邻居，也在为他们感叹唏嘘。

晚上，是属于两人的时光。他们互相看着，乱世里的重逢，都觉得像是做梦。

这些情景，后来被杜甫写成了四句诗：

> 邻人满墙头，感叹亦歔欷。
>
> 夜阑更秉烛，相对如梦寐。

五

后来，他们一直过着奔波的日子。

杜甫总是就业了又失业。人才市场里，总是出现他投简历、找工作的身影。就像那首流行歌曲唱的，当年他吹过的牛，已随青春一笑了之。眼下，只能默默为生存而奋斗。

她跟着他，颠沛流离，鹑居鷇食，一个人操持着家庭。杜甫的诗，像是一本家庭日记，写满了这些点滴。

这一天，他沉重地写下：我回到家里，看到她又用碎布给自己和孩子做衣服穿——"经年至茅屋，妻子衣百结。"

有时候，他又写道：我和她又两地分居，真的好牵挂——"老妻寄异县，十口隔风雪。"

他还写道：她又为我的身体操心了——"老妻忧坐痹，幼女问头风。"

他还描写了两人住的房子，小产权的自建茅草房，经常漏雨——"床头屋漏无干处，雨脚如麻未断绝。"

不过，有一说一，他们的生活也不全是苦难的，也有不少快乐的日子。

比如她化妆的时候。

杜甫虽然穷，但有一次还是想办法给她搞来了化妆品，弄到了一些好衣服，让她重新打扮起来。

于是"瘦妻面复光"，青春又稍稍回到了她脸上。

比如听到好消息，官军收复河南河北了，和平有希望了。

他"却看妻子愁何在"，全家一起狂喜，打算立刻动身去收复的故乡，开始新生活。

比如晚年的时候，他带着她划着小船，在江上徜徉，享受他们的二人世界。有时候她画个棋盘，他就陪她下棋。

他去世的时候，是在一条漂泊的小船里，她守在身旁。

对不起，他说，还是没混出名堂。

杜甫一生，总觉得自己愧对她。他为人处事，对朝廷是无愧的，对朋友是无愧的，但是总觉得愧对太太，动不动就念叨："何日干戈尽，飘飘愧老妻。"

杜甫的一生，也始终依恋她，频繁地把她写进诗里："却看妻子愁何在""偶携老妻去，惨澹凌风烟""老妻书数纸，应悉未归情"。

唐朝所有大诗人的妻子里，我们对杨小姐的生活了解得最多，对她的形象也最熟悉，原因很简单——因为杜甫写得最多。

很多诗人，你觉得女人在他们面前和好酒、名马是一样的，是玩具。但杜甫不是。老妻对他是伴侣，是知音。

最后，她活了四十九岁，走在杜甫的后面。

你可以说杜甫对不住她。他没能混出名堂来，年轻的时候吹牛不上税，说自己要建功立业"凌绝顶"，要做大官"致君尧舜"，要财务自由"白鸥浩荡"，结果一生穷困潦倒，让女人孩子跟着吃苦。

但你也可以说，他没有辜负她。

他们在一起短则二十七年、长则三十多年，是唐代诗人里最伉俪情深的一对。杜甫没有蓄妓，没有纳妾，没有包二奶，没有过任何花边新闻。之前说了，翻遍他一千四百多首诗，奇迹般地几乎一句撩妹的都没有。

不能说全是因为穷。唐朝诗人，又穷又花的也多。卢照邻也穷，也在四川留下一个郭小姐。只能说，杜甫，就是这么个人。

在杜甫面前，会感到无助、绝望。他才华比你高，学问比你大，你认了，那没办法。但是他人品也比你好，做人做到完美，你就会觉得绝望。同样是人，怎么差距这么大呢？

所以，每当读到他写一些幸福的诗，比如"老妻画纸为棋局，稚子敲针作钓钩"[3]的时候，我翻书页都会不自觉地轻一些，唯恐打扰了他们短暂的幸福。

注释

[1] 还有说杜甫是四十多岁才脱单的。比如，孙微《杜甫四十一岁结婚考——兼论杜甫的思想性格》(《杜甫研究学刊》, 2011 年)。

[2] 杜甫第一次考试时间有几种说法。这里按照邝健行所说的开元二十四年(736)。这一年的主考老师不是孙逖，而是李昂。

[3] 我们经常可以看到，在生活安稳的时候，杨氏夫人会偶尔重拾闺阁中的兴趣。作为司农少卿家的官家小姐，她是有相当的精神追求的。

老实的情圣

一

讲完了杜甫的爱情故事，接下来要介绍一个杜甫的外号：情圣。

你可能会有些诧异：什么？不是说他专一又深情吗？这样一个老实人，怎么能叫情圣？

答案是肯定的。这个外号是梁启超给起的。在《全唐诗》两千多名诗人里，他偏把杜甫叫作情圣。

他表面上不解风情，很少写男女题材。比他风流的唐代才子有无数，元稹、白居易、李商隐都不必说了，连李白也不能免俗。而在杜甫的诗里，略有些风流迹象的，只有一句"越女天下白"，一句"佳人满近船"。

可杜甫并不是真的不解风情。在他留下来的一千多首诗里，虽然专写女性的有名的诗总共也没有几首，但就是这几首"女人诗"，却写得惊天动地、荡气回肠，写出了"情圣"的段位。

我们就选两首诗，从中看看杜甫的感情历程吧。

第一首女人诗，是他写妻子的，叫作《羌村》。它一共有一组三首，我们这里主要讲第一首。

小时候，我得到的第一本唐诗集，所选的杜甫的第一首诗就是

《羌村》。当时特别瞧不上它，觉得这诗土里土气，凭什么能入选，还放在那么显眼的位置？可是，不记得过了多久之后，重新读到它，忽然有想流泪的感觉。

前文说过，"安史之乱"爆发后，杜甫夫妻分离，妻小滞留在鄜州一个村子里，那个地方就叫作羌村。过了很长时间，杜甫才赶去和家小团聚。这首诗就写的是团聚的情景：

> 峥嵘赤云西，日脚下平地。
> 柴门鸟雀噪，归客千里至。
> 妻孥怪我在，惊定还拭泪。
> 世乱遭飘荡，生还偶然遂。
> 邻人满墙头，感叹亦歔欷。
> 夜阑更秉烛，相对如梦寐。

诗人赶到的时候，已经是傍晚了。在鸟雀的鸣叫声中，"归客千里至"，他九死一生，才终于能和亲人相见。

妻子和孩子忽然见到杜甫，是什么反应呢？叫作"妻孥怪我在，惊定还拭泪"。其中"孥"就是孩子的意思。这句诗很耐人寻味，不说"喜"我在，不说"惊"我在，而是"怪"我在。这个"怪"是后怕，是心里一块大石头终于落地之后的悲喜交集，禁不住热泪盈眶。

在家庭离散之后，妻子想必无数次祷告，希望杜甫平安。今天忽然见到他活着回来了，梦想成真，既庆幸又不敢置信，因为诗中说了，"世乱遭飘荡，生还偶然遂"，在这样一个大乱世，分别后的重逢是多么不容易啊！妻子和孩子无比后怕，所以"怪我在"。

最后四句，我们在之前的文章里讲过了。夜晚，这对好不容易团聚的夫妻烛下相对，"相对如梦寐"，觉得像做梦一样。

小时候欣赏不来这样的诗，长大之后才明白，这朴素的诗句里，满满都是相依为命的艰辛，也满满都是乱世中的深情。

二

如果杜甫只知道对老婆好，不懂得怎么欣赏女性，大概还不能叫情圣。

这里要讲的第二首诗，就是杜甫写给一个他欣赏和敬慕的女性的。它的名字叫作《佳人》。

大概在杜甫出生之前八百多年，中国汉朝的宫廷里诞生了一首小诗，叫作《李延年歌》[1]，开头第一句也是"佳人"：

> 北方有佳人，绝世而独立。
>
> 一顾倾人城，再顾倾人国。
>
> 宁不知倾城与倾国，佳人难再得。

这首小诗很美，但写得很笼统，语焉不详。这位佳人是什么来历？[2]她为什么这么高冷？她有没有嫁人？最后归宿怎么样？我们统统不能确定。

这首小诗就像是一枚种子，没有长开，还有待培育。

八百年后，到了杜甫手里，这颗种子终于入土了。在大诗人的浇灌下，它生根发芽，筋脉舒张，变得有了血肉，更加丰盈，焕发出更大的魅力。

杜甫的《佳人》一开篇，就是"绝代有佳人，幽居在空谷"。这是极有力量的诗歌开头，只用十个字，就交代了最重要的信息，瞬间把你拉进了故事情境中。

这位幽居的佳人又是什么来历呢？诗人告诉我们，她"自云良家子，零落依草木"。

随着神秘的帷幕一寸寸拉开，杜甫像一个游吟歌手，用一种不动声色的平静语调，把她的生平娓娓道来：

"关中昔丧败，兄弟遭杀戮"，原来是战火连天席卷关中，她的家庭残破了，兄弟被杀了。乱离人不如太平犬，就算父亲当高官又怎么样呢？"官高何足论，不得收骨肉。"

过去的锦衣玉食都不再有，可怕的事接二连三发生——"世情恶衰歇，万事随转烛。"就连婚姻也不能成为寄靠，因为丈夫很快有了新欢。这一切被杜甫锤炼为十个字：

"但见新人笑，那闻旧人哭？"

一个高贵的女性，在遭逢了家国的不幸之后，又遇到爱情的背叛。在那个时代，她无法战小三，无法"致贱人"，但却不愿屈就，不肯低头，于是做出了选择：不如去到那山林之中，修一座茅屋，一个人生活。

杜甫想必到访了她的林间小屋，见证了她的生活。他看见侍女变卖了珍珠回来了，她们一起用藤萝修补房子——"侍婢卖珠回，牵萝补茅屋。"她的品位还是那么高雅，像是一个丛林里的时尚博主，不用五颜六色的野花来插头发，而用翠柏装饰自己——"摘花不插发，采柏动盈掬。"

天色晚了。告别的时候，杜甫忍不住又一次回头望去，在暖黄色的暮光中，她倚靠着斑竹，任凭风吹动薄薄的衣袖，微笑着向他作别。

杜甫为我们记下了这一个动人画面，作为全诗的结尾："天寒翠袖薄，日暮倚修竹。"

那一刻，杜甫有没有想起八百年前的那首《李延年歌》呢？这样一个姑娘，也许才当得上"绝世而独立"吧？

《佳人》里的这一个女性形象，即便是拿到一千多年后的今天，从我们现代人的眼光来看，也是一点都不过时的，也仍然是美好和高贵的。

如果杜甫只是同情她的遭遇，那不叫"情圣"，最多是慈悲。但是杜甫还能做她的知音，能理解她独立的选择，能赞赏她不放弃追求美丽、做自己生活的主人。我们经常说，世上没有纯粹的蓝颜，但我看杜甫就是一个纯粹的蓝颜。

这一首诗让我们知道：貌似不解风情的他，其实很懂得欣赏女性独立的美丽。

三

第三首诗，则是讲杜甫不喜欢的女人。

杜甫真是个老实人，很少口出恶言，写诗骂街。你看李白婚姻不幸福，气得对朋友大肆吐槽："彼妇人之淫昏，不如鹑之奔奔。"但据我所知，杜甫一生极少对异性说这样的话。

这个老实人也会有讨厌的女性吗？有的。

那一年的三月三日，在首都长安的5A级风景名胜曲江池旁，来了一群春游的人，大摇大摆，趾高气昂。被簇拥在中间的，是几个美丽的少妇。

她们一到，围观群众就纷纷被亮瞎了眼，又羡又怕地躲开，因为你懂的——他们是杨贵妃家里的人。

就在这纷纷避开的人群之中，有一个貌不惊人的书生，翻着一双冷冷的白眼，那就是杜甫。

他像是一个暗访的记者，默默地记录下了自己看到的一切。一篇著名通讯从此诞生了，叫作《丽人行》。

他看见杨家的少妇们仪仗奢侈，盛气凌人；她们穿着华贵的衣服，上面绣着金丝的孔雀、银丝的麒麟；她们的长裙上装点着奇异的珠宝，发鬓上缀着翡翠的花饰，一个个活像仙宫里的人。

杜甫的笔在飞动，继续在写着。他看到美女们要野餐了，宫里的马匹飞驰而来，不断给她们送来山珍海味。他还写出了所有唐诗之中形容菜肴的最华丽之句："紫驼之峰出翠釜，水精之盘行素鳞。"

可对于这些，杨家的美女们早就吃厌了。她们握着犀牛角的筷子，偶尔懒洋洋地挑起来这么一小块，咬上一点。其他大部分都浪费了，只可惜了御厨的精妙刀工。

杜甫是很会写食物的。在他一生的诗中，曾用力描写过的食物有两种：

其中一种食物，是他最美好的记忆。比如回乡时，父老们特意为他携来的浑浊村酿——"手中各有携，倾榼浊复清。"比如在饿了很久的肚子之后，长安好心的朋友热情接济他的香米和酸菜——"长安冬菹酸且绿。"

还比如在大冬天，知己好友特意为他凿冰捕来的鲜鱼——"无声细下飞碎雪，有骨已剁觜春葱。"

杜甫也不光是吃别人的，自己也喜欢请客。当客人忽然上门时，他满心欢喜地想要招待，但市集太远，买不到鸡鸭鹅猪，只好简单准备一些粗茶淡饭，连声抱歉地端上来——"盘飧市远无兼味，樽酒家贫只旧醅。"

　　这一种食物，杜甫写的时候满怀感激，每个字都很温暖。

　　相比之下，另一种食物则是他的伤痕记忆，刺痛着他。

　　比如朱门大院里的酒肉，"朱门酒肉臭，路有冻死骨"；比如贵族家奢华的驼蹄羹汤，堆成小山的名贵橙子和橘子，"劝客驼蹄羹，霜橙压香橘"；还有今天，他在曲江边上所看见的杨家人已经吃腻了的驼峰和鱼脍。对这些，他不爽，他看不惯。

　　今天我们读起《丽人行》这篇通讯，会发现杜甫很冷静、很克制。

　　如果来到今天当记者，杜甫一定是很专业的，他懂得新闻写作的规矩，只告诉你事实，自己不轻易褒贬。他不屑于写"啊，万恶的谁谁谁……"那样很没有格调。

　　你看这篇《丽人行》诗里，他对骄奢的杨家姐妹们没有一句褒贬，没有一句谩骂，但又其实句句是褒贬，句句是讽刺。他只是淡定地描绘她们的仪仗、吃穿，却无处不在告诉你们——她们是真正的俗物。

　　写这篇通讯的时候，距离"安史之乱"爆发只剩不到两年了。这两年，是大唐王朝挽救自己的最后时间。

　　杜甫作为一个清醒的人，眼睁睁看着上层腐化下去，失掉最后挽救时局的机会。《丽人行》这样的警示，权贵们听不到。

　　杜甫的三首女人诗，像是三幕剧，讲了三种人：老妻、佳人、丽人。他对前者有多怜惜，对后者就有多鄙视。

这就是杜甫的品位。他喜欢坚强、独立，厌恶奢靡、寄生，他可以把最热情的仰慕献给可爱的异性，也能把最犀利的讽刺送给金玉其外的俗物。

伟大的诗人，不只在一方面伟大。想想同样是大诗人的宋之问，先巴结武则天的面首，又猛拍太平公主、韦皇后、安乐公主的马屁，谁炙手可热就攀附谁，我们就会更加敬佩杜甫在曲江的那一双白眼。

注释

[1] 李延年是作曲的音乐家，而不是"佳人"。他像司马迁一样受过腐刑。据说他正是通过这首曲子，把漂亮的妹子李夫人介绍给了汉武帝，从此改变了自己的命运，兄弟李广利还做了大将。李夫人死后，汉武帝思念不已，曾为她写下"是耶非耶"之辞。这也是后来金庸《书剑恩仇录》结尾词"是耶非耶，化为蝴蝶"的来历。

[2] 有记载说，汉武帝听歌手李延年唱了这首歌，心里骚动，想求佳人，最后经人推荐，召入了李延年的妹妹。

大唐的学渣和考霸

一

在前面文章里，我们好几次提到科举的问题，这里专门来聊一聊。这是唐诗故事里很有意思的一个话题。

今天，我们的高考作文体裁基本上不限了，记叙文、议论文、应用文甚至小说都可以写，但往往都有一个备注——"诗歌除外"。你如果写一首五言绝句交上去，绝对属于作死。

但唐朝偏偏相反，高考很重视考诗歌。重视到什么程度呢？我们举个例子来说明。

假设你到唐朝参加贡举，幸运地高中了，而且很快被授了职，正式参加了工作，你的同事——隔壁办公室的老王过来闲聊，问你："请问老兄高考都考了些什么科目？"

你自信满满地回答："考了诗赋！"老王多半会啧啧称赞："哎哟，是进士啊，佩服，佩服！"

如果你支支吾吾地回答："考的明经。"老王则可能要"呵呵"了："那也不错，不错。"

为什么"进士"比"明经"更洋气、更受尊重？因为进士考诗赋，那是要限韵的，考生必须临场发挥，更能考出才学。而明经科以死记硬背为主，考不出活学活用的能力。考进士的难度比考明经大很多。所谓"三十老明经，五十少进士"，你三十岁考上明经，已经算年纪大的了，但五十考上进士也还不算晚。

当然，付出和回报是成正比的。进士出身的前程要比明经出身好得多，也更受人尊重。明经出身的做到处长就差不多了，想做到部长以上，一般非进士不可。

由于唐代太看重诗歌了，甚至还引发了当时一些人的不爽。例如奸相李林甫，自己文化程度不高，不怎么会写诗赋，所以他做了宰相后就一度猛烈抨击考试设置不合理，考诗歌太多。

后来的宋代人还曾经展开一场讨论：为什么唐朝人写诗比咱们牛呢？

讨论来讨论去，他们得出了一个很可爱的结论：因为人家高考要考诗歌嘛！有个学者叫作严羽的，写了一本书叫《沧浪诗话》，其中就说："或问：'唐诗何以胜我朝？'唐以诗取士，故多专门之学，我朝之诗所以不及也。"

可是，考试重视诗歌是一回事，每个诗人能不能考得好又是另外一回事。众所周知，水平高的人，考试发挥不一定好。有些大诗人一辈子都混得不太如意，他们的人生仕途都栽在了科举上。

设想一下：在唐代的诗人里，要是搞一个"差生班"，里面会有谁？

如果按高考成绩来算，那阵容简直强大到吓死人，比如——杜甫、孟浩然、孟郊、罗隐……完全可以组一个超级诗歌天团。

唐朝二百多年的高考史，也就变成了无数诗人的欢笑史和悲剧史。我们这里就介绍几个著名考生的故事。

二

首先要讲的是盛唐的三位大诗人：孟浩然、杜甫、李白。

一看这名单，你以为他们应该是优秀考生代表了？恰好相反，他们都是"差生班"的学员。

先说孟浩然同学。如果我们评选一个"发挥最差奖"，孟同学非常有望当选，因为据说他的笔试和面试都考砸了。

这里说的所谓"面试"，是唐代的一种风气，指的是向有影响力的大人物送上作品，接受他们的问询和考察，博取好感。它有个专门的名称，叫作"干谒"。

每一个准备干谒的考生，都会面临一个关键问题：怎么选你的代表作？

或者有人会说：那还不简单，选你最优秀的就是了。但所谓"优秀"是没有统一标准的，事实要复杂得多：选长一点的诗还是选短一点的诗？选正能量的、唱赞歌的，还是选抨击时事的？选辞藻华丽的还是选清新质朴的？如果你精心挑选了一首律诗，可面试的大人物偏偏喜欢古诗怎么办？这一项的选择其实很考验情商。

比如中唐有一个叫李贺的诗人，要接受当时文坛一个大人物——韩愈的面试。李贺选择送给导师看的诗的标准，是：声调壮丽，色彩凄艳，风格独特。

他选择放在卷首第一的，是自己的代表作《雁门太守行》。我们来看看这首诗，感受一下：

黑云压城城欲摧，甲光向日金鳞开。
角声满天秋色里，塞上燕脂凝夜紫。

半卷红旗临易水，霜重鼓寒声不起。

报君黄金台上意，提携玉龙为君死。

李贺成功了。韩愈读了这首诗，拍着大腿叫好，主动做了李贺的导师。

还有一个晚唐诗人，名字叫作李昌符的，也属于选对了面试作品的人。

此人在江湖上原本颇有诗名，屡次去找贵人面试，却总是得不到支持推荐，为此高考总是落榜。懊恼之下，他灵机一动：我过去选的诗，风格题材都太老套了，不能吸引眼球，所以总不成功。能不能反其道而行之，专门写一些奇诗、怪诗？说不定能火！

他于是另辟蹊径，精心作了五十首吐槽诗，主题特别冷门，叫作"贪小便宜的仆人"，比如：

不论秋菊与春花，个个能喳空腹茶。

无事莫教频入库，一名闲物要些些。

这些诗一发表，马上就刷了屏，据说"京都盛传"，成功引起了人们注意。于是李昌符当年高考就成功了。

前面说的两位同学，都是成功的典型。而我们的孟浩然同学则是失败的代表。

据说，他曾经幸运地遇到了最大的面试官——皇帝，有过一次宝贵的朗诵自己代表作的机会。可惜，他没有像李贺一样选豪气的征战诗，也没有像李昌符一样选冷门的吐槽诗，而是别出心裁地选了另外一种诗——牢骚诗。

然后就再没有然后了。

事情传说是这样的：

有一次，孟浩然在长安盘桓，跟着朋友王维到内署溜达闲逛，不料唐玄宗忽然驾到。孟浩然躲避不及，一急眼，就钻了床底。

他本以为自己闯了祸，不想玄宗得知孟同学在场之后，很是好奇，吩咐说："朕早就听说过他的名声，原来在床底下呀。快让他出来吧，给朕读一读他的作品。"

这是一次难得的机会。唐玄宗用人是很大胆的，如果抓住了机会，孟同学很有可能会改变命运。但或许因为事发太突然，也可能是孟浩然刚从床底下钻出来，脑子还有点恍惚，没能仔细斟酌篇目，就给皇帝读了一首《岁暮归南山》。其中有这么两句："不才明主弃，多病故人疏。"

这是一句典型的牢骚诗，意思是：因为我自己没本事，所以明主抛弃了我；因为我自己身体差，所以老朋友也冷落了我。

玄宗皇帝一听就不乐意了：你自己从没来求过职，怎么说是朕不用你呢？你怎么这样黑我？

就这样，孟浩然搞砸了一次宝贵的面试。此后他再没能获得仕进的机会。后人很替他遗憾：孟同学也太随便了，关键时刻为什么非选这首发牢骚的诗？为什么不选你的"气蒸云梦泽，波撼岳阳城"呢？

这一个故事有很多版本，故事中引荐孟浩然的人还有李白、张说等几个说法，但主要情节大致相同。

该不该相信呢？它听上去像是个段子，虚构成分居多。古往今来有不少"皇帝驾到，才子钻床底"的故事，人民群众固然喜闻乐见，但可信度不高。

但它又偏偏被正经史书《新唐书》收录了。编修《新唐书》的专家里，包括欧阳修、范镇、宋祁、梅尧臣等大专家，筛选史料是很严谨的。这一段材料如果太不靠谱，是不大可能被采用的。也许孟浩然本人确实情商低，生前见到了某位高层，却发挥不好，聊不到一块儿，后来被人附会了这么一个段子吧。

不只是面试，孟浩然的笔试也不顺利。他有一次高考的作文题目据说叫《骐骥长鸣》，翻译成现代汉语就是《鸣叫的好马》，全文已不得见了，只是传闻其中有这么两句：

逐逐怀良御，萧萧顾乐鸣。

这两句诗，遭到了后来宋朝人的鄙视，说：这简直像小孩子写的一样幼稚！言下之意是：孟同学名气这么大，临场发挥却这么差，他一辈子考不上，该。

当然，这一首诗究竟是不是孟浩然写的，还存在争议。因为在另一个唐代诗人章孝标的诗集里有一首应试诗，其中也有一模一样的这两句。不排除是章同学的句子被误栽到了孟同学头上。

但不管怎么样，孟浩然不会考试，应该是无疑的。

三

如果孟浩然是"最差发挥考生"，那杜甫则是"最倒霉考生"。

杜甫同学的高考经历，简直是一个大写的"惨"字。他考的次数倒不算多，只有两次，和后来"十不中"的晚唐诗人罗隐同学比已经好了太多，但他每一次落榜的原因都很打击人。

第一次高考，他赶上了最坏考官。

关于杜甫的首次高考，很多人说是在开元二十三年（735）。本书前文《猛人杜甫：一个小号的逆袭》也是采信的这一说法。这一年的主考老师叫孙逖。

如果杜甫真的碰上了这位孙老师，那就算没考上也不必有太多抱怨，因为孙老师不但文采出众，为人也比较正派，还以知人善任著称。他的同事、著名的颜真卿就曾经这样评价孙老师："精核进士，虽权要不能逼。"

然而，杜甫碰到的很有可能不是这位孙老师。

他有可能是后一年参加的高考，也就是开元二十四年（736）。比如香港的学者邝健行先生就做过一番仔细的考证，认为杜甫首次高考应该是在这一年。

这一年的主考老师，不是孙逖，而是叫作李昂。

这位李老师的特点，是脾气坏、心眼小，"性刚急，不容物"。这一年高考，他由于处事不当，许多考生不服他，联合抗议，还酿成了一场不大不小的群体性事件。为了平息众议，朝廷事后研究决定，不再由品级较低的吏部考功员外郎主考了，改由副部长级的礼部侍郎主考。

杜甫同学的第一次高考，很有可能正是不幸地碰上了这个气量偏狭又缺乏眼光的李昂，导致没考上。

这也真算是倒霉。因为此前靠谱的孙逖老师曾主考了两届，杜甫一次也没赶上，偏偏李昂老师一上任，他就赶上了。

在这一次挫折之后，整整十二年里，杜甫再也没有报名考试。直到天宝六年（747），他才再一次参加考试，考试的结果我们在此前文章中说了，一人都没有录取。奸相李林甫说这叫"野无遗贤"。

真的很同情杜甫。今后我们大家多读一读杜甫的诗，算是对这位伟大诗人在天之灵的一点安慰吧。

如果说杜甫是"最倒霉考生"，那么李白呢？他一直被当作是"最傲娇考生"，他被认为是干脆放弃——不考！

一直以来，李白给粉丝们的印象，就是不肯高考，要以白衣取卿相，希望自己今天还是老百姓，明天就进京当部长。比如袁行霈老师就说：李白不屑于参加科举考试，他希望凭借自己的才能和声誉，得到某个有力人物的推荐而直取卿相。

可是李白真的这么清高吗？我们不能不产生一点点怀疑：同时代的杜甫、王维、孟浩然们都可以去考试，唯独李白就这么特立独行，骄傲到不屑于去考？

李白没有参加科举，很有可能不是什么傲娇，是他根本就没有资格去考。

在唐朝，一个读书人想参加高考，是要核实身份的，考生得拿出户籍、谱牒一类的证明材料来以供审核。

那么李白带着户口来不就行了？没戏，李白的家世是一团迷雾，家无谱牒，长期不上户口，甚至他祖上的名字都没法确定，多半过不了审核。

此外，李白的出身成分也成问题。据说当时有规定，工商之家的孩子不准做公务员。[1] 就相当于考试之前，每个孩子都要填家庭成分表，只要家里是做生意的，不管是个体户还是大老板，都不准考试。按照很多学者的说法，李白的家里恰恰就是做生意的。

所以，李白同学不是不屑于考，而很可能是根本就不能考。他根本就不是什么"最狂考生"，而应该是值得同情的"家庭成分最差考生"才对。

四

上文中我们提到的几位同学都这么倒霉，难道唐代的大诗人里就没有会考试的吗？其实也是有的！他们在考场上精彩发挥，留下了很多神迹。

下面请出的第四位考生，他所荣获的就是"最神发挥奖"。

试想一下，如果你一生中写出的最脍炙人口的作品，恰恰是你的高考作文，会是什么感受？

有一个叫钱起的同学就是这样的，他把一生中最广为传诵的作品留在了考场上。

这位钱同学，江湖人送绰号"小王维"，是唐朝诗坛一个著名男子组合"大历十才子"的主唱。他的年代稍晚于李白、王维，又稍早于白居易、韩愈，是这两拨诗人中间的一颗巨星。

或许你会说：什么巨星，也不算太红嘛，都没听过啊。

是的，在今天的普罗大众之中，他的知名度或许还不如他的侄子——擅长草书的怀素和尚。但在当时的诗坛，钱起同学可是大红大紫的。红到什么程度呢？在当时，如果你是朝廷里的公卿，放到外地做官，要是临行没有钱起写诗为你送别，大家都会瞧不起你。[2]

他担当头牌的"大历十才子"，也是当时最红的男子组合。关于这"十才子"究竟是哪十个人，历来都有各种版本，后世学者们吵来吵去，比如有的专家认为甲不配，就换上了乙，有的专家又觉得乙不配，换上了丁。但不管任何版本，有一个人是绝对不会换的，那就是钱起。

其实，"考霸"钱起同学也不是一开始就很会考试的，前几次高考都没有中，眼看都有希望和杜甫竞争"最倒霉考生奖"了。可是751年，钱起二十九岁那一年，他人品爆发了。

考卷发下来了，现场一片寂静。钱起一看作文题，微微有点惊讶，是《湘灵鼓瑟》。

也不知道是什么老师，出了这么文艺小清新的一个题目。

什么叫"湘灵鼓瑟"呢？这是一个挺凄美的神话故事。据说在上古之时，舜帝老爷有两个妃子，叫作娥皇、女英，夫妻非常恩爱。后来舜帝到南方去巡视，娥皇、女英思念丈夫，一路追到洞庭湖，听到了舜帝已死于苍梧之野的消息。二女十分悲痛，在洞庭湖的君山哭泣而死。

后来，她们便化成了湘水之神，常在湖面上鼓瑟。《楚辞》里面就有"使湘灵鼓瑟兮"的句子。

钱起撞上这样文艺的一个题目，也算是不多见的。在专制王朝下，高考作文题常常是一些歌颂性、表扬性的正能量题目，比如《观庆云图》，那是歌颂盛世；《老人星现》，那是让考生说吉利话，祝福皇上长寿；《恩赐耆老布帛》，那是表扬朝廷关心老干部。考生写出来的诗也往往都是"金汤千里国，车骑万方人""烛物明尧日，垂衣辟禹门"这样没什么实际内容的颂扬之作。

不过，更文艺一些的考题也偶有出现，比如《夜雨滴空阶》《风光草际浮》《风雨闻鸡》等等。但单纯拿一个神话故事来当作文题，并不多见，很有点"新概念作文"的意思。

大家都努力构思着。忽然，有一个叫陈季的考生很快写完了作文，自信满满地交卷了。

那一场的考官叫作李暐。他拾卷一读，不禁捻须微笑：写得不错，"一弹新月白，数曲暮山青"，真是好句。应试作文，能写出这么清新的句子，真是才子呀。

他正在赞叹呢，我们的钱起同学交卷了。考官也读了起来。前两句是："善鼓云和瑟，常闻帝子灵。"

"中规中矩嘛。"他心想。然而，越往后读，李昑老师就越是惊讶。当读到最后两句时，考官如遭雷轰，差点没当场仆了：

"'曲终人不见，江上数峰青'，神作，真乃神作啊！"

这一刻，唐诗三百年历史上最有名的高考诗诞生了。这首诗的最后这两句，也是钱起一生中所有作品里最脍炙人口的句子。

我们来完整看一下这首诗的全文：

> 善鼓云和瑟，常闻帝子灵。
> 冯夷空自舞，楚客不堪听。
> 苦调凄金石，清音入杳冥。
> 苍梧来怨慕，白芷动芳馨。
> 流水传湘浦，悲风过洞庭。
> 曲终人不见，江上数峰青。

为什么它在考场上大获成功呢？给大家简单分析一下。

考场上的应试诗是有一套讲究的，一般来说，前两句要快速点题，把考题里的关键字亮出来。钱起这首诗的头一句就老老实实地点了题"善鼓云和瑟"，紧紧扣住了题目里的"鼓瑟"；第二句"常闻帝子灵"，又点了题目里的"湘灵"。

考试时最忌讳的，就是铺垫了五六句还没入正题，想给判卷老师一个惊喜。那老师一定会给你一个大大的惊喜，比如赏一个光荣落第之类。

钱起的后面八句，从"冯夷空自舞"到"悲风过洞庭"，都是在铺叙鼓瑟，令人满意地渲染出了浩渺、空灵的意境。最后，钱同学笔锋一转，露出了他的神句——"曲终人不见，江上数峰青。"

据说，考官觉得这两句诗实在太赞了，以为是"必有神助"。后来还有传说，称钱同学这两句诗是鬼神吟出来的，他少年时无意中听到，记在了心里，后来用到了考场上。

但是，我们也不得不说一点：这首诗虽然是一首完美的应试诗，但却不是一首完美的唐诗。它拼凑的味道很浓。

在唐代，其实有无数描写听音乐的好诗，比如李白的这一首《听蜀僧濬弹琴》。我们拿来和钱起的比一下：

> 蜀僧抱绿绮，西下峨眉峰。
> 为我一挥手，如听万壑松。
> 客心洗流水，余响入霜钟。
> 不觉碧山暮，秋云暗几重。

它描绘了一位和尚的高超琴技。这首诗比钱起的《湘灵鼓瑟》更为紧凑、流畅。最后一联"不觉碧山暮，秋云暗几重"，不也正是曲终人远的意思吗，意境也很空灵。

但是就因为欠了"曲终人不见，江上数峰青"这样的神句，李白的这首诗就没有钱起的作品名气大、流传广。在唐诗的历史上，蜀僧的琴也就没有盖过湘灵的瑟。

凭借着这一首石破天惊的"新概念高考诗歌"，钱起同学崭露头角，正式扬名江湖。后来他努力地写作，留下了很多好诗。他的诗，像是一幅幅清亮的水彩画，让人赏心悦目。

比如《裴迪南门秋夜对月》，像是一个美丽的银色世界：

夜来诗酒兴，月满谢公楼。
影闭重门静，寒生独树秋。
鹊惊随叶散，萤远入烟流。
今夕遥天末，清光几处愁。

他的送别诗也写得很好，比如《送僧归日本》：

上国随缘住，来途若梦行。
浮天沧海远，去世法舟轻。
水月通禅寂，鱼龙听梵声。
惟怜一灯影，万里眼中明。

难怪江湖上人人都以得到他的送别诗为荣了。

钱起不但五律写得好，也写了一些不错的七言诗。比如《归雁》：

潇湘何事等闲回？水碧沙明两岸苔。
二十五弦弹夜月，不胜清怨却飞来。

这首诗是有趣的一问一答：归雁啊，潇湘那么好，你为什么离开呢？难道你不留恋那里碧水明沙和丰足的食物吗？

大雁则回答说：是因为湘灵鼓瑟，在月夜下拨动二十五弦，实在太凄苦、太幽怨了，我承受不住，只好向北飞来。

好了，说了这么多钱起，那么这位考霸在唐诗三百年的历史上到底是什么地位呢？

我觉得应该这么说：他是一个重要的诗人，是连接盛唐、中唐这两个时代的关键人物。

他驰名江湖的年代，正好是唐诗的一个 U 形弯的底部，像是个小小的"低谷期"。在他稍前一点的时代，人称"开天"，意思是唐玄宗的开元、天宝时期，那个时代有张九龄、孟浩然、李杜、王维、高岑等巨匠；在他后面的时代，人称"元和"，意思是唐宪宗元和年间，又有白居易、韩愈、李贺、刘禹锡等新的高峰。

钱起夹在中间，所以略显黯淡。但他仍然"萤远入烟流"，像一只很努力的萤火虫，用自己的光，照亮了这个 U 形弯。他的风格不像李白，是大块地泼墨，满纸烟云；也不像杜甫，如厚重的油彩，浓郁沉雄。之前说了，他的诗像一幅幅的小水彩画，亮丽而清新。

如果把唐诗想象成一个博物馆，当我们沿着深邃的长廊，从李、杜统领的盛唐展厅，走向白居易、韩愈领衔的中唐展厅的时候，在途中，你可以驻足下来，看着两壁上钱起的水彩画，也是一种愉快的享受。

五

在钱起同学之后，再下一位出场的，是"最有个性考生"。

开元十二年（724）[3]，长安，一场高考正在进行。

这时候是冬天，城外不远处是连绵起伏的终南山，峰尖上还残留着白雪。这一次高考的作文题目，就是《终南望馀雪》。

天气很冷，考场里的设施却很简陋，炭火这种奢侈物固然没有，实际上就连遮风的墙也没有。考生们一排排坐在廊下，美其名曰是"粉廊"，其实寒风扑面，毫无文艺情调可言。一些穷人家的考生衣服不够，一边埋头答卷，一边冷得瑟瑟发抖。

忽然间，一个考生的声音打破了寂静："我写完啦。"

这是一个二十五六岁的考生，相貌平常，一身麻布衣服已微有些破旧，看起来像是个寒门子弟。

"祖三？你答这么快？"主考官杜绾[4]瞭了他一眼，认出是才子祖咏，狐疑地接过他的考卷一看，更是大吃一惊，"你搞什么飞机？只有四句？"

按照考试要求，每名考生必须写一首六韵的五言排律。什么叫六韵呢？最起码的要求是，你至少要像钱起的《湘灵鼓瑟》一样写上十二句。祖咏却只写了四句，只有规定字数的三分之一。

如果是今天的高考作文，规定你写八百字，你写三百字就交了卷，不挂才怪。

可是杜绾老师还是很关心祖咏的，拉着他叮嘱："你已经落第过一次了吧？[5]你看看你的好朋友王维，都已经考上这么多年了，现在发展得也不错，你却到今天还没过关。要珍惜机会啊！干吗只写四句？你不知道要写十二句吗？"

祖咏看着杜绾老师，回答了一句超级炫酷的话，只有两个字："意尽。"

这首诗，我只写四句就够了，气韵已经完足了。要是再往下写，就没有余味了，会破坏了我的诗歌的美。言下之意是，我宁愿冒着字数不够而落第的风险，也不能破坏了这首诗。

杜绾实在拿他没办法，叹了口气，低头仔细看了看他的卷子，等看清了这四句诗后，忽然神色大变，情不自禁地赞道："好诗！"

这一首小诗是：

终南阴岭秀，积雪浮云端。

林表明霁色，城中增暮寒。

杜绾老师是一个懂诗、识货的人。这四句写完，确实"意尽"了，哪怕再多一句也会是狗尾续貂。他捻着胡须，打量着对面这位极具个性的考生，心底已经有了主意，微微点了点头。

事实上，祖咏同学的这一首诗，后来成为了唐诗历史上的咏雪名篇。清代有一位大学者叫王士祯的，曾经评选过一个"咏雪三杰作"，其中之一是陶渊明的"倾耳无希声，在目皓已洁"，其二是王维的"洒空深巷静，积素广庭闲"，此外就是祖咏的这一首了。

这一年，祖咏进士及第，也创下了唐朝最短高考作文的纪录。

顺便说一句，后来才有一个考生叫作阎济美的，追平了祖咏的这一纪录。他考试的诗题是《天津桥望洛城残雪》，因为时间太紧，精神高度紧张，只匆匆写了四句：

新霁洛城端，千家积雪寒。

未收清禁色，偏向上阳残。

考官觉得写得不错，也破例让他通过了。

"个性考生"之所以能够存在，是因为有"个性考官"。祖咏和阎济美这两位同学能够及第，都是遇见了宽宏大量、好说话的考官。如果遇上了严格的考官，他们就麻烦了。

比如唐宣宗大中十二年（858）的一次考试，有的考生在写诗的时候犯了忌讳，用了重复的字，严格地说这是不行的。

宣宗拿不定主意，便问考官：这种情况能不能录取？

考官回答说，当年钱起写《湘灵鼓瑟》就用了重复的字，第四句"楚客不堪听"和第十一句"曲终人不见"，重复用了"不"字，但钱起还是进士及第，这一首诗也成为考试诗里的名篇。所以偶尔重复也是允许的吧？

但唐宣宗比较严格，坚决认为写诗不能用重复的字，把那位考生刷掉了。祖咏如果遇到唐宣宗，他的卷子大概要被揉成一团，塞进垃圾箱了。

可叹的是，祖咏同学虽然进士及第，但仕途并不顺利。在唐朝，并不是考上了进士就有官做的，而要等待吏部授职，起步的品级也不会太高。[6] 如果你没关系、没人情，可能等上十年、二十年都得不到职务，[7] 就算授了职也是偏远地区的鸡肋岗位。

祖咏就是这样，考上进士后只到偏远省份做了一个小官，后来越混越差，最终隐居在河南汝坟，靠打鱼砍柴过生活。

作为朋友，王维很同情他，说他是"结交二十载，不得一日展"，就是说没有一天是得志的。但即便如此，翻一翻他留下来的三十多首诗，会发现他虽然有时候也很苦闷，但心气依然高昂，尽管生活很困难，从进士一路混成了樵夫，却依旧是那么有个性，仍然和当年在考场上一样。

我们来看他的这一首《望蓟门》吧：

燕台一望客心惊，箫鼓喧喧汉将营。

万里寒光生积雪，三边曙色动危旌。

沙场烽火连胡月，海畔云山拥蓟城。

少小虽非投笔吏，论功还欲请长缨。

　　小时候我读七律，喜欢做一个游戏，就是把每句的前两个字去掉，得到一首新的五言诗。祖咏的《望蓟门》就非常适合这个游戏：

一望客心惊，喧喧汉将营。

寒光生积雪，曙色动危旌。

烽火连胡月，云山拥蓟城。

虽非投笔吏，还欲请长缨。

　　读了这首诗，你会感觉到这个所谓的汝坟隐士，其实是多么自负的一个人啊。就像他隐居时的诗里所写的鸟儿一样：

高飞凭力致，巧啭任天姿。

……　……

且长凌风翮，乘春自有期。

六

　　告别了祖咏，我们的颁奖大会也逐渐进入了尾声。让我们来颁发最后一个奖项："最咋呼考生。"

　　话说，在大唐帝国的高考史上，曾经发生过这样的一幕：

公元 796 年，在长安城，一个四十六岁的老书生策马狂奔，像中举的范进般高呼："中了！老子中了！"

这个高调的家伙，叫作孟郊。在高考成功后，他写了一首特别咋呼的诗：

> 昔日龌龊不足夸，今朝放荡思无涯。
>
> 春风得意马蹄疾，一日看尽长安花。

翻译成现代流行语，就是：

"让我们青春作伴，活得潇潇洒洒，策马奔腾，共享人世繁华。"

又或者是：

"冷漠的人，谢谢你们曾经看轻我……"

其实，高考命中之后得意扬扬的诗人不少，很多大诗人都疯狂庆祝过。

比如杜牧，考上以后曾经欢歌："东都放榜未花开，三十三人走马回。秦地少年多酿酒，已将春色入关来。"诗人姚合进士及第之后，晚上兴奋得睡不着觉，写诗说："夜睡常惊起，春光属野夫。……喜过还疑梦，狂来不似儒。"

有的考生兴奋得只有靠嫖娼来发泄，是的你没看错，这些家伙纷纷跑到长安的红灯区平康里[8]去潇洒，竟成习俗。比如中唐的时候有一个人叫裴思谦，在开成三年（838）及第，中了状元，就"夜宿平康里"，还写诗炫耀。其实他的状元是凭关系弄的。靠走后门得名次，居然还扬扬自得，到红灯区去招摇，确实有点过分。

相比之下，孟郊实在不算是荒唐的。他及第后的"放荡思无

198

涯"，不过是在街上骑马狂奔而已，顶多是超速违章，和那些狎妓的老司机相比，已经清纯得多了。只不过他的那首诗写得太有名，人人都知道"春风得意马蹄疾"，把杜牧、姚合们都盖过去了，使得千百年来，他都成了最咋呼的考生的代表。

不过，这里必须做一下说明的是，孟郊真的像我们想象中的一样，曾经在首都大街上骑马狂奔看野花吗？其实不一定。

对于这首诗，还有一种不同的解释，认为"春风得意马蹄疾"的并不是孟郊同学自己，而是所谓的"采花人"。

这就牵涉到当时的一个习俗：在高考放榜之后，进士们会参加各种庆祝活动，包括所谓的曲江大会、雁塔题名等等，而其中有一项活动叫作"探花宴"。在这项活动中，会派出所谓的探花使者，采摘全城的美丽花朵供进士们观赏，所以他们"马蹄疾"。而这些花都会在宴会上呈现，所以孟郊就可以"一日看尽长安花"。

这是一种很煞风景的解释。在我的内心深处，倒宁愿那个在街上策马狂奔的人是孟郊，而不是什么探花使者。

孟郊的一生，有点像祖咏，其实很少有这么得意的时刻。大多数时间里他都活得很憋屈。此人的外号是什么呢？穷者。文坛大佬韩愈在介绍他的时候，就说"有穷者孟郊"，不说布衣，也不说寒士，直接来一个"穷者"，说明他也真是穷困到了一定的份儿上。

在进士及第之前，孟郊实在是憋得太苦了。四年之前，他和韩愈、李观一起去考试，朋友们都考中了，偏偏就他没有中。他给李观同学写了特别幽怨的一首诗：

昔为同恨客，今为独笑人。

舍予在泥辙，飘迹上云津。
卧木易成蠹，弃花难再春。
……　……
埋剑谁识气，匣弦日生尘。

是不是很憋屈，很可怜呢？他还有一首诗，名字就叫作《落第》，更是通俗易懂：

晓月难为光，愁人难为肠。
谁言春物荣，独见叶上霜。
雕鹗失势病，鹪鹩假翼翔。
弃置复弃置，情如刀剑伤。

真是很惨。这也可以理解，在他的那个时代，科举考试几乎是底层读书人唯一的出路，等于是集高考、公务员考试、司法考试等等所有重大考试于一役，中与不中，天壤悬隔。一旦考上，就"进士初擢第，头上七尺焰光"[9]；万一考不上，就没脸见人，头上没有七尺焰光了，变成了七尺晦气，连老婆也看不起。

中唐一个人叫杜羔[10]的，高考不中，老婆就作了首尖酸的诗，叫作《夫下第》："良人的的有奇才，何事年年被放回。如今妾面羞君面，君若来时近夜来。"

所以，我们充分同情孟郊，也特别理解他考上之后的疯狂发泄。如果换了是我，会不会比他更疯狂，甚至冲到平康里去都不好说。

可是有一说一，如果把他和杜甫一比，可就比下去了。

孟郊和杜甫，都是抱负远大、热切地渴望功名的才子。他们一个是"朝思除国仇，暮思除国仇"，一个要"致君尧舜上，再使风俗淳"；他们也同样地落第两次，官运不顺，贫病交加，他们的痛苦应该是相当的。

　　但他们的境界是有区别的。孟郊写了一首又一首的落第诗，反复地舔舐伤口、品咂苦痛，而杜甫却能从自己的痛苦里生出一种大胸怀来，体会到别人的痛苦、世界的痛苦。

　　杜甫写《壮游》，一开始也是在舔舐伤口，也是在品咂痛苦。他讲到自己在宫廷里写作文，大大地露脸，"天子废食召，群公会轩裳"，也是沾沾自喜的；又讲到自己随后落第，"忤下考功第，独辞京尹堂"，也是郁郁不平的，这和所有落第的考生没有什么两样。

　　但杜甫不会总是沉湎在自己的世界里，像孟郊一样向隅而泣。鲁迅说："积习又从沉静中抬起头来，写下了以上那些字。"杜甫则是积习又从痛苦中抬起头来，写下了一些不一样的伟大文字。

　　你看《壮游》，当"河朔风尘起"，发生了大叛乱和大动荡，家园满目疮痍的时候，杜甫好像忽然淡忘了自己的痛苦了，他的自怜自伤被放到一边去了，念念不忘的是"上感九庙焚，下悯万民疮"。

　　他打开自己的胸怀，把世界装进来，然后自己的小愤怨、小痛苦也似乎得到了减轻。

　　孟郊还没到这个境界。

　　当然，再次申明，这里只是在比较两个人的下第诗，不是在搞什么道德模范评选，也不是在无厘头地苛求孟郊。他当然是有权向隅而泣的。[11] 他一生都很抑郁，晚年又得病暴毙，可谓活得憋屈、死得突然，那首《登科后》，实在是他一生中难得的一次纵情狂喜，读着这首诗，我其实是替他高兴的。

其实，孟郊在文艺江湖上的地位，远远超过了官府考试所能给予的。

朝廷给予他的最大的认可，不过是一个小小的县尉而已，但在江湖上，他却是一方宗主，是堂堂一个大门派的掌门人。

唐末的时候有人写了一本诗论著作，非常流行，叫作《诗人主客图》，里面列出了诗歌江湖的六大门派，其中有一个"清奇僻苦派"，所封的掌门人就是孟郊。

其他几派的掌门人里，有的是宰相，有的是尚书，政治地位都比孟郊高得多，但在此处，这些大官们却不得不和小小的县尉孟郊并列。

如果孟郊生前能知道这些，会不会得到一丝安慰，有一点收之桑榆的感觉呢？只可惜声名这种东西总是姗姗来迟，常常无法预支，不能落袋为安。所谓"千秋万岁名，寂寞身后事"，总是在唐诗的史话里一遍又一遍上演。

好了，以上就是关于唐代高考的一些闲话。大家可以稍微休息一下，起来走几圈，喝杯茶，看看远方，放松眼睛。接下来迎接我们的，将是惊涛骇浪、海雨天风的故事。

注释

[1]《旧唐书·职官志》："凡习学文武者为士，肆力耕桑者为农，巧作器用者为工，屠沽兴贩者为商，工商之家，不得预于士。"

[2]〔唐〕高仲武《中兴间气集》："自丞相以下，更出作牧，二公无诗祖饯，时论鄙之。"

[3] 祖咏进士时间有开元十二（724）、十三年两说。姚合《极玄集》："（咏）开元十三年进士。"陈振孙《直斋书录解题》云："开元十二年进士。"

[4]〔元〕辛文房《唐才子传》称祖咏是："开元十二年杜绾榜进士。"当然，杜绾老师不一定需要坐着监考，这里只是想象。

[5] 张清华《王维年谱》："开元九年（721）春，王维中进士，祖咏落第回……"

[6]《新唐书·选举志》："进士、明经甲第从九品上，乙第从九品下。"

[7]《文献通考·选举考》："韩文公三试吏部无成，则十年犹布衣。且有出身二十年不获录者。"

[8]〔唐〕王定保《唐摭言》："裴思谦状元及第后……诣平康里，因宿于里中。"

[9]〔唐〕封演《封氏闻见记》。

[10] 常有人说杜羔是杜牧的堂兄弟，是杜佑的孙子。但有学者论证唐代或有两个杜羔，此处所说的杜羔和杜牧的兄弟不是同一人。

[11] 到了晚唐，向隅而泣的更多。徐乐军《令狐绹与晚唐诗坛》："落第的失意、无媒的自伤、卑微的祈请、入骨的怨刺、公道的期许、得意的炫耀，占据了晚唐诗绝大部分篇幅。"这和当时科举的风气不好也有关系。

还我煌煌大唐

一

杜甫去世之后，唐诗就慢慢进入了它的第三个阶段——中唐。

唐诗的历史，前文说过，很像是一条波澜壮阔的大河，它一般被分成四段河道：初唐、盛唐、中唐、晚唐。大家从名字就能一眼看出来，高潮在中间。

对于每一个阶段的起止年，历来有很多说法。读者们用不着记那么精确，有一个办法，可以帮助大家很简单地搞清楚这几段河道的大致划分：770年，伟大的杜甫去世，唐诗就进入了中唐；820年，伟大的韩愈去世，唐诗就进入了晚唐。

被称为"中唐"的这一段时间，持续了有约半个世纪。这一段河道，不像上一段那样浩浩荡荡、一泻千里，赶不上它的气势磅礴。

但它绝不是寡淡、平庸的。相反，它百转千折、奇绝壮观，每一道急弯，每一片滩涂，都有不一样的韵味。在看似没有了路的地方，它惊险地拐了那么几下，局面就豁然开朗了，又是一片让人拍案叫绝的风景。当有高山阻挡时，它也绝不畏惧于劈开障碍，断裂山峦，奋勇前行。

李白有一句诗，叫作"天门中断楚江开，碧水东流至此回"，我觉得正好可以用来形容中唐。这一段时期里的高手之多、门派之众、作品之繁，甚至还要超过盛唐。

所以才有人坚持说，中唐才是唐诗的最高潮。清代有一位叫作叶燮的学者说，"中唐"的"中"，不仅仅是指唐诗的"中"，而是整个中国历史的"中"，它是整个中国诗歌史的分水岭，"后千百年，无不从是以为断"。

而接下来我们要聊的，就是发生在这一段时期里的一个事件。准确地说，这是一场持续了数年的系列战争，我把它叫作"三大战役"。

诗歌的史话，怎么会和战争有什么关系呢？

事实上，这三场战役，牵连到了许多诗人的人生命运。韩愈、白居易、元稹、刘禹锡、柳宗元、李贺、王建、姚合……当时几乎所有的一流诗人都参与到了这场战争之中，为它写出了许多作品。有的诗人甚至还撸起袖子，亲自骑马上阵。

有趣的是，这些诗人的年纪不同、个性不同、三观不同、政治派别不同、人生境遇也不同。有的人当时仕途很顺利，在朝中做大官；有的则失了势，正被流放边陲；有的人热情外向；有的人沉默内向；他们写诗的风格也不同，有的通俗，有的古拙，有的怪癖，有的魔幻。

但不约而同的是，在这件事情上，他们的观点都出奇地一致：这场战争，朝廷一定要打赢！

这到底是一场什么样的战争呢？让我们先从一个诗人的死说起。

二

这个死去的诗人叫作武元衡。

他有一个很特殊的身份——当朝宰相。武元衡死得很惨，是被人刺杀的，连头都被割掉了。

这起血案发生在元和十年（815）六月三日的凌晨。当时，武元衡照例冒着夜色，骑着马去上朝，前往大明宫。没走出多远，暗处忽然扑出几名刺客，射灭了他的灯笼，驱散了他的手下，然后持兵器猛击他的腿。

武元衡多半曾试图反抗。他并不是手无缚鸡之力的文士，而是曾经当过武将，统率过大军的。可他当时毕竟已经五十七岁，不再年轻了，面对凶悍的刺客，他的抵抗显得很徒劳。

刺客牵着他的马，好整以暇地向东南方走了十几步，在那里杀死了他，然后"批其颅骨怀去"，大概是作为领取报酬的证据。地上，横躺着宰相没有了头颅的躯体。

消息传来，大唐王朝震动了，恐怖笼罩着京城。堂堂帝国的宰臣，居然在上朝的路上送了命，开国以来还从没发生过这样的事。

谋杀武元衡的，究竟是什么人呢？是谁和他有这么深的仇恨呢？

答案是藩镇，也就是武装割据的军阀。他们和武元衡结仇，乃至闹到要当街杀人，有一个很长的过程。

"藩"的意思，本来是"保卫"。顾名思义，藩镇本来是保卫中央的。当初朝廷设立他们，是为了抵御外敌的进犯。但时间一长，藩镇掌握了土地、人口、兵马、财税，特别是在"安史之乱"以后，朝廷越来越弱，藩镇也就越来越难以辖制，慢慢从保卫中央变成对抗中央了。

比如大家都知道的刺客聂隐娘，她先是在一个大军阀手下做事，老板的职务叫作"魏博节度使"。后来她又跟着另一个大军阀做事，老板的职务叫作"陈许节度使"，这两个节度使都是典型的藩镇头子。聂隐娘这种人，就是只知有老板，不知道有朝廷的。

朝廷的权威甚至弱到什么程度呢？当时全国一度有十五道、

七十一个州不交税，不报户口。皇帝甚至连节度使的任免、继承也管不了。比如说，**魏博节度使死了以后**，本来朝廷要另外派官去的，可是老节度使的侄子偏偏要就地接班，中央政府无可奈何，只得任由他们一家人继续地做下去。

在藩镇的统治下，老百姓负担沉重，还要忍受各种苛刑峻法。比如淮西，在军阀吴家父子的治下，法令最严苛的时候，大家晚上点个蜡烛都不准，互相串门吃个酒都是死罪，"吴氏父子……禁人偶语于途，夜不然烛，有以酒食相过从者罪死"。

后来朝廷的军队打下了这里，废掉了这些苛法，"蔡人始知有生民之乐"。什么意思呢？就是说当地老百姓才感受到了一点作为人的乐趣。

当时的大诗人李贺写过一首诗，描写藩镇割据、民不聊生的场景，活像人间地狱："天迷迷，地密密。熊虺食人魂，雪霜断人骨。"

藩镇割据，不但让民生困苦，还动不动酿成兵乱。许多诗人都对此深有体会。比如韩愈，早年在汴州上班，有一次出差，老婆孩子都留在城里。韩愈前脚刚走，后脚汴州城里就发生了兵乱，长官被杀掉，城中的房子大片被烧，居民死伤很多。

韩愈吓得脚都软了，后来得知老婆孩子侥幸没事才放心。他写诗说，藩镇割据、兵乱频繁的日子，自己真是受够了：

庙堂不肯用干戈，呜呼奈汝母子何！

这两句诗的意思是：朝廷软弱，姑息这些军阀，无力和他们打仗，只剩下老百姓受苦！

这样的局面，接连几代皇帝都忍了，唐代宗忍了，唐德宗忍了，唐顺宗也忍了。

他们不是不想振作，只是力不从心。有时候一家藩镇反了，皇帝七拼八凑派出一支部队去平叛，结果走到半路，平叛的部队也造反了。

这样的局面持续到了805年。此时距离"贞观之治"已经有一百五十多年，距离"开元盛世"也已经有五十多年。盛唐的辉煌，已渐渐变成了遥远的记忆。再这么下去，大唐公司就该破产关门了。

终于，长安大明宫里，有一个青年人发出了一声大吼："朕，已经不能再忍了！"

这个人，就是新继位的皇帝，二十八岁的唐宪宗李纯。

和前几任皇帝相比，李纯有两个特点：一是胆子大，二是喜欢读书。

他翻开大唐的地图，四十八个藩镇赫然遍布全国，比如四川地区就有西川、东川、山南西道，河朔地区有卢龙、成德、魏博……帝国的统治中枢已经在藩镇的重重围困之中。

"今两河数十州，皆国家政令所不及，河湟数千里，沦于左衽。"想到这里，他捏紧了拳头，"朕日夜思雪祖宗之耻。"

那段时间里，这个年轻的皇帝经常默默地读书。读什么内容呢？历史。准确地说，是当年唐太宗、唐玄宗励精图治的故事。[1]他要在祖先的事迹中寻找力量和勇气。他越读越觉得羡慕，更加渴望踏平藩镇，恢复统一。

但读着读着，他也慢慢发现了问题："当年太宗、玄宗都不是一个人单干的，都有贤才良将帮忙。我也不能一个人单干。可如今，谁能帮我？"[2]

一个人站了出来："我能帮你！"这个人，就是武元衡。

这个人，可以说是爷爷唐德宗留给他的。

德宗皇帝当年，在平藩上没有什么作为，但也并非一无是处。

他默默地给孙子李纯留了两样东西：

第一样就是钱。大家历史课上都学过的"两税法"，就是德宗的时候搞的，朝廷税收"每岁天下共收三千余万贯"，尽管和过去天宝年间的五千万还不能比，但毕竟府库里慢慢有钱了。

为了攒钱，宪宗还大力推动了盐铁专营。当时对盐的保护严酷到什么程度呢？法令规定：偷卖一石盐的就判死刑，偷一斗盐的要杖背，没收他的驴子（运输工具）。

德宗留下的第二样东西，就是人才。比如武元衡。

德宗当年就非常看好小武，说他是"宰相器也"。但小武那时还年轻，资历、经验、威信还都不够，需要历练。德宗并不着急——我虽然来不及用他，但我的儿孙一定可以用上这个人。

果然，等到宪宗上台之后，武元衡极受重用，连年升迁，成了朝廷里典型的"大腿"。

看到这个人在身边，唐宪宗对平藩增加了信心。

于是，在一番酝酿之后，年轻的皇帝悄悄启动了一个大胆的计划，全名叫作"效法祖先中兴大唐选择性打平几家藩镇以震慑其余重树中央权威的作战计划"。

这名字太长了，让我们简化一下，称它为"杀鸡儆猴"行动。"三大战役"里的第一战就此打响了。

三

很快地，第一只"鸡"出现了。他的名字叫作刘辟，职务是四川军阀。

战争的起因，基本上是刘辟自己主动作死。

四川过去原本是大军阀、名将韦皋的地盘。可能你对这个名字不熟，在金庸写的《鹿鼎记》里，有人巴结韦小宝，给他脸上贴金，说韦小宝的祖上是个大人物，乃是唐朝的"忠武韦王"，说的就是这个韦皋。

805年，老军阀韦皋病死，他的小弟刘辟掌了权。中央政府想抓住机会解决四川问题，派了一名大臣去做西川节度使，以恢复对这里的控制。对于地头蛇刘辟，也给他安排了位子，打算让他到朝廷里来当给事中。

刘辟态度强硬，坚决不干。朝廷斟酌再三，无奈服软，让刘辟做了西川节度副使，实际上仍然执掌西川大权，以求息事宁人。

想不到刘辟得寸进尺，不但要西川，还瞄上了旁边的两块地盘东川和山南西道，想要做三川节度使。宪宗本来就窝了一肚子火，这次当然更生气了：刘辟，你咋不上天呢？想要三川，没门儿。

刘辟认准了皇帝年轻软弱，决定直接动手抢，一撸袖子，发兵攻打东川。

这一下皇帝被逼到墙角了：打还是不打？

许多大臣主张妥协，认为"剑南险固，不宜生事"，但皇帝下了决心拿下刘辟。鸡都不敢杀，以后拿猴怎么办？不秀一下胳膊，你以为那是麻秆？

实际上，拿刘辟作为开刀祭旗的首鸡，很合适。刘辟本人是做幕僚出身的，乃是个诳诞士人，只会欺软怕硬，带兵不是他的特长。此外，西川虽然地势很险，但相对孤立，和附近的藩镇的关系很差，不像后来淮西的军阀一样勾结起来、连兵叛上，打一个就会捅一窝。

看准了形势的宪宗派大将高崇文出兵，攻打西川。刘辟立刻就厎了，一败再败。经过数月鏖战，平叛大军攻克了成都，抓住了想跑到吐蕃的刘辟，拉到首都处斩。[3] 窝囊了几十年的朝廷，总算扬眉吐气了一回。

讲了这么一大通，我们的宰相、诗人武元衡还没上场？别急，他出场在后面。

高崇文获胜后，接替刘辟当了西川节度使。但这位仁兄只懂打仗，行政管理能力不行，而且很贪财，大肆搜刮。宪宗皇帝就派他信任的武元衡到四川去，接替高崇文。

皇帝还特意送给了武元衡宝刀和飞龙厩马[4]：去吧，我看好你!

武元衡接手四川后，治理得很有成绩。而且，他作为一派诗歌宗主，在四川天天搞诗歌沙龙，让蜀地的诗歌进入了一个小小的黄金时代。

那几年里，每逢佳节，四川的诗人名流们就聚集在武元衡的沙龙，吟诗作赋，这其中还包括唐朝著名才女、名妓薛涛。武元衡在这段时间里写了足足四十多首诗，占到了他存世全部诗歌的五分之一。比如：

蜀国春与秋，岷江朝夕流。

长波东接海，万里至扬州。

读他的诗，能感到一种和普通文人骚客不一样的粗犷的豪情。[5]

四

如果武元衡一直待在四川写诗，就不会和藩镇结下深仇了。

然而皇帝的"杀鸡儆猴"的行动还在如火如荼地进行，在杀了第一只"鸡"——西川节度使刘辟之后,皇帝又连杀了两只"鸡"——夏绥节度使杨惠琳、镇海节度使李锜。

最难对付的是李锜。这个人可不比刘辟,他有一些十分剽悍的手下,其中有一批射箭的高手,相当于武侠小说里赵敏的"神箭八雄"那种角色,被称为"挽硬随身",此外还有一队少数民族的猛士,叫作"蕃落健儿"。他们都管李锜叫干爹。

对于李锜这块硬骨头,宪宗皇帝也想和平解决,把他召回朝廷。但三次派使者去,结果李锜今天说腰疼,明天说腿疼,后天说高血压,总之就是不来。

宪宗拿不定主意,询问身边的大臣:"这货几次三番忽悠朕,该如何是好?"

一个人站了出来,大声说:"皇上刚刚即位不久,天下人都看着你呢。要是任由李锜这样一直腰疼腿疼地任性下去,朝廷再也难树立威信了!"[6]说这句话的人,正是还没出使四川的武元衡。

宪宗皇帝终于下了决心:"等搞完西川,我们就搞李锜吧。"

很快,在西川的刘辟被搞定后,平叛大军便出动讨伐李锜。那些"挽硬随身"和"蕃落健儿"都被打得大败,没能保住干爹。李锜的结局很惨,被抓到长安腰斩。

几乎在拿下李锜的同时,宪宗顺手又杀了一只"鸡",叫作昭义节度使卢从史。他跟着朝廷讨伐李锜,却阳奉阴违,从中各种捣鬼,搞小动作。宪宗便决定除掉他。这人喜欢赌博、炸金花,宪宗就派人约他炸金花,然后当场生擒,押送长安,不久后贬死。

一连四战四捷,杀了四只"鸡",朝廷声威大振。被藩镇折腾了半个世纪的大唐王朝,有希望上演大国崛起了,民众也看到了统一的希望。

当时，有一个名叫元稹的诗人，用诗歌记录了这时人们的心情。

我们通常觉得他是个风流才子，只会写情诗，其实他也写了很多关心时事的诗。此刻，他就兴奋地写了一首长诗，送给好朋友白居易，名字叫作《箭镞》，有这样几句：

> 不砺射不入，不射人不安。
> …… ……
> 会射蛟螭尽，舟行无恶澜。

他要把长箭的箭头磨锋利，射死蛟龙，让它们再也不能兴风作浪。白居易看到这首诗后，也回了一首激昂的《答箭镞》：

> 何不向西射，西天有狼星。
> 何不向东射，东海有长鲸。

白居易还说，这么珍贵的箭，要射就要射那些最坏的大人物，不要射虾兵蟹将，不然白白浪费了好武器：

> 胡为射小盗，此用无乃轻。
> 徒沾一点血，虚污箭头腥。

五

现在，"三大战役"的第一场："杀鸡"行动已经大获全胜。唐宪宗信心大涨，准备对势力更强的"猴"动手了。

他的目光投向了另外两个藩镇：一个叫淄青，一个叫淮西。

这两个藩镇搞独立王国几十年了，从宪宗的爷爷辈起就跋扈不臣。那里的人民都已经习惯了他们的统治了，几乎只知道有藩镇，不知道有朝廷。

大家都盼望着把这几个硬骨头啃下来。比如韩愈，之前我们讲过，他是吃够了藩镇的苦头的。现在韩愈虽然也不过四十多岁，但身体不太好，牙齿都掉了，过早地现出老态。可一说到打平藩镇，他仍然激动地唱响了战歌：

> 河北兵未进，蔡州帅新薨。
> 曷不请扫除，活彼黎与烝。
> 鄙夫诚怯弱，受恩愧徒弘。
> 犹思脱儒冠，弃死取先登。

大意就是：

> 河北和淮西的藩镇，正是征讨的好时机！
> 为什么不扫平他们，拯救那里的老百姓？
> 我已经一把年纪了，牙齿掉了力也没了，
> 但也愿意脱掉帽子，拼了老命率先攻城！

那么，满朝文武之中，让谁来担当大任去啃这几块硬骨头呢？宪宗想起了四川的武元衡：回来吧，帮朕打赢这场战争！

这一年的冬天，冽冽寒风之中，他离开了坐镇七年的四川，回

去中央工作，作为宰相主持大局。[7] 他是带着大将的兵符来的，又是带着相印回去的。临别之时，他既踌躇满志，又有些许忧伤，长吟着诗句："艳歌能起关山恨，红烛偏凝寒塞情。"

等待他的，是皇帝殷切的目光："阿衡啊，去吧，给我踏平淮西！"

当时淮西的军阀叫作吴元济。他是怎么和中央龃龉起来的呢？原来他的老爹——原淮西节度使病死了，按道理，他应该立刻上报朝廷，请求任命新的节度使才对。吴元济却隐瞒了老爹的死讯，秘不发丧，一边装模作样给死人治病，拖延时间，一边调兵遣将，准备和朝廷掰掰手腕。

宪宗十分恼火，正考虑要收拾他呢，没想到吴元济更牛，对于目光越来越严厉的宪宗，反问了三个字：

"你瞅啥？"

宪宗大怒："瞅你咋地？"

于是，朝廷搜罗了几乎所有可以调动的部队，[8] 把吴元济的地盘围起来，准备开打。这时候的淮西已经成了一只火药桶，随时可能爆炸。

朝廷的意思很明显：吴贼，你想闹哪样？你没见到刘辟、卢从史、李锜的下场吗？

吴元济狂笑着，喊出了一句话，也就是当年三国的时候，"五关六将"的最后一将秦琪对关羽喊出的话：

"汝只杀得无名下将，斩得我吗？"

为了立威，他派兵把附近的州城一顿烧杀，震动天下，吓得当时老百姓都纷纷往山里躲，所谓"关东大恐"。[9]

"三大战役"中的第二战"淮西之战"就这样爆发了，平叛的总指挥就是诗人宰相武元衡。[10] 在他的调度下，十万部队和吴元济展开了决战。

这一仗打得很苦，双方互有胜负，慢慢变成了持久战。吴元济眼看独木难支，要寻找帮手了。

他找到了两个狠角色做帮手：一个是成德节度使王承宗，一个是淄青节度使李师道。为什么后两人愿意出力呢？因为他们唇齿相依，如果吴元济被朝廷收拾了，他俩随后也危险。

危急关头，三人聚在一起商量，可无奈智商捉襟见肘，谁也想不出好办法。最后他们决定去问禅师。

"大师啊，现在朝廷要打我们，那个混蛋武元衡不停地进攻，我们该怎么办啊！"

禅师沉默了半晌，缓缓从座位下面摸出一支箭来。

吴元济若有所思："您的意思是，一支箭很容易折断，一捆箭就折不断，我们三个必须抱成一团，共同对付武元衡？"

禅师摇摇头，说："我的意思是：贱！平时让你们犯贱！现在傻眼了吧！"

禅师不肯指点迷津，但这三个人不愿坐以待毙。他们一番密谋之后，打出了三张牌：

第一张牌，叫作"牵制"。负责出手的是李师道。他派出部队，打出旗号："坚决支持朝廷讨伐吴元济。"实际意图却是牵制朝廷的部队，随时可以从旁侧搞事。

第二张牌，叫作"烧粮"。《三国演义》里就常常这么干，曹操就是用这一招阴掉袁绍的。现在李师道也效仿了一把，偷袭了朝廷囤积钱粮的仓库，一把火烧掉钱、帛三十多万缗匹，粮食三万多斛。据说李师道还收罗了一批黑社会，准备到洛阳去搞暴动，制造群体性事件。

第三张牌，叫作“求情”。向谁求情呢？其中之一，就是这一次平叛的军事总指挥武元衡。一句话，大家都是在道上混的，互相留有余地多好，何必非要你死我活呢？

王承宗派出了一个能说会道的牙将当说客，来到京城中书门下，找到了宰相武元衡。他对武元衡各种利诱威胁，并扬言：“得罪了我们，要你的好看！”

武元衡冷冷地看了他一眼，只回答了他一个字：“滚！”

说客被轰了回来。军阀们还不死心，又使用他们有限的智力，打算搞离间计，弄了一批写手造舆论，还给皇帝写告状信，讲武元衡的坏话，说他贪污腐败、居心叵测、道德堕落、从小就偷看女生洗澡之类，每天给朝廷狂寄一百封，把当地的 A4 纸张都写涨价了，可一点用都没有，皇帝完全不理睬。

这三个军阀真的急眼了。再这样下去，淮西就要被打破了。他们终于取得了共识：

就咱们这智力，也干脆别用计了，终归不好使。咱们还是用自己的老本行吧：

杀！杀掉武元衡！制造恐怖！

杀了他，平叛大军就没有主将了，皇帝这小年轻就会㞞了。杀了他，就可以让朝廷里主战大臣都吓破胆，谁也不敢再主张打我们。[11]

李师道、王承宗找来了顶级杀手，拍出了一千万现金：“去，把那人的头给我拿回来。”

于是，六月三日，一代诗人、宰相武元衡横尸路旁。

生前，他曾写道：“报主由来须尽敌，相期万里宝刀新。”武元衡没有看到胜利的那一天，但他兑现了自己的誓言。

六

武元衡的死，轰动了朝野，也牵动了无数诗人的命运。

一个诗人愤怒了。他就是白居易。当时白居易在朝中担任太子左赞善大夫，尽管已经四十四岁了，却仍是个愤青。武元衡被杀后，他第一个跳了出来，大叫大嚷，要求彻查凶手。

用史料中的话，就是"首上疏论其冤，急请捕贼，以雪国耻"。

然而，迎接白居易的，是几位宰相冷冷的目光。

"你一个搞内务工作的，怎么能超越职权，跳出来叽里叽？这里哪有你说话的份儿？"

白居易得到的结果是：贬官，赶出京城，去做江州司马吧。

打压了愤青白居易，大臣们纷纷转身扑倒在皇帝面前：

"皇上啊，我看还是罢兵吧！这仗不能再打啦！再打下去我们就都要变成武元衡了！"

"皇上啊，你打淮西就打淮西，怎么把旁边成德、淄青两家藩镇都得罪了，后果很严重，快安抚一下他们，哄一哄他们破碎的心吧！"

大家七嘴八舌，都劝皇帝趁机退兵，安抚藩镇。

宪宗皇帝面无表情地看着他们，没有说话。

"武元衡啊，你虽然已经不在了，却幸亏还给朕身边留下了一个人。不然，朕该多么孤独啊。"他默默地想。

这个武元衡留下的人，叫作裴度。

裴度比武元衡小七岁，可以说是武元衡提拔推荐的。过去他长期跟着武元衡做幕僚，武元衡在执掌西川的时候，裴度在为他做节度府掌书记。后来武元衡做宰相，裴度也做到了御史中丞，相当于副宰相、纪检部门的最高长官。

这样一个人才，也差一点没有保住。武元衡被杀的那一晚，另一拨刺客也同时对裴度下了手，幸亏没能杀死，只刺了一个轻伤。

不少大臣一度向皇上建议："裴度是个祸胎，您快把他免了，安抚一下藩镇，不然会惹麻烦的！"

宪宗勃然大怒："朕就是裴度的后台！你们巴不得他早死，朕却偏要给裴度续一秒！都瞧好了：朕用裴度一个人，足以打平吴元济、王承宗这两个王八蛋！"[12]

他不但没罢免裴度，反而把他找来，试探性地问："裴爱卿，你的伤养好了吗？"

裴度怒目圆睁，趋步下堂，取架上大刀，轮动如飞，把壁上硬弓一连拽折两张，说："皇上，你说呢？"

"好了好了……"宪宗赶紧说，"您不要再模仿黄忠了，朕的弓都是很贵的……既然养好了伤，朕就派你做宰相，接替武元衡，督统大军，继续进攻淮西！"

这次出征誓师大会在八月举行。长安通化门外，血色红旗招展，三百名仪仗猛士列队阵前，[13]喊声震耳欲聋。

这是一场悲壮的送行。前线的战况很不利，就在不久前，平叛的部队还中了淮西军的埋伏，大败亏输。朝廷上上下下要求停战的压力很大，裴度出征，能不能打赢，完全是未知数。

宪宗皇帝亲自替他送行，以表示支持。百感交集中，皇帝流出了眼泪，紧紧握住了他的手：武元衡已经不在了，这一切，要靠你了！

裴度说："主忧臣辱，义在必死。贼灭，则朝天有期；贼在，则归阙无日！"[14]

事后，当我们回望这一次誓师时，会惊讶地发现，居然有无数名人参与其中。

比如出战的队伍中就有我们的老朋友韩愈。他曾经说过，只要朝廷去打军阀，他愿拼了老命第一个攻城。事实证明他没有说谎，这一次，老韩撸起袖子，亲自上阵，担任彰义行军司马，参加了战斗。

还有一个名叫王建的大诗人，居然也在现场。一听说大军誓师，他兴奋地离开了在长安城西的出租屋，踉跄地跑来参加，还写下了新闻通讯名篇《东征行》：

> 相国刻日波涛清，当朝自请东南征。
> 舍人为宾侍郎副，晓觉蓬莱欠佩声。

这里的"相国"，就是指裴度。王建还记下了誓师大会的威武场面：

> 同时赐马并赐衣，御楼看带弓刀发。
> 马前猛士三百人，金书左右红旗新。

最后，他表示英勇的战士们一定会殊死作战、取得胜利：

> 男儿生杀在手里，营门老将皆忧死。
> 瞳瞳白日当南山，不立功名终不还。

还有一些大诗人，他们没能赶到现场，但也对这一场关乎国运之战无比关注，恨不得自己能够参军杀敌。

比如前面说到的李贺。大军出征这一年，李贺已经病得要死不活，苟延残喘了，人生即将走到尽头。

他作为当时著名的非主流青年，仕途一直不顺，朝廷从没给过他什么好处，他也完全可以不必自作多情，去关心什么国家大事。

然而，李贺却一直默默关注着战况。大军出发平藩，他激动不已，拔掉输液管，从病床上挣扎着爬起来，写下了这样的诗句：

> 男儿何不带吴钩，收取关山五十州。
> 请君暂上凌烟阁，若个书生万户侯？

万众瞩目之下，大军向淮西开进着。裴度知道，他肩膀上所扛着的，是整个帝国中兴的希望。

七

这时的淮西前线，又是另一番景象。

仗已经打了好几年了，国家的损耗很大，钱粮都快跟不上了。朝廷完全是勒紧了裤腰带在坚持。打仗需要运输，大牲口都被征用了，有的老百姓已经苦到用驴子耕地。[15]

战场上，官兵和叛兵也都打疲了，他们隔着战壕，每天你望着我、我望着你，双方都无力发动进攻，一天又一天这样耗着。

白居易用诗记录下了这个场景。他说：

> 淮西有贼讨未平，百万甲兵久屯聚。

官军贼军相守老，食尽兵穷将及汝。

这里的"汝"是指什么呢？是天上的大雁。白居易的意思是说：大雁啊大雁，现在大军打仗，粮食都消耗光了，我看马上当兵的就要把你射来吃了。

最妙的是这一句："官军贼军相守老。"平叛的官军和叛乱的贼军，大家互相呆看着，都打不动了，就差说好就这样一起到老了。

裴度来到前线，看到了这里的情况，决定立即采取措施。

他告诉皇帝的第一件事就是：必须马上把那些监阵的宦官撤了。

这些宦官都是皇帝派到部队里来的，目的是为了掌握军中的情况，监督带兵的将领，防止他们造反。但这些宦官下部队之后，指手画脚，打赢了仗就冒功，打输了仗就推诿责任、欺压将士，搞得乌烟瘴气，部队没法好好打仗。

宪宗皇帝也很爽快，二话不说就把宦官统统撤了回去。从此将领们可以放开手脚指挥军队了。

裴度告诉皇帝的第二件事是：我之前曾经给您推荐过一个人，很会打仗。他的名字叫李愬，您还记得吗，一定要继续重用他啊。[16]这位李愬，资历不深，名位也不高，按理说轮不到他当大将的。但皇帝也答应了：好的，重用！你推荐的人一定没错！

于是，元和十二年（817），中国战争史上的一部精彩大戏就此上演。这部戏，就叫作《李愬雪夜入蔡州》。总制片人——宪宗皇帝，总导演——宰相裴度，男主角——大将李愬。

当时，朝廷平叛的北路军猛攻吴元济，使他被迫把主力部队调到北边，造成老巢蔡州城空虚，只有一些老弱部队留守。作为西路

222

军的主将李愬看到了机会。

在一个大雪之夜，他带领九千精兵，突然向蔡州进发。为了保密，将士们一开始都不知道目的地，等到半路李愬才宣布：我们要突袭蔡州，活捉吴元济。

将士们脸都吓白了。李愬鼓励他们：这一次，我们要么死无葬身之地，要么立下奇功，拿奥斯卡，扬名千古。

他们冒着大雪强行军七十里，一路上不断有人马冻死，但李愬军令如山，谁都不敢退缩。等杀到蔡州城时，吴元济还在睡大觉，等外面喊杀声震天了，才穿着底裤爬起来作战。

仅仅几小时后，这个敢质问宪宗皇帝"你瞅啥"的军阀被活捉，送往长安。"三大战役"中的"淮西之战"就此胜利结束。

八

这一战，朝廷的声威空前高涨。半个世纪以来，唐朝中央政府从来没有这么威风过。

各路军阀们大受震动，私下互相发短信："吴元济这么嚣张，都被打败了，咱们还是老实一点吧！"[17]

作为"铁三角"之一的成德节度使王承宗懂事比较快，立刻向皇帝请求投降，并且痛骂吴元济：

"那个人渣，三岁偷看女生洗澡，五岁就抢小伙伴的钱，我早就看他不顺眼了！这些年，我一直在和他做坚决的斗争！我对朝廷一片忠心、天日可鉴啊！"

然后他亮出胳膊给皇帝看："您瞧！我当年在胳膊上刻了一

个'忠'字，每天晚上睡觉前都要看三遍，祝您万寿无疆，才能休息啊！"

皇帝说："王爱卿，难得你这样忠心啊。可是你的手上为什么在流血呢？这个'忠'字不会是你刚刚临时刻的吧？"

王承宗赶快把血擦掉："哪里！哪里！真的是以前刻的啊，呵呵……"

为了表示自己绝不反叛，他主动献了两个州给朝廷，又派儿子到朝廷里当人质。这一块地盘算是重新回到朝廷掌控之中。

相比王承宗，"铁三角"里的另一位李师道就显得太不机灵了。

他本来也打算投降的，还答应给皇帝献出三个州的土地，送儿子做人质，从此不再反叛。

但李师道这人有个毛病：过不了女人关。如果是倾国倾城的绝代佳人也罢了，他却偏宠信一些很没有政治眼光的大婶，其中有两个他最宠信的，一个叫作蒲大姊，一个叫作袁七娘（看这外号，也不知道李师道是什么品位），一切军政大事都由这些傻大婶们掺和着定，其他的大将、幕僚们反而靠边站。

李师道的老婆一听说宝贝儿子要被送去做人质，立刻寻死觅活不干了，还撺掇蒲大姊、袁七娘去做李师道的工作，和朝廷对抗到底，把儿子留在身边。

这两大婶就跑去劝李师道：

"自先司徒以来，有此十二州，奈何一日无故割而献之耶！今境内兵士数十万人，不献三州，不过发兵相加，可以力战，战不胜，乃议割地，未晚也。"[18]

她们的意思是，咱们的土地又不是天上掉下来的，一共就只有十二个州，怎么能白白一下就送掉三个？不如和朝廷死磕到底，等万一打不赢了，你再割地也不晚嘛。

李师道一拍桌子："有道理！这地，老子不割了！"

宪宗皇帝听说李师道又反水了，也一拍桌子："打他！"

"三大战役"中的第三场"淄青之战"打响了。在裴度的指挥下，李师道大败。

他的那个聪明老婆，终于成功实现了自己的目的：她的宝贝儿子不会再做人质了，而是和自己一起成了囚犯，被发配到宫中做苦力。几个小叔子全部发配边疆。她家的十二个州，最后一个都没有保住。

与此同时，宪宗皇帝在首都举行了一个盛大的仪式，主要内容只有一个：迎接李师道的头颅。它将被摆到太庙里，作为祭品。

这种原始粗暴的仪式，叫作"馘仪"，必须用敌军主将的首级完成。

四十一岁的宪宗默念着：高祖、太宗，历代先皇们啊，我十四年前立下的誓愿，现在总算基本完成了。

九

今天，当我们翻开这一个时期的诗，能读到许多歌颂中兴的作品，很像是唐朝的一首首《走进新时代》。

刘禹锡写道："忽惊元和十二载，重见天宝承平时。"刘禹锡出生的时候，开元、天宝年间的盛世已经过去了几十年，他只能在传说中了解过去的那个黄金时代。而如今，他看到了新一轮的盛世到来的希望。

许多藩镇被踏平，社会出现了暂时的稳定，过去在战火中艰难生存的人民也得到了喘息。白居易有一首诗是这样写的：

> 贼骨化为土，贼垒犁为田。
> 一从贼垒平，陈蔡民晏然。
> 骡军成牛户，鬼火变人烟。
> 生子已嫁娶，种桑亦丝绵。

白居易说，随着叛军的瓦解，过去的工事、堡垒现在都成了农田。有的人家之前是专门养骡子的，为部队打仗时提供运输的畜力，现在可以改为养耕牛了。那些曾经鬼火飘荡的战场、荒原，如今也有了人家，冒出了袅袅炊烟。

读着这些诗人们的喜悦的诗篇，我很有点感慨。

唐朝的中央政府其实是亏欠了他们的，白居易之前贬了官，刘禹锡贬了官，柳宗元贬了官，韩愈也贬了官。刘禹锡、柳宗元甚至和武元衡还曾有私人矛盾。

但他们的欢呼和喜悦，是真心的。这些诗人们，人品和境界有高下，政见有不同，互相之间甚至还是官场对手。但在写这些诗的时候，至少在个别瞬间，他们能够超越了政治派别、个人恩怨，笔下都装着一份兼济苍生的温情，渴望过去的大唐盛世能够回来。

然而，这可能只是一个美好的愿望而已。旧的军阀倒下了，脑袋被摆上太庙的供桌了，唐朝的藩镇割据就结束了吗？没有。新的一批骄横的武人又成长起来了。

就在平藩战争不断取得胜利的同时，发生了一起耐人寻味的政治事件。

当时，淮西的军阀吴元济刚刚被消灭，皇帝觉得这是一个丰功伟绩，要大书特书。他找来了吏部侍郎韩愈，布置了一项写作任务：

"韩部长，你是当今文坛最大的笔杆子。朕平定淮西这件事，要立一块大大的纪念碑，正缺一篇文章。就由你来写吧！"

韩愈很高兴，当仁不让："皇上，你就等着一篇杰作的出现吧！"

回到家，韩愈从架子上取下了最粗的毛笔，打算交出一篇可以载入史册的雄文。他整整写作了七十天。

后来晚唐的时候有一个大诗人叫李商隐的，他专门描写了韩愈写作这篇文章的场景，那是十分震撼人心的一幕：

> 公退斋戒坐小阁，濡染大笔何淋漓。
> 点窜尧典舜典字，涂改清庙生民诗。
> 文成破体书在纸，清晨再拜铺丹墀。

李商隐的这几句诗，把韩愈写作的画面描写得活灵活现、气势磅礴，好像韩愈就在我们面前铺开大纸、奋笔疾书一样。

这样精妙的对写作场面的刻画，在文学史上有过两段，一段就是李商隐描写的韩愈作碑文，另一段就是《鹿鼎记》里金庸描写的韦小宝写字。感兴趣的读者可以去看一下。

韩愈这一次写出来的碑文，叫作《平淮西碑》，文章古朴典雅，气势雄浑，水平相当高。皇帝看后觉得满意，就点头通过了。纪念碑很快制作完毕。

碑文中还有提到一名将领，名字叫作韩弘的，是这一次平淮西战役的名义上的主将（实质上的主帅是宰相裴度）。他看了文章，也觉得挺满意，送给了韩愈五百匹绢。

没想到，对于这篇碑文，皇帝满意、主将满意还不行，还有一个人说："老子不满意！"[19] 他就是"雪夜入蔡州"的李愬。

他不满意的原因很简单：文章里把第一大功说成是裴度的，这怎么行呢？难道不是我吗？凭什么他戴大红花，我戴小红花？

李愬的老婆也不干了，她是公主的女儿[20]，是可以出入皇宫的，为了这事儿专门跑到宫里去上访：我丈夫功劳第一，他应该戴大红花才对！不然我不依！

据说李愬的部下也不服，愤怒地把韩碑拽倒了。眼看事情不断升级，已经演变成了政治事件，最后皇帝出来说话了：别闹啦，都别闹啦，既然你们对韩愈的稿子有意见，我让人重新写一次好不好？你们都戴大红花！

纪念碑上韩愈的文章被磨掉了，朝廷另外安排了一个写手——翰林学士段文昌重新写了一篇文章，刻了上去。这篇新的文章里，大大表扬了诸将的功劳，特别是把李愬大书特书了一番。而宰相裴度的名字只简单提了两次。一场政治风波，以这样的妥协而结束。

那么，前后两篇文章，到底谁写得更好、更客观呢？

和韩愈同时代的刘禹锡、柳宗元说，韩愈写得不好，不够客观，引起争议可以理解。后世的李商隐、苏东坡则说，韩愈的文章更好、更客观，最后却被磨掉了，让人唏嘘。

特别是到了宋朝，为韩愈叫屈的声音渐渐成了主流，人们干脆又找到那块碑，磨掉了段文昌的文章，重新刻上了韩愈的作品。这就是很戏剧化的"韩碑"的故事。

其实，不管谁的文章更好，有一点是肯定的：唐朝打掉一批旧军头，又慢慢产生了一批新的军头。他们要是不高兴，后果就很严重，连宪宗皇帝这样的强人也不得不妥协让步。

就在这一伙人为韩碑闹来闹去的时候，我们的大功臣裴度又在做什么呢？

他正在锻炼身体，准备继续带兵上前线，去平定李师道呢。

临行前，有一个青年学生[21]给他写了一封信。名字很直白，就叫作"劝宰相您不要去前线的一封信"[22]。里面说了这样几段话：

"听说您刚讨平了吴元济不久，现在又要出征了。我很担心您。自秦朝、汉朝以来，立了大功却不知道及时收手的人，没有一个最后有好下场的，您不了解这一点吗？

"现在几路大将都在打李师道，人人都在争功。您现在带着两三个书生幕僚跑去，说起来是所谓的靠前指挥，您让他们怎么想？您这是要去和他们争功吗？"

接着，这位书生说出了最让裴度深思的一句话：

"夺人之功，不可一也；功高不赏，不可二也；兵者危道，万一旬月不即如志，是坐弃前劳，不可三也。"

看完信，裴度陷入了沉思。第二天，他告诉家人说：

"把我的行李收起来吧。我不去前线啦。"

裴度的晚年，过得很悠哉。《新唐书·裴度传》有一段记载，描写了裴度的晚年生活。我觉得自己写不出更美的文字了，就原文引在这里吧：

> 度不复有经济意，乃治第东都集贤里，沼石林丛，岑缭幽胜。午桥作别墅，具燠馆凉台，号"绿野堂"，激波其下。度野服萧散，与白居易、刘禹锡为文章、把酒，穷昼夜相欢，不问人间事。

如果翻译成现代流行歌曲，这段话的意思就是一句话：

"让我醉也好，让我睡也好，随风飘飘天地任逍遥。"

有人说，裴度的晚年不该这样混日子，应该继续发光发热、为国分忧才对。那时宦官的势力不断坐大，朝政一天比一天黑暗，你裴度老爷子有威望、有能力，朝廷正是需要你的时候，你怎么能这样退隐呢。

但是我们也不能苛责裴度。他有他的理由：

我为国家，已经尽到了义务。我参与平定强藩，打赢"三大战役"，对大唐王朝堪称是一次续命，让它又延续了一个世纪。不然，唐朝很有可能不会坚持到 907 年才灭亡。

我对皇帝，尽到了责任。在我的辅佐下，宪宗皇帝得到了很高的评价。《新唐书》里说，"唐有天下，传世二十，其可称者三君"，宪宗已然站在与成就"贞观之治"的太宗、成就"开元盛世"的玄宗同等的地位。

所以，就让裴度去"野服萧散"，不问人间事吧，我们已不能要求这个老人做更多。

以前有一部老电视剧叫作《唐明皇》，用它的主题曲作为结尾：

谈笑扫阴霾，争一个锦天绣地满目俊才。

愿我煌煌大唐，光耀万邦流芳千载。

纵然是悲欢只身两徘徊，

今生无悔，来世更待，

倚天把剑观沧海，斜插芙蓉醉瑶台。

注释

[1]《旧唐书》："史臣蒋系曰：宪宗嗣位之初，读列圣实录，见贞观、开元故事，竦慕不能释卷，顾谓丞相曰：'太宗之创业如此，玄宗之致理如此，既览国史，乃知万倍不如先圣……'自是延英议政，昼漏率下五六刻方退。"

[2]《旧唐书》："当先圣之代，犹须宰执臣僚同心辅助，岂朕今日独为理哉！"

[3] 给刘辟的判决书是："生于士族，敢蓄枭心，驱劫蜀人，拒扞王命。肆其狂逆，诖误一州，俾我黎元，肝脑涂地……咸宜伏辜，以正刑典。"

[4] 武元衡有诗《途次近蜀驿，蒙恩赐宝刀及飞龙厩马，使还奉寄中书李郑二公》。

[5] 元代人说他："以将相之重，声盖一时，其诗宏毅阔远，与灞桥驴子上所得者异也。"什么叫"灞桥驴子上所得"？指的是文人骚客。武元衡的诗，是马背上、征程路上的诗，和文人骚客们的诗有不一样的风格。

[6]《新唐书·武元衡》："元衡曰：'陛下新即位，天下属耳目，若奸臣得遂其私，则威令去矣。'"

[7]《资治通鉴》："（元和八年三月）甲子，征前西川节度使、同平章事武元衡入知政事。"武元衡也有诗：《元和癸巳，余领蜀之七年，奉诏征还，二月二十八日清明途经百牢关，因题石门洞》。

[8] 元和十年（815）伐淮蔡，"以三州之众，举天下之兵环而攻之"。

[9]《新唐书》列传第一百三十九："悉兵四出，焚舞阳及叶，掠襄城、阳翟。时许、汝居人皆窜伏榛莽间，剽系千馀里，关东大恐。"

[10] 总指挥先是李吉甫。不久李病故，换成了武元衡。

[11]《新唐书·武元衡传》："李师道所养说客说李师道曰：'天子所锐意诛蔡者，元衡赞之也，请密往刺之。元衡死，则他相不敢主其谋，争劝天子罢兵矣。'"

[12] 宪宗的态度很坚决："若罢度官，是奸谋得成，朝廷无复纲纪。吾用度一人，足破二贼。"

[13] 韩愈《平淮西碑》："赐汝节斧，通天御带，卫卒三百。"

[14]《旧唐书》。

[15]《资治通鉴》卷第二百四十："诸军讨淮西，四年不克，馈运疲弊，民至有以驴耕者。"

[16] 裴度举荐李愬，发生在元和十一年，也就是裴度到前线的前一年。当时西路军打了败仗，李愬接手了西路军。他虽然是名将之后，但之前的职务是太子詹事，相当于太子府秘书长，是文官，行军打仗的资历浅，所以说他"名位素微"。

[17]《新唐书》："自吴元济诛，强藩悍将皆欲悔过而效顺。当此之时，唐之威令，几于复振。"

[18]《旧唐书》。

[19]《旧唐书·韩愈传》："淮、蔡平，十二月（韩愈）随度还朝，以功授刑部侍郎，仍诏愈撰《平淮西碑》，其辞多叙裴度事。时先入蔡州擒吴元济，李愬功第一，愬不平之。"

[20] 未必真是亲生的，因为有史料说唐安公主未过门就死了。有可能是其丈夫另外姬妾的女儿，名义上奉唐安公主为嫡母。

[21] 即李翱，韩愈的学生、侄女婿，与韩愈是亦师亦长官的关系。

[22] 李翱《劝裴相不自出征书》。

唐代诗人里的好男人

上一篇里，我们讲了不少裴度和白居易的好话。这一篇里，要爆一些他们的料了。

他们晚年都住在洛阳。当时洛阳可是一个高级干部养老的好地方，既远离政治中心，又可以享受大城市的生活。大部分时间他们的娱乐活动都是高雅的，学学文件、写写诗歌之类。但有时候也做一些猥琐的事情。

比如有一次，白居易向裴度要一匹好马。裴度不愿白给，向白居易提条件。是什么条件呢？拿你的小妾来换。

你可能有些大跌眼镜：忠勇一生的堂堂裴相国能做这样的事？但这是真的。裴度写诗向白居易敲竹杠说：

君若有心求逸足，我还留意在名姝。

所谓"逸足"就是好马，"名姝"就是小老婆。白居易不舍得割肉，可宰相开了口又不好拒绝，只得回信搪塞：

安石风流无奈何，欲将赤骥换青娥。
不辞便送东山去，临老何人与唱歌？

233

意思是，小妾如果被你要去了，我老了可就没人伺候了。白居易这是说谎，他哪里差这一个姑娘呢。某次晚上他游玩西武邱寺，甚至一口气带了容、满、蝉、态等十妓。

你如果说白居易、裴度荒唐，他们一定不服：李白可以换，我就不能换？李白确实也写过这样的诗，叫："千金骏马换小妾，笑坐雕鞍歌落梅。"

唐代的风流才子实在太多，类似的事迹举不胜举。唐初"四杰"里的卢照邻那么穷苦，居然也可以在四川和一个姑娘相好，后来又把人家扔下不搭理了。中唐的元稹以一副痴情的面孔最为闻名，一句"曾经沧海难为水"感动了好多人，然而他自己却很风流，弱水三千瓢瓢饮，唐代所谓的"四大才女"——薛涛、鱼玄机、李冶、刘采春，他一个人就拍拖了俩。而其中薛涛又和宰相裴度关系暧昧，她的头衔"校书"据说就是裴度给她举荐的。

在我们心目中，"唐代诗人"和"风流才子"，几乎可以画等号了，好像人人都不靠谱，都可以穿过大半个中国来睡你，然后扔下一首诗告别你。

其实我想说，唐朝两千二百名诗人，并不都是那么风流的。

除了杜牧、元稹这些花心萝卜之外，当时的诗人里还是有很多所谓"好男人"的。他们是才子，但并不薄幸；名满天下，却情比金坚。

我们简单聊一聊几个大诗人的爱情家庭故事。其中有一些人，他们的风流被过度渲染了，比如韩愈。事实上他可以算得上是个好男人。

所谓"男人有钱就变坏"，韩愈本来应该变坏的，他就很有钱。

怎么赚钱呢？写软文。

韩愈是当时文坛的第一大牛，软文开价贵死人，给人家写个墓志铭，收费动不动"马一匹，并鞍、衔及白玉腰带一条"[1]，等于是今天一篇软文就换一辆跑车，而且是顶配版的。

韩大爷也收现金，比如"绢五百匹"[2]，那时候绢是有货币功能的，五百匹绢值好几百贯钱，比人家普通基层干部一年的工资还多。

他好像也确实变坏了——在当时，纳侍妾、包养姑娘是时尚，各级干部都定了妾、媵的标准，朝廷甚至还专门下文件，允许干部适当养女人。

韩愈也不甘落后，"晚年颇亲脂粉"[3]，纳了两个妾，以显得自己身体很好、思想前卫——大文豪，谁守着老婆过日子啊？

可是，他仍然有好男人的一面。有一次，河南汴州城发生一场兵乱，死伤了不少人。这本来不关韩愈的事，他人在几百里外的偃师呢。可是消息传来，韩愈崩溃了，捶胸顿足，绕着房子狂奔：

"天啊！我老婆在里面啊！可怎么得了！"

韩愈就一直这么抓狂着，直到后来收到消息，家属没事，才慢慢喝口水镇静下来。

事后，他写诗给徒弟，还不停地碎碎念："当时我真是好担心！我夫人留在城里，不知何时才能见到，情况那么危险，她拖儿带女可怎么办！"

这一表现是值得肯定的。想想现在，有几个走红的大教授给学生写信的时候会主动提到牵挂师母啊？

在韩愈的诗里，我们经常能见到夫人卢氏的身影。

在被贬官的时候，他写诗念念不忘夫人吃了苦，受了朝廷的特派员的气——"弱妻抱稚子，出拜忘惭羞。"

来到老少边穷地区上任以后，他又写诗给朋友，诉说卢氏夫人为了补贴家用，辛苦地养蚕织丝，人都累瘦了——"细君知蚕织。"

　　后来韩愈时来运转，触底反弹，重新调回了中央，官位也越做越高。他变心抛弃了卢氏吗？没有。他一直把患难与共的卢氏带在身边。她后来被封为"高平郡君"，过上了体面的好日子。

　　韩愈在二十九岁时和她走到一起，他们生了八个孩子。从年轻到年老，两人感情一直很好。

　　是的，他纳了妾，有"污点"，不算传统意义上的好男人。但那毕竟是唐代，不能完全用现在的标准来评判。他至少像牛魔王，虽然有了狐狸精，但对铁扇公主还是尊重和爱惜的。

　　在当时的环境下，韩愈给了她持久的爱和陪伴，不离不弃，算得上是一个好男人。

　　除了韩愈之外，还有一个比他更典型的好男人，就是王绩。

　　我们之前聊过这一位才子，他是唐朝出现的第一位名诗人。王绩还有一个亲侄孙子，在诗坛更是大大有名，就是王勃。

　　如果光看王绩的简历，他绝对不像一个好男人：

　　一个"狂士"，爱喝酒，放纵不羁，当过公务员，一任性给辞了，宁愿跑到乡下当农民。这也罢了，他偏偏思想观念还有问题，不够健康向上，写起诗来连孔子、周公这样的大圣贤都敢开玩笑。嫁给他，一不小心要送牢饭的。

　　这样的家伙能靠谱吗？这样的男人能嫁吗？他对姑娘又怎么可能长情？怎么可能负责任？然而事实是，人家王绩偏偏就是个好男人！

　　这一年，王绩写了一首诗，叫作《一个农民诗人的征婚启事》（《山中叙志》）。

是的，你没看错，唐代第一位著名诗人，居然写了一首征婚诗。一开头他就爽快地介绍自己的条件：

> 物外知何事，山中无所有。
> 风鸣静夜琴，月照芳春酒。

什么意思呢？翻译成现代汉语就是：

> 我的条件不好，山里啥也没有，
> 但是我很文艺有情怀，能陪你一起弹琴喝酒！

诗的后面，他还继续写道：

> 我未来的孟光啊，她在哪里呀？
> 我这个梁鸿，正在等她啊！
> 历史上恩爱的故事，她都听说过吗？
> 快让我们相遇，一起生活吧！[4]

没多久，渴望爱情的王绩就迎来了他的孟光，他们结婚了。

我查不到这位夫人的名字、年龄、籍贯。我只知道，她的性格很开朗、直爽。王绩快乐地给她取了一个外号，叫"野妻"，自己则叫作"野人"，他们一起过起了野日子。

看起来特别不靠谱的"狂士"王绩，居然兑现了自己的诺言——长久地爱她。

证据呢？我们来看王绩写的诗吧：

"春天来了呀，老婆快别织布出来看花花。"——《初春》："今朝下堂来，池冰开已久。……却报机中妇……满瓮营春酒。"

"老婆这个酒鬼呀，又在村里喝得仆街了。"——《春庄酒后》："野妻临瓮倚，村竖捧瓶来。……田家多酒伴，谁怪玉山颓。"

"每天看老伴织布、孩子种地，就是神仙日子吧。"——《田家》："倚床看妇织，登垄课儿锄。回头寻仙事，并是一空虚。"

这类诗，他从青年写到晚年，不知不觉地创造了一系列第一：

他成了唐朝第一个把伴侣作为写作对象的诗人，成为了唐朝第一个写婚姻生活的诗人。

他还成了唐朝写婚姻生活题材比率最高的著名诗人：在他存世的数十首诗里，写家庭婚姻生活的居然多达十五首。

我无法确切地知道，他陪伴了她多少年，但一定是很长的时间。如果给唐朝诗人评选"五好家庭"，王绩的"野人家"很有可能要当选。

所以，千万不要以为唐代的才子们都是小杜、元稹那样的顽主，其实还有王绩这样的存在。写"曾经沧海难为水"的人，不一定真的实践了它，而王绩这样的诗人，倒是真的不动声色地做到了只取一瓢。

注释

[1] 韩愈《谢许受王用男人事物状》。司马光《颜乐亭颂》称，韩愈"好悦人以铭志，而受其金"，意思就是写软文。

[2] 韩愈写《平淮西碑》，隐隐褒奖了将领韩弘，于是韩弘给韩愈五百匹绢。

[3] 〔宋〕陶穀《清异录》。〔宋〕龚明之《中吴纪闻》里说他白乐天"尝携容、满、蝉、态等十妓，夜游西武邱寺"；柳宗元蓄过侍妾；刘禹锡即席赋诗赢得了李绅的歌妓。

[4] 原诗为："直置百年内，谁论千载后。张奉娉贤妻，老莱藉嘉偶。孟光傥未嫁，梁鸿正须妇。"

从唐朝的节妇到明清的荡妇

一

一位已经嫁了人的女士，却被另一名男子殷勤追求。她收了别人贵重的礼物，甚至一度系在了自己的裙子上，最后经过一番思想斗争，又退还了回去，告诉对方不愿背叛婚姻。

这样的姑娘，还可以被叫作好姑娘吗？

一位中唐的诗人说：能。

在他的同时代，很多人也都说：这当然是位好姑娘。

然而过了几百年，到了元、明、清的时候，人们的评价慢慢反转了，许多评论家大惊失色：不能！这怎么可以！绿茶婊！

这一篇文章，我们就聊聊这位唐代诗人和这首爱情诗的故事。

话说，如果你在公元 810 年左右来到长安，到太常寺里去办事，就能找到这位名叫张籍的诗人。

他很好找，因为有一个显著特征——眼睛不太好 [1]，看不清东西，后来病情还一度很严重，差一点就成了荷马了。

他的工作内容有些枯燥，是在太常寺里担任一个普通职务，叫作"太祝"。在那个机构里，太祝应该有三个人，他只不过是三人之一，级别不高，大概是正科级到副处级之间。

张籍工作的主要内容就是祭祀。凡是有重大仪式典礼，要净手净面的，多半要由他拿水具、毛巾，这就是所谓的"奉匜沃盥"。"匜"就是水具，"盥"就是洗手。

典礼开始后，他还会庄严地跪下，朗诵（我怀疑是背诵，因为眼睛看不见嘛）献给神明的祭文，然后郑重地烧掉它们，表示已经送到祖先或者神灵那里去了。

这项工作真的很无趣。你大概要想，这位张籍先生多半是一个古板、无聊的人吧？恰恰相反，张科长在生活中恰恰是一个很疯、很有个性的人。

疯到什么地步呢？传说他因为迷恋杜甫，就打印了杜甫的许多名诗，烧成纸灰拌上蜂蜜吃，每天早上吃三匙，还振振有词地告诉朋友：这样一来我就可以写出杜甫那样的好诗了！

尽管又盲又疯，但张籍写诗的水平确实很高。和他同时代的大腕——韩愈、孟郊、白居易等人都很欣赏他的诗。今天，张籍的绝句《秋思》还被选进了语文课本。后来大文学家王安石有一句很著名的话——"看似寻常最奇崛，成如容易却艰辛"，说的就是张籍。

在张籍的许多作品里，最有名的一首，就是我们今天要讲的《节妇吟》，翻译成现代话，就是《记一个正经的好姑娘》。

二

这首诗不长，也很好读，全文录在这里：

君知妾有夫，赠妾双明珠。
感君缠绵意，系在红罗襦。

妾家高楼连苑起，良人执戟明光里。

知君用心如日月，事夫誓拟同生死。

还君明珠双泪垂，恨不相逢未嫁时。

意思很明白：一位已经嫁人的女士，遇到了一个男子大献殷勤。男子送给了她重礼——一对明珠。

女主人公感动了，甚至可以说是心动了，把明珠系在了自己的红裙子上，每天伴随着自己。

看来男子已接近得手了，可是女主人忽然找到他，要和他谈谈。她所说的话，就是这一首叫《节妇吟》的诗。

女子主动说起了自己的家庭，很简单的两句话：我家的房子连着花园，修得轩敞又美丽。我的丈夫在做皇家卫士，正拿着长戟在宫殿里值班，威武又体面。一句是说房子，一句是说丈夫。

讲完了这些，她告诉热情的追求者：我知道你的心意，但我决心和丈夫同甘共苦，不打算背叛他。

最后，诗人写出了一个被广为传诵的结尾："还君明珠双泪垂，恨不相逢未嫁时。"

对于这位女性，应该怎么评价她的行为呢？张籍的观点很明确：这是一位节妇。

在张籍的时代，人们是认可这个女子的行为的。当时的人认为，她可以接受别人的爱情，为之感动；她也可以收别人的礼物，甚至是贵重礼物，并带在身上；她退还礼物之前，似乎还经过了一番思想斗争，甚至不无遗憾，并为之流泪。经过了这一切之后，这个姑娘还可以被称作"节妇"。

瞧人家唐朝人的境界。

事实上，像这种已婚美女被人追求的桥段，以前就有很多诗歌写到过，其中最著名的有两个故事。

第一个故事，叫作《陌上桑》，其中的女主角叫作秦罗敷。这首诗还入选过课本。

和《节妇吟》的女主一样，罗敷被人调戏了。她坚决拒绝了对方，并且侃侃而谈自己的家庭如何富裕，丈夫如何英俊显贵，好让猎艳者知难而退。

这个故事还有一个更早的版本，情节更为激烈：调戏罗敷的不是别人，居然是她多年没见面、此番才休假回家探亲的丈夫秋胡。他们两地分居实在太久，互相都记不清长相了，秋胡把她当成路边的野花了。

在真相大白之后，罗敷骂了丈夫一顿，然后……离婚了？不是，她自尽了。是的你没看错，真的自尽了。

第二个故事，叫作《羽林郎》。

这个故事的女主人公叫作胡姬。前文说的罗敷是采桑的，而这里的胡姬是卖酒的。她也遇见了一个追求者，送来了一件礼物：青铜镜。胡姬也严词拒绝了他。

这两首著名的诗，都是相同的臭流氓和好姑娘的桥段，故事里的人物黑白分明、正邪俨然。这两首诗里的女主也都各自被配了一句阐释礼教大防的庄重台词：一个是"使君自有妇，罗敷自有夫"；一个是"男儿爱后妇，女子重前夫"。

然而张籍的笔下的这位"节妇"，和罗敷、胡姬都不同。

她要温和得多，没有指着男人的鼻子骂；她也没有讲一句大道理，没讲一句礼教大防；她甚至还对别人动了心了，思想上挣扎了。最后她拒绝对方，是因为爱，而不是因为礼。她觉得自己爱丈夫。

前两个故事里的猎艳者——"使君"和"冯子都",都是简单的臭流氓形象,是被鄙弃和斥责的一方。但张籍的诗里却没有贬低那位追求者,甚至说"感君缠绵意""知君用心如日月",反而为对方说好话。

我们总习惯说唐代人开明、开放,从一首小诗里也可以窥见一斑。

<h1 style="text-align:center">三</h1>

可是随着时间推移,事情慢慢起了变化。

施蛰存先生写过一本书,叫《唐诗百话》。他在里面说到了一个现象:时代越是往后,我们的专家学者们看待这首诗的目光就越严厉。

宋代的时候,礼教愈发苛刻,但起初似乎还没有波及这首小诗。北宋有个学者叫作姚铉的,编了一本书叫《唐文粹》,仍然把这首诗编在"贞洁"类里。在他看来,诗中的女子仍然可以被叫作"节妇"。

直到南宋,诗人刘克庄在他的《后村诗话》里也还说:"张籍《还珠吟》为世所称","古乐府有《羽林郎》一篇,籍诗本此,然青出于蓝"。他仍然在说这首诗挺好,属于正能量。

大反转发生在元代。当时文坛上有个现象——涌现出大量的节妇诗,讲述的都是女人们如何捍卫贞操、寻死觅活的故事。由于当时的特殊背景——蒙古入侵,国家沦亡,汉族的文人们无力抵抗,就把精神投射在女人身上,津津乐道地描述她们怎么反抗元兵强暴,怎么上吊、投水、跳崖、绝食。

相比之下，张籍所写的这位姑娘段位明显不足，一点儿上吊绝食的事迹都没有，慢慢地也就不够看了，开始从"节妇"向"荡妇"反转。

宋元交际的时候，有个学者叫俞德邻，这位老先生敏锐地嗅出了《节妇吟》的思想道德问题，发出了质问：

今爱明珠而系襦，还君明珠双泪垂，其愧于秋胡之妻多矣。尚得谓之节妇乎。[2]

意思很明白：收人家的奢侈品，还系在裙子上，这样能叫节妇吗？这不是绿茶吗？

到了明代，"节妇"的标准好像又更高了。晚明学者吕坤搞了一本书叫《闺范》，专门讲女人如何守贞的："女子守身，如持玉卮，如捧盈水……丈夫事业在六合，苟非渎伦，小节尤是自赎。女子名节在一身，稍有微瑕，万善不能相掩。"

他这话是什么意思呢？简单来说就是：男子干的是大事，所以犯点小毛病也可以挽回。女的关键在于名节，只要稍微玷污，那就永远洗不清了。

比如著名清官海瑞的女儿，因为接受了男人的一点儿食物，海瑞就勃然大怒，认为女儿的错无可挽回。最后这姑娘被迫把自己活活饿死。相比之下，张籍笔下的这个姑娘收人家的明珠，不是"荡妇"是什么呢。

于是，这位几百年前的"节妇"遭到了学究们的猛烈抨击。晚明学者唐汝询说："系珠于襦，心许之矣……然还珠之际，涕泣流连，悔恨无及，彼妇之节，不几岌岌乎？"[3]

和他同时代的学者贺贻孙则批评说："此诗情辞婉恋，可泣可歌，然既系在红罗襦，则已动心于珠矣，而又还之。既垂泪以还珠矣，而又恨不相逢于未嫁之时。柔情相牵，展转不绝，节妇之节，危矣哉！"[4]

这两段痛心疾首的话其实都是一个意思：这女子不配当节妇。所谓"危矣哉"，就是说：危险啊，离荡妇就差三十里了！

特别是有一个叫瞿佑的人，对这首《节妇吟》实在看不下去了，忍不住要教育一下张籍。他亲自动笔改写，作了一首叫作《续还珠吟》的诗，沾沾自喜地到处晒。

我们把这首正义感满满的诗录在下面，大家鉴赏一下：

> 妾身未嫁父母怜，妾身既嫁家室全。
> 十载之前父为主，十载之后夫为天。
> 平生未省窥门户，明珠何由到妾边。
> 还君明珠恨君意，闭门自咎涕涟涟。

据说他有一个名叫杨复的同乡，读了这首诗，还点赞说："真是心正词工呀！就算张籍见了，也一定会服气吧！"

在他看来，"节妇"一旦收到别的男人的明珠，就必须像鲁迅所写的吴妈一般，大叫大哭着跑出去：天呀居然送礼给我，叫我以后怎么做人。

难怪施蛰存先生评价说："这是一首封建礼教的顽固卫道者写的诗。"我想，张籍如果真看到这首诗，多半不会服气，而只会惊讶于这个民族的后人们怎么会缺心眼成这个样子。

据说这位瞿佑先生还作过一百多篇类似的乐府诗，可惜我们读不到了，也不知道是怎样的正气凛然。

更有趣的是，这位道学家瞿佑先生一边痛斥，一边却从事着另一项光辉职业——艳情小说写作。

我们来看看他小说里的词：

> 洞房花烛十分春，
> 汗沾蝴蝶粉，身惹麝香尘。
> 殢雨尤云浑未惯，枕边眉黛羞攒。
> 轻怜痛惜莫嫌频。
> 愿郎从此始，日近日相亲。

这很符合道学先生的一贯特点，他们大多是一些分裂的人。别人谈个恋爱，他们就怒不可遏，但自己搞起三俗来却又比谁的底线都低。女人们"还君明珠双泪垂"就叫败坏道德，但是他自己写"汗沾蝴蝶粉"就不败坏道德。

四

对于这首《节妇吟》，后人批评的还不只是女人心猿意马，他们还抨击了另一点：这女人不该炫富。

他们质疑：你之所以不背叛丈夫，不就是因为他有钱有势吗？你之所以一本正经地"事夫誓拟同生死"，不就是因为"妾家高楼连苑起"——有大别墅，而且"良人执戟明光里"——老公在当皇宫卫士，威风又体面吗？

万一你丈夫是个贫贱的人，你又将怎样呢？会不会早揣着珍珠跟人跑啦？

晚明的唐汝询就是这么认为的："以良人贵显而不可背，是以却之。"甚至连施蛰存先生也觉得这种分析有道理，认为"这一点击中了此诗的要害"。

我却有一点不同的看法。

"妾家高楼连苑起"，可不可以说是炫富呢？可以。你甚至可以再进一步，理解成这位女士认为背叛婚姻的成本太高，太不值得，所以才打退堂鼓了，"还君明珠双泪垂"。

但我却以为，这完全也可以做另一种理解。女子是在告诉对方：我的生活很幸福，我什么也不缺。你的明珠，对我的诱惑并没有那么大。你没有机会。

在我们现代人的头脑之中，有一个叫"爱情"的抽象概念。这个概念使我们常常不自觉地把"爱"和"物质"对立起来，认为多强调一分物质，就冲淡了一丝爱情。

《节妇吟》诗中的女士如果换到今天，在拒绝别的男子的时候，或许不会直露地说"妾家高楼连苑起"，而会选择说"我丈夫很爱我，你没有机会"。这是今天的政治正确，是符合现代爱情观的"正解"。

但在一千多年前的古代中国人的头脑里，未必有这么抽象的、明确的现代"爱情"的概念。在唐代，那个女子大概只会说："我丈夫很尊贵，我生活很富足，你没有机会。"

物质也是一种力量。有时候，它能帮我们抵御诱惑，维护尊严，保持高贵，让我们能按照自己的信念去生活。

至于一些学者的担心：如果没有高楼，还"事夫誓拟同生死"吗？

我们何必这么悲观呢？张籍另外有一首诗，叫作《征妇怨》，不是正好可以解答这个问题吗："妇人依倚子与夫，同居贫贱心亦舒。"

张籍的《节妇吟》，从诞生起到今天，已经一千二百年了。

在我们这个特别爱讲道德的国度里，从来就不缺什么节妇烈女的故事，自元明以来，士人们炮制了那么多节妇诗、烈女诗，情节比张籍的诗更惨烈、更悲壮、更血腥的多不胜数。

但奇怪的是，再没有一首节妇诗的受欢迎程度超过了这一首。千余年来，唯独这首小诗成为了经典，被人们口口传唱，禁之不绝。

这说明一件事：人心，是有它自己的规律的。不管道学家怎么唾弃它，怎么为它捶胸顿足，怎么认为它道德败坏，怎么去改写出更政治正确的"还君明珠恨君意，闭门自咎涕涟涟"来，人们依然更喜欢"还君明珠双泪垂，恨不相逢未嫁时"，即便不敢公开表态，却仍旧默默为它所打动。

注释

[1] 张籍不幸得过三年眼病，所谓"穷瞎张太祝"。具体时间有几说。有说是孟郊死前三年，也就是 810 年左右开始；也有说是孟郊死后，比如潘竟翰《张籍系年考证》，认为是 814 年以后得病。这里用第一种说法。

[2]〔宋〕俞德邻《佩韦斋辑闻》。

[3]〔明〕唐汝询《唐诗解》。

[4]〔明〕贺贻孙《诗筏》。

武侠小说怎么用唐诗才高明？

武侠小说里面，都喜欢用点子诗词，特别是唐诗。比如上文中讲过的"还君明珠双泪垂，恨不相逢未嫁时"，就是武侠小说里爱用的句子。至于宋诗和清诗，一来脍炙人口的作品相对略少，二来主要是那些小说作者自己水平也够呛，不太熟，引得就少，用来用去还是唐诗多。

有些作者用得就很拙劣。比如有本武侠小说，主角想要撩妹，怎么表现他很有才华呢？作者就安排他背诵了几句李白的五律："山随平野尽，江入大荒流……"

女孩子立刻就被撩出血了："啊呀少侠好有才。居然知道《渡荆门送别》。"

这未免也太小看古人了。孔乙己连秀才都不是，都还知道回字的四种写法。怎么少侠看了本《唐诗三百首》就能叫有才了？

这种用诗的办法，叫作"硬上弓""暴力膜"，一不小心就暴露了自己的老底。

古龙就好得多。他所知的诗其实也是不大多的，但是扬长避短，能够活用；读诗虽然少，但却体味得深。

陆小凤的武功，叫作"灵犀一指"，这就用活了李商隐。还有个人物叫怜花公子，总爱吟一句："露气暗连青桂苑。"又宠幸了李商隐一次。

古大侠还能用一二宋诗，这个就更不容易，比如魔教教主叫作"小楼"，有一个心爱的姑娘叫作"春雨"，这个是活用了陆游。虽然林黛玉小姐说，陆游的诗肤浅滑顺，"断不能学"，但是武侠小说用一用也没有多大关系。

金庸学力更胜，用起诗来注重含蓄。他用唐诗，常常用在你不知不觉的地方，连诗人的名号都不说，只用其意，这是比较高级的手法。我举几个例子。

比如《倚天屠龙记》里，张无忌和赵敏第一次见面，擦出火花，那个地方叫作绿柳山庄，装潢是很典雅的。张无忌走进去，就看见中堂挂着一幅字，录了一首诗是赵敏的书法。

这首诗不算长，我就全文录在这里了：

> 白虹座上飞，青蛇匣中吼，
>
> 杀杀霜在锋，团团月临纽。
>
> 剑决天外云，剑冲日中斗，
>
> 剑破妖人腹，剑拂佞臣首。
>
> 潜将辟魑魅，勿但惊妾妇。
>
> 留斩泓下蛟，莫试街中狗。

落款是："夜试倚天宝剑，洵神物也，杂录《说剑》诗以赞之。汴梁赵敏。"

你看金庸根本不说这是谁的诗。其实这个是元稹的诗，就是"曾经沧海难为水"的那一位。这个家伙很风流，专爱才女，唐代"四大才女"里的薛涛和刘采春都和他拍拖过，给我们的印象是他只会写风流情诗。其实他路子很广，也可以写雄壮的诗。

元稹的《说剑》原诗很长，啰啰唆唆，有八十句。金庸很巧妙地裁了十二句，拼接起来，意境却很连贯，而且很符合故事的情境：赵敏夜试倚天剑。

至于原诗的作者、年代，金庸一概不提，读者知道的就知道，不知道也没关系，不影响你看小说。这就叫作只取其味道，不要其形壳，跟大厨做菜用调味料差不多。

金庸用李白的诗，也用得很活。

比如大家都喜欢的郭襄。在《神雕侠侣》的大结局里，杨过和大家做了最后的告别，华丽转身，飘然远去。郭襄终于忍不住了，"泪珠夺眶而出"。

接着金庸就用了一首诗词，升华一下情绪，作为全书的结尾。这首诗歌是：

> 秋风清，秋月明，
>
> 落叶聚还散，寒鸦栖复惊，
>
> 相思相见知何日，此时此夜难为情。

这个是谁的作品呢？是李白的。它叫作"三五七言"，前两句三言，中间两句是五言，最后两句是七言，所以得名。

可是金庸并不提李白。仍然是那句话：读者知道的就知道，不知道的也无妨，反正读过去你觉得很美、用得很合适就是了。

当然，金庸也并不是一概不让诗人的名字出现，要看具体的情况而定。比如有一个章节里，郭靖教育杨过，要他为国为民、天天向上，就用了杜甫的主旋律爱国作品《潼关吏》。

在此处，金庸不但大张旗鼓地提出了杜甫的名字，而且一口气让老杜连续出场三次。

第一次，先安排杜甫的纪念碑出场——"道旁有块石碑，碑上刻着一行大字：'唐工部郎杜甫故里。'"

第二次，让杜甫正式出场，不但郭靖跃马扬鞭吟出《潼关吏》，还安排杨过当捧哏，烘云托月："郭伯伯，这几句诗真好，是杜甫做的么？"郭靖道："是啊……我很爱这诗，只是记性不好，读了几十遍。"

第三遍，再借郭靖的口，给杜甫一个崇高评价："你想文士人人都会作诗，但千古只推杜甫第一。"

为什么金庸之前不提元稹、李白，这里却反复再三提杜甫呢？因为这里的主题是要表现郭靖忠勇侠义。说出杜甫的名字，对情节是有用的，可以借他的伟大形象烘托主题，和郭靖互相辉映。

此外，也有一些时候，金庸用唐诗没用好，连他自己都觉得不妥当的。

在最老版的《笑傲江湖》里，有这样的一段情节：

小师妹岳灵珊死了以后，令狐冲和任盈盈来到她生前的闺房，发现墙上挂了一幅字，是后文我们会讲到的一位大诗人李商隐的诗：

> 星使追还不自由，双童捧上绿琼辀。
>
> 九枝灯下朝金殿，三素云中侍玉楼。
>
> 凤女颠狂成久别，月娥孀独好同游。
>
> 当时若爱韩公子，埋骨成灰恨未休。

金庸用这首诗，主要是想用它的最后一联："当时若爱韩公子，埋骨成灰恨未休。"

作者生怕你看不懂，还做了一番解释：

"令狐冲……喃喃念道：'当时若爱韩公子，埋骨成灰恨未休。'韩公子，那是谁？

"盈盈道：'诗中说的是……她当年如果爱了韩公子，嫁了他，便不会这样孤单寂寞，抱恨终生了。'"

这里想表现的意思是，小师妹似乎有点彷徨、悔恨：当时如果选择了大师兄，就不会孤单寂寞、一生遗恨了。

乍一看，这句唐诗用得很巧妙、很贴切啊！可金庸觉得这一段不好，在修改小说的时候删掉了这些内容。到三联版的《金庸全集》里就没有这段了。

为什么金庸觉得不好？我认为有两个原因。

第一，不符合岳灵珊的性格和习惯。

岳灵珊和令狐冲一样，山野孩子，没什么文化的，绝不是文艺青年，不喜欢吟诗作赋。他老爸对人说她"整日价也是动刀抡剑"，不完全是谦虚。

用如此委婉的一首诗来表达情愫，这太文艺了，不符合她的习惯。程英可以做这种事，苗若兰可以做这种事，袁紫衣可以做这种事，甚至赵敏也可以做这种事，但是硬安在岳灵珊身上就比较违和。

第二，不符合岳灵珊的情感和心境。

"当时若爱韩公子，我就不会这么惨兮兮了"，如果金庸真让小师妹把这句诗挂墙上，那就是坐实了小师妹后悔了，觉得当初不如跟了大师兄。可是小师妹真的后悔了吗？

我看她临终的表现，幽怨是有的，自伤是有的，觉得辜负了大师兄也是有的，但是她绝不悔自己爱上小林子。总而言之，"自怜自伤还自怨"，却"不悔情真不悔痴"，这是她的心境。

退一万步说，就算她后悔了，金庸也绝不想表现得这么露骨、这么着相，绝不愿用一句诗"赤果果"挂出来。这是第一流小说家的心思。

这一句唐诗，看似用得精妙，其实是以辞害意了，违背了人物性格和心境，所以金庸果断删去了。这就是高手用诗的境界，绝不能硬上弓。

最后顺便说一句，写小说用诗是这样，自己家挂字挂诗也是这样。宾馆酒店里你挂一个"北国风光，千里冰封，万里雪飘"，就俗了；或者挂一个"会当凌绝顶，一览众山小"，也俗了。

挂得好一些的就会出彩。我原先在新闻单位工作，总部的招待所大厅里挂了一幅字：

"犹矿出金，如铅出银。超心炼冶，绝爱缁磷。空潭泻春，古镜照神。体素储洁，乘月反真。载瞻星辰，载歌幽人。流水今日，明月前身。"

我每次看到都蛮喜欢。这个是什么内容呢？是晚唐有一个文学批评家叫司空图，这是据传为他所写的《二十四诗品》里的一品。司空图这个人之后我们会讲到他的故事，形象蛮正派的，文化机构挂他的字也挺合适，可以标榜正气。

在这里教大家一个方法，比如你是个老板，家里想挂一幅字，又非要用《渡荆门送别》不可，那么最好不要挂名句"山随平野尽，江入大荒流"，这样就不加分。

你其实可以就挂一句"来从楚国游"，就相对别致有趣一点。客人还可以找机会攀谈，甜甜地来上一句："原来王总去过湖北？"你就微微一笑："小田，被你看出来啦。"

中唐的几场"华山论剑"

一

有一句俗话叫作"文无第一",就是说写文章和练武功不一样,很难分出谁第一、谁第二。

然而真是这样吗?在牛人辈出的唐代,诗人们好战得很,动不动就PK、约架,搞几场巅峰对决。宋之问和沈佺期有过"彩楼之战",王之涣和高适、王昌龄等有过"旗亭之战",杜甫和岑参有过"大雁塔之战",都是唐诗江湖上著名的战例。

到了公元800年左右,当时江湖上的几位绝顶高手——王维、李白、杜甫,都已经先后过世了。至于更上一辈的高手,张九龄、贺知章、孟浩然,更是早已作古。打个比方,就好像武林中东邪西毒、南帝北丐都已经挂掉了,大比武是不是搞不起来了?华山上是不是没法论剑了?

事实是你多虑了。新一代的高手纷纷涌现,各自开宗立派,称霸一方,又掀起了几场大的论剑。

早先盛唐的时候,诗人们虽然偶然也有一些激烈的比赛,但规模并不很大,很少有两个顶级诗人之间长年累月地拼诗。就算兴之所至拼上几首,篇幅也不会太长。

但到了中唐时期,诗战不断升级,最强的诗人们展开了惊心动魄的捉对 PK，韩愈战孟郊，韩愈战白居易，白居易战元稹，白居易战刘禹锡……江湖上一片火星四射。而且这个时期的拼诗动不动就是几百言、上千言，篇幅超长，数量又多，韩愈"千词敌乐天"[1]，刘禹锡和白居易斗诗五卷[2]，元稹和白居易斗诗十六卷、一千首之多，都是从来没有过的[3]。

比如韩愈和孟郊的"联句大战"，就是一场著名的大论剑。

喜欢《红楼梦》的读者对"联句"都不陌生，这种游戏一般是两人或者多人参加，每人要创作一联以上，轮番交替，谁要是本领不够强、脑子不够快，就会当场败下阵来。

在《红楼梦》里，林黛玉和薛宝钗、薛宝琴、史湘云、邢岫烟、贾探春等几个就搞过一场"芦雪庵即景联句"，一共十来个人参加。王熙凤作为半文盲，只能出第一句"一夜北风紧"，然后就只能当嘉宾旁观了。剩下几个姑娘一通乱战，你争我夺，特别是林黛玉和史湘云两人的比拼，一句紧似一句，杀得气都喘不上来。

韩愈和孟郊也基本上是这个玩法。这两个中唐诗坛的大腕多次联句比拼，至少拼了一十三场。[4] 首先挑起战端的一般都是孟郊。

比如有一次，孟郊以《有所思》为题，向韩愈抛出四句：

相思绕我心，日夕千万重。
年光坐晼晚，春泪销颜容。

韩愈是何等功夫，当即稳稳地接住了，回了十分精彩的四句：

台镜晦旧晖，庭草滋新茸。
望夫山上石，别剑水中龙。

258

这一次，算是不分胜负。

事实上，这样的联句诗算是很短的了。韩愈和孟郊两个人只要一开战，往往就要拼到五十句以上，最长的还有拼到三百零六句的，长度是林黛玉等人"芦雪庵即景联句"的好几倍。

如果你的功力稍逊，也和高手一起玩联句游戏，结果会怎么样？答案是：非常惨，会被轰击得鳞甲纷飞，一败涂地。中唐有一些诗人就加入了韩愈和孟郊的战团，结果被打得毫无还手之力，连话都插不上。

有一个叫李翱的，也是当时一位小有名气的文学家。他鼓足勇气，参加了韩愈和孟郊的联句对战，对拼了一首《远游联句》，长达三百多句，李翱只在开头捞到了两句，随后再也插不上嘴了，后面全是韩愈和孟郊的表演。

不过，韩孟"联句大战"虽然激烈，却还远不是中唐最精彩的比拼。要说最惊心动魄的，是"白刘之战"。

二

这一年，有一位姓刘的英雄，在江湖上崛起了。

他乃是汉室宗亲，中山靖王刘胜之后，生得仪表堂堂，双耳垂肩，两手过膝……写到这里，你大概以为我搞错了：怎么越写越像《三国演义》了？连刘备都跑出来了？

我没有昏头。这人不是刘备，而是同样大名鼎鼎的刘禹锡。你是否很熟悉这个名字？没错，就是"山不在高，有仙则名，水不在深，有龙则灵"的那位。

刘禹锡也是中山靖王刘胜之后，至少他自己是这么说的。此人才高八斗，尤其擅长三大诗歌独门绝技——乐府、民歌、怀古，纵横江湖，出道以来未逢敌手。

江湖上原本和他齐名的是另一位河东大侠——柳宗元，两人并称为"刘柳"。两人同一年高考，同一届上大学，都是当时学霸级别的人物。但是渐渐地，柳宗元的主要精力没用在写诗上，而跑去搞散文、搞哲学了，在诗歌上的成就也就慢慢不如刘禹锡。

连柳宗元都抵挡不住，何况别人？一时间，江湖上无人敢撄老刘的锋芒，人送外号：诗豪。

然而别忘了，这可是牛人辈出的唐朝，从来就没有人可以打遍天下无敌手。过去的李白不行，杜甫不行，今天的刘禹锡也不行。

老刘这么牛，有人看不下去了。

不久，有一封书信，开始在江湖上流传。信不长，却写得气势磅礴，我贴一段在此：

"彭城刘梦得，诗豪者也。其锋森然，少敢当者。予不量力，往往犯之。"[5]

语气看着挺谦逊，说自己是不自量力，斗胆和刘禹锡比赛，但其实意思是：

"刘禹锡厉害，鄙人不怕！"

写这封信的人又是谁呢？此人也是江湖上一位传奇高手。话说他少年时曾经游历首都长安，找当时的文坛大V顾况投稿，请顾况鉴赏。

顾况看他年轻，调侃他说："帝都的房子这么贵，你一个小孩子家，跑来当北漂，有意思吗？"[6]

说着，老顾拿起少年的稿子读起来，才看了四句，便大吃一惊，对少年惊为天人。这四句诗是：

> 离离原上草，一岁一枯荣。
> 野火烧不尽，春风吹又生。

老顾紧紧握住了少年的手："来吧！帝都欢迎你！"

这位大高手，叫作白居易。白居易和刘禹锡是同一年生人，都生在 772 年，属鼠，年龄相同，功力相当，堪称敌手。

你刘禹锡不是有几大绝招吗？白居易却偏偏不怵——你擅长搞乐府，我正好有新乐府；你能写民歌，我比你更接地气，我的诗老太太都能读懂！

刘、白之战震动江湖。两人交手的方式叫作"唱和"，你发一首诗来，我必须回一首诗去，谁要接不住就算输了，卸一条胳膊。（我夸张的，未必真卸胳膊。）

首先发动进攻的是白居易。他向刘禹锡一次性"咣咣"地砸去了一捆诗，简直像是集束手榴弹。共砸了多少首呢？吓死你：一百首！

有证据吗？有的。因为刘禹锡对这一轮攻势的回应，就叫作《翰林白二十二学士见寄诗一百篇，因以答贶》。

从此，中唐诗歌江湖上火星四溅，二位大侠你一首来，我一首去，难分高下。他们一共战斗了多少个回合呢？可考证的数据是：一百三十八回合！[7]

战况又如何呢？应该说是十分激烈。白居易有记载："合应者声同，交争者力敌，一往一复，欲罢不能！"

这些战斗，大多是隔空对战，你一首来、我一首去，打来打去总是难分高下。刘禹锡于是决定改变策略，他要诱出白居易的主力，一举全歼！

前文说了，对于刘禹锡的三大绝招：乐府、民歌、怀古，白居易前两招都不怕。刘禹锡为了一战定乾坤，决定投入自己的终极第三招：怀古诗。

这一战，就是著名的"金陵怀古会战"。

三

这一天，金风送爽，万里无云。(我猜的，我没考证。)

当时江湖上的四大高手白居易、刘禹锡、元稹、六神磊磊……哦不对，我不在，是韦楚客，他们齐聚一堂，相约写诗论剑。[8]

主要战斗的双方是白居易和刘禹锡，相当于古龙小说里的叶孤城与西门吹雪的决战。元稹和韦楚客则有点像是掠阵的，相当于在场的陆小凤和花满楼。

他们论剑的题目是：写一首诗，缅怀五百多年前三国时代终结的故事。

很多读者都知道三国是怎么开始的——刘关张哥仁一个头磕在地上，桃园结义打天下；大家却不太清楚三国是怎么结束的——王濬水师下金陵灭东吴。

当时蜀国已经被灭掉了，北方的大将王濬统帅强大水军，顺江而下讨伐苟延残喘的吴国，直奔首都金陵。末代吴主孙皓投降，轰轰烈烈的三国时代从此结束。

这个题目，很宏大，很沧桑，看似好写，但却不容易成经典。

拿到题目，白居易、元稹、韦楚客都开始认真思索。刘禹锡却给自己倒了一杯酒，慢饮起来。

如果你熟悉三国的故事就会知道，一旦某个武将在出阵砍人之前，先倒了杯酒喝的，就说明心里有底了，十有八九能保证打赢。文豪也是一样，没把诗想好，他是没心思喝酒耍帅的。

果然，刘禹锡饮尽此杯，饱蘸浓墨，一挥而就：

> 王濬楼船下益州，金陵王气黯然收。
> 千寻铁锁沉江底，一片降幡出石头。
> 人世几回伤往事，山形依旧枕寒流。
> 今逢四海为家日，故垒萧萧芦荻秋。

它就是唐诗中的不朽名作《西塞山怀古》。短短五十六个字，道尽了历史烽烟、光阴流转、人世沉浮、山河更替。

白居易、元稹、韦楚客都呆了，看着这首诗，他们同时感到自己遭遇了500点暴击。白居易放下笔，看着刘禹锡："你是我哥，成不？"

这传说中的一战，也成为了唐诗论剑史上的经典之战。就像一个多世纪前的"彩楼之战"，宋之问胜了沈佺期，半个多世纪前的"大雁塔之战"，杜甫胜了岑参、高适。而这一战的胜利者，是刘禹锡。

四

白居易就这么认栽了吗？当然不会。

这一年，刘禹锡又有一篇新作问世了，叫作《泰娘歌》。

所谓泰娘，不是泰国的新娘，而是一个叫泰娘的妓女。她很会弹琵琶，过去跟着主人住在繁华的洛阳，生活很优渥。后来主人死了，姑娘没了依靠，孤苦伶仃，一个人流落边地，靠演奏为生。她感慨自己的身世，时常抱着琵琶哭泣。

刘禹锡是很多情的。他遇到泰娘后，为她写下了一首266个字的长诗，描绘了她的坎坷命运。

诗写得很凄美，比如：

> 山城少人江水碧，断雁哀猿风雨夕。
>
> 朱弦已绝为知音，云鬟未秋私自惜。

这首诗的名气很大，一时间成为当时叙事长诗的代表。后来杜牧等人的很多诗都受到了《泰娘歌》的影响。

然而，看到这首诗，作为刘禹锡一生敌手的白居易却没有出声。

转眼几年过去。到了元和十一年（816），一个萧瑟的秋天，在江西北部的浔阳江头。

白居易也遇到了一个流落江湖的妓女，一样的会弹琵琶，一样的身世坎坷。于是，同样多情的白居易也为她流下了眼泪，拿起了笔，准备写诗。

动笔的一刻，他心里或许已知道，《泰娘歌》今天要被完爆了。[9]

白居易写了一首616个字的超级长诗——《琵琶行》：

> 浔阳江头夜送客，枫叶荻花秋瑟瑟。

主人下马客在船，举酒欲饮无管弦。

…… ……

它成了唐诗里一座难以逾越的丰碑。千百年来，只要上过一点儿学、略识一点儿字的人，即便没有听过它的名字，也会知道那一句"同是天涯沦落人，相逢何必曾相识"。而《泰娘歌》呢？对不起，只能退居其后，成为陪衬。

至此，白居易和刘禹锡算是打了个平手。在"金陵怀古"一战里，刘灭掉了白，在琵琶歌女一战里，白又完爆了刘。

没有不可战胜的伟大诗人，只有不可逾越的伟大作品。这就是唐朝。

在一次次的比拼中，刘禹锡和白居易都慢慢老去了。

他们同一年出生，但终究不能同一年去世。先走的那个人是刘禹锡。公元 842 年，一代诗豪刘禹锡病逝。

让我们猜猜，白居易知道消息后会说些什么？"啊哈，你个彭城鬼子，和老子掐了一辈子，你也有今天？"

不是的，白居易哭了。

已是古稀之年的他饱含着泪水，写下了一首送给刘禹锡的诗。

这首诗很好懂。让我原文一字不差地抄下来吧：

四海齐名白与刘，百年交分两绸缪。

同贫同病退闲日，一死一生临老头。

杯酒英雄君与操，文章微婉我知丘。

贤豪虽殁精灵在，应共微之地下游。

觉得这首诗还是太文言？太难懂？那我翻译一下，换成人人都懂的黄家驹的歌词吧：

前面是那方，谁伴我闯荡？
寻梦像扑火，谁共我疯狂。
沉默去迎失望，几多心中创伤。
谁愿夜探访，留在我身旁。

现在，你懂了白居易的心吗？

注释

[1] 元稹《见人咏韩舍人新律诗，因有戏赠》："七字排居敬，千词敌乐天。"

[2] 两人有《刘白唱和集》五卷。

[3]〔清〕赵翼《瓯北诗话》："他人和韵，不过一二首，元、白则多至十六卷，凡一千馀篇，此又古所未有也。"

[4] 日本学者斋藤茂《文字觑天巧》中统计，韩愈、孟郊联手作了至少十三首联句诗，《韩昌黎》卷八收录了其中的十首，《孟东野集》载有另外三首，彼此不重复。

[5] 白居易《刘白唱和集解》。

[6] 在唐末王定保《唐摭言》里，顾况说的是"长安百物贵"。〔唐〕张固《幽闲鼓吹》里，顾况说的则是米贵，也不是房子贵："米方贵，居亦弗易。"今天我们对米贵没有切肤之痛了，暂且戏说为房子贵。

[7] 白居易《刘白唱和集解》："至太和三年（829）春，以前纸墨所存者，凡一百三十八首。"真实数目可能更多，"其馀乘兴扶醉、率然口号者，不在此数"。

[8]〔宋〕计有功《唐诗纪事》："长庆中，元微之、刘梦得、韦楚客同会白乐天之居，论南朝兴废之事。乐天曰：……今群公毕集，不可徒然，请各赋《金陵怀古》一篇。"

[9] 我姑且认为白居易是读过《泰娘歌》的。就像斋藤茂说："正如认为杜牧是读过此诗（《泰娘歌》）的那样，白居易也很有可能读过。"

放下筷子骂娘的白居易

一

大约805年，一个高考成功不久、刚刚步入仕途的青年人，开始制订他的诗歌写作计划。

这个人就是白居易。几年前，方才二十八岁的他就考中了进士，这是相当了不起的，以至于他得意扬扬地自夸"十七人中最少年"。后来他又陆续担任了校书郎、周至县尉、翰林学士等职务。

作为一个河南新郑出生的外地孩子，家境不很好，没有什么背景，却年纪轻轻就得到拔擢，来到首都长安做官，应该说是很不容易的。

这样一个很幸运、很有前途的青年干部，会制订什么样的写作计划呢？按照我们的猜测，应该写《感恩》十首？《男儿当自强》十首？或者是《奋发有为做大唐好青年》十首？

答案让我们吓了一跳，他的写作计划居然是"负能量诗"十首。

什么是"负能量诗"呢？就是专门揭露大唐社会负面内容，讽刺一些社会不公正、不合理现象的诗。这种诗有一个专门的名称，叫作"讽喻诗"，说白了就是找茬儿诗、挑刺儿诗。

白居易写了哪些社会负面现象呢？介绍一下题目你就明白了：

比如《议婚：当前首都民间婚姻中的嫌贫爱富现象》《伤友：长安一带社会交往中的不良风气》《五弦：京城一些非物质文化遗产濒

临失传》《买花：首都部分达官贵人生活奢靡腐化一掷千金》……

你大概觉得这批评的都是些小问题，不过是一些社会风俗类的题材，讲的是群众日常生活，不算什么负能量嘛。

别着急，更重大敏感的题材还在后面：

比如《不致仕：浅谈当前大唐一些中高层领导干部不肯及时退休的现象》，直指大唐干部队伍的管理问题。

比如《重赋：皇上设私库搜刮民财两税法形同虚设》，这首诗更不得了了，作者炮制出了"夺我身上暖，买尔眼前恩"的耸人听闻的句子。白居易说，平民百姓在重税压榨下生活困苦，结果收上来的东西却堆在仓库里发霉腐烂。他还把矛头指向所谓"至尊"，分明影射皇帝是硕鼠。

又比如《轻肥：江南部分地区因为饥荒导致人吃人现象》——"是岁江南旱，衢州人食人"，这等于直接把大唐王朝写成人间地狱了。

白居易这组诗的实际名字，叫作《秦中吟》，意思就是"我在首都长安一带看到的不良风气"。它名义上是找问题、提意见，所谓"救济人病，裨补时阙"[1]，但其实是挑刺儿，从皇帝的政德，到国家的干部政策、财税政策、文化政策，乃至首都社会风尚，都被他抨击了一遍。

唐朝写批评诗、讽喻诗的人有很多，但白居易是最扎眼的之一。用我们今天的话来说，他是典型的吃朝廷的饭、砸朝廷的锅。

二

站在李唐王朝的角度，有一千条理由严肃追究白居易的责任。

第一，有计划地、大批量地写"负能量诗"，正是白居易等几个人挑的头。

此前说了，唐朝不少诗人都写讽喻诗，从早先的初唐就开始了。骆宾王埋怨说"露重飞难近"，什么叫"露重"？就是官场环境不好；他又说"风多响易沉"，什么叫"风多"？就是朝廷里小人多。

抱怨税费多、负担重，也是讽喻诗常见的题材。比如一个诗人叫寒山的，说"朝朝为衣食，岁岁愁租调"；还有一个诗人叫王梵志的，说"里正追庸调，村头共相催"，都是渲染税费负担重，老百姓日子不好过。

白居易之前，写负能量诗写得名头最大的是杜甫、元结，一句"路有冻死骨"，把整个大唐王朝的民政、扶贫、社会保障工作都抹杀了。

但和白居易相比，杜甫、元结们的负能量诗影响虽然大，却都是随机的、偶然的写作，大抵是写一首算一首的。白居易却是有计划地写、成批量地写，大写而特写，这是质的不同。《秦中吟》十首之后，他又搞了《新乐府》五十首，九千二百多字，几乎把负能量诗当成自己的主要创作内容。

第二，白居易写负能量诗，和杜甫等人的性质也不尽相同。李唐王朝可以理直气壮地说，白居易是吃朝廷的饭又砸朝廷的锅，不懂感恩。

可不是吗。对于杜甫来说，大唐朝廷某种程度上是亏欠了他的，李唐家的这碗饭，杜甫从来没有踏实吃上过。他第一次参加科举就被刷掉了。后来朝廷搞全国贡举，选拔人才，杜甫又一次参加了，应该说论学问、论能力，他是有机会的，可惜又因为朝政腐败，奸相李林甫从中捣鬼，杜甫再一次没有被选上。

还有前面说的王梵志、寒山、骆宾王等人，也都是一辈子沉沦下僚，境遇不好，没有直接得到李唐王朝的多少好处。这些人偶尔发发牢骚，还算是情有可原。

可白居易和他们不一样，他大搞负能量诗，则是"情无可原"。如果当时有爱唐论坛，我们几乎能想象读者会怎么骂他：

多少人八十二岁都考不上进士的，你小子二十八岁就举进士，改变了自己的命运，你不感恩吗？你没有一点关系和人脉，"中朝无缌麻之亲，达官无半面之旧"[2]，却能一路做官，李唐王朝有过半点亏欠你吗？可你不想着报答，却拼命炒作负面内容，吸引眼球博出位，你可不是端起碗来吃饭、放下筷子骂娘吗？

第三，白居易搞"负能量组诗"的时机最敏感、最特殊、最不合时宜。

他搞创作的时间是在中唐。这个时候正是大唐王朝的关键转型期，也是社会矛盾凸显期，藩镇割据、宦官弄权、朋党争斗等现象交织，各种社会问题也很多，正是需要大唐社会各界齐心协力、共度时艰的时候，用今天的话说，这个时候是只能吃补药、不能吃泻药的。

相比之下，初唐、盛唐的诗人们写讽喻诗的时候，国家蒸蒸日上，发展势头良好，几个文人搞点批评，不影响大局。等到了后来晚唐的时候，罗隐等人虽然也大写讽喻诗，可那时候李唐王朝大势已去了，几个底层诗人发泄发泄怨气、讲几句牢骚怪话，也已经无关大局。

但白居易偏偏在这个最敏感、最需要稳定的阶段大肆传播负能量，拼命下泻药，岂不是不合时宜吗。

第四，和别的诗人相比，白居易搞的"负能量诗"读者特别多，流传特别广，造成的社会影响特别重大，岂不是难以挽回吗。

白居易的诗，一大特点就是通俗，没文化的老太太都能懂。通俗本来是好事，易于群众理解和接受，如果他能够好好发挥这一特点，多向群众解释解释朝廷的政策，多宣扬宣扬朝廷的治理成绩，本来是很好的。但他却非要大搞讽喻诗，加上诗歌又通俗易懂，在群众里产生了很大的影响。

　　他的社会影响大到什么程度呢？据他自己说："自长安抵江西三四千里，凡乡校、佛寺、逆旅、行舟之中，往往有题仆诗者；士庶、僧徒、孀妇、处女之口，每有咏仆诗者。"这是他自己向朋友炫耀的，有夸大之嫌，但哪怕打上几成的折扣，影响力也是很惊人的。

　　不但如此，白居易的诗还很有国际影响力。譬如在日本，白居易的诗名极盛，作品流传极广。他的这些讽喻诗、批评诗流传到邻国去，岂不是给大唐抹黑，产生了很坏的国际影响吗。

　　第五，白居易不是一个人写，还组织、煽动、影响了一批人写。

　　比如同时代的诗人元稹、李绅等，都参与到讽喻诗的写作中来。白居易搞了《秦中吟》十首、《新乐府》五十首，李绅就搞了《乐府新题》二十首，元稹搞了《新乐府》十二首，都是炒作社会负面现象的，形成了一个专门以找茬儿、挑刺儿为主要创作内容的文艺小团伙。你说白居易过分不过分呢。

三

　　今天，每当我读到白居易搞的《新乐府》，都想为他捏把汗。

　　比如我们在语文课文里都学过的《卖炭翁》，这首诗里专门批评了一群人，叫作"黄衣使者白衫儿"，这些人不是一般的首都机关单位职员，而是宫廷里的工作人员，他们强买强卖，用一些绡、一丈绫，就牵走了别人上千斤的一大车炭。

又比如《红线毯》，批评的是唐朝地方政府为了进贡奢侈品，浪费人力物力的现象："宣城太守知不知，一丈毯、千两丝，地不知寒人要暖，少夺人衣作地衣。"

白居易这是什么居心？宫廷的人在夺人炭，地方的人在夺人衣，岂不是说唐朝从中央到地方全烂了？

上述这些诗大家都比较熟悉，就不多细讲了，我们仔细讲一首《杜陵叟》，它的小标题可以取为《皇上的好政策其实是一场骗局》：

第一句是"杜陵叟，杜陵居，岁种薄田一顷余"。这个主人公年纪很老了，种着一顷薄田，勉强糊口。可惜这一年天灾不断，三月份大旱不下雨，九月份又早早地遭了霜冻，农作物都死掉了：

> 三月无雨旱风起，麦苗不秀多黄死。
> 九月降霜秋早寒，禾穗未熟皆青干。

既然遭受了天灾，那么官府应该减租、减税，甚至发农业补贴？可恰恰相反，官府反而加紧了征敛。你想想，"某某镇大灾之年仍实现税收稳定增长"，这是多突出的政绩啊。

官府是怎么对待杜陵叟的呢？"剥我身上帛，夺我口中粟。虐人害物即豺狼，何必钩爪锯牙食人肉。"白居易这是把唐朝基层干部比喻成豺狼，说他们的爪子长钩，牙齿像锯子，在吃老百姓的肉。

接下来，白居易笔锋一转，皇上毕竟是圣明的、仁慈的，他知道了这件事，下命令免税了：

不知何人奏皇帝，帝心恻隐知人弊。

白麻纸上书德音，京畿尽放今年税。

如此一来似乎是"天亮了"？杜陵叟们似乎应该欢天喜地、敲锣打鼓了？可白居易说，大家高兴得太早了！

等到大家该交的租税都交了，卖地了，破产了，口粮都没有了，干部们这时候才拿着免税的通知施施然来了。可此时免税还有什么用呢？已经是一纸空文了。大家虚受了皇上的恩典，却有苦说不出，还要当群众演员去谢恩。

所以白居易说："十家租税九家毕，虚受吾君蠲免恩。"

皇上的好政策，被白居易写成了一场骗局；浩荡的皇恩，被他说成是"虚受"；圣明的天子，被说成是被蒙蔽的；辛辛苦苦为朝廷收税的基层干部，被他渲染成横征暴敛、欺上瞒下的野兽，先收完了税再来搞免税，可怜的杜陵叟们的苦日子似乎看不到尽头。

批评的尺度这么大，而且动辄指向最高权力，你说我们是不是要为白居易捏把汗呢？

更严重的是，除了讽喻诗之外，白居易还有一种更恶劣的诗，其创作动机更坏，引发的负面舆情更大，即所谓的"八卦诗"。其中的代表之作就是《长恨歌：关于色鬼唐明皇不理朝政导致天下大乱的那一段往事》。

看到这题目，真想问问他是存的什么心。他写讽喻诗，还勉强可以说成是年轻气盛，不能全面地、发展地看问题，一门心思想搞舆论监督，建言献策，出发点是好的。但他写这种八卦诗，有什么良好动机？想解决什么问题？不纯粹是为了炒作宫闱秘闻，抹黑先皇，搞人身攻击吗？

《长恨歌》开头第一句就是"汉皇重色思倾国"。明明是在炒作唐明皇的八卦，却故意说成"汉皇"，这是唐朝诗人一贯的指东打西的鬼伎俩，叫作"以汉代唐"，但凡要说本朝的不光彩的事，动辄假托汉朝的名，让汉朝的皇帝背黑锅。

比如要说唐朝的大明宫怎么怎么样，就故意说成是汉朝的未央宫怎么怎么样；要说唐明皇怎么样，就故意说汉武帝怎么样。白居易也玩这一套，名义上是说"汉皇好色"，其实句句是"唐皇好色"。

在下文，他更是长篇铺陈，拼命渲染皇上生活腐化，荒疏政务，"从此君王不早朝"，最后直搞到天下大乱，连老婆都保不住。

很难想象的是，朝廷怎么会纵容白居易搞这样的创作。关于玄宗皇帝的历史评价，朝廷是有确切的说法的，是有定评的。玄宗的谥号是"至道大圣大明孝皇帝"，这就是官方定评。白居易把"至道"说成无道，"大圣"说成情圣，"大明"说成不明，"孝皇帝"说成色皇帝，怎么就没人管管呢。

唐朝的青年读者看到这样的诗，怎么就不愤怒呢，一个臣子如此八卦一位君王，更何况是已经故去的君王，人死为大嘛，怎能写这种抹黑人家的作品？

四

然而白居易不但一直活下来了，还活得很好。

他搞负能量诗，居然几乎没受什么阻挠地持续了大约十年，从805年一直写到815年左右，才渐渐消停了一些，不大写讽喻诗了。

即便这样，他也没有彻底改悔，手痒的时候仍然偶一为之。比如晚年的时候他还写了两首《思子台有感》，又是借汉武帝时候的故事刺讽唐朝的时政，而且影射的又是重大敏感问题——皇上和接班人的关系问题。

比如有一首是这样的：

> 闇生魑魅蠹生虫，何异谗生疑阻中。
> 但使武皇心似烛，江充不敢作江充。

汉武帝有一个宠臣叫江充，和太子刘据关系不好，便栽赃嫁祸，说太子在对武帝搞巫蛊之术，也就是所谓"扎小人"。武帝脑筋糊涂，被江充蒙蔽了，太子含冤莫辩，被迫起兵杀了江充自保，最后自己也被杀死。

汉武帝事后追悔莫及，修建了一座思子台，以追念太子。天下人都为此事感伤。

白居易为什么要忽然咏叹这样一个古代故事？其实他是在影射现实政治。当时，唐文宗听信妃子的谗毁，对太子不好。后来太子亡故，他思念儿子，又开始追悔了，还迁怒于人，杀了一批宫人。这个事件才是白居易所要影射的。

一般人写诗谈"思子台"这件事，也最多骂一骂谗臣江充就算了。[3] 但白居易却不满足于此，还要指摘皇帝。第一句"闇生魑魅"，"闇"就是"暗"，意思是黑暗的地方才闹鬼。之所以闹出江充这只"鬼"，白居易认为责任还在汉武帝——"但使武皇心似烛，江充不敢作江充"，说白了还不是怪皇上老儿糊涂吗？这里明说汉武帝糊涂，实际在讲唐文宗糊涂。白居易写诗讽刺人，其实到老也没悔改。

白居易一生批评这么多人，大家讨厌他吗？当然讨厌。

白居易自己在一封信里说："凡闻仆《贺雨诗》，众口籍籍，以为非宜矣；闻仆《哭孔戡诗》，众面脉脉，尽不悦矣；闻《秦中吟》，则权豪贵近者，相目而变色矣；闻《登乐游原》寄足下诗，则执政柄者扼腕矣；闻《宿紫阁村》诗，则握军要者切齿矣。"

意思就是说，当官的讨厌他，有钱的讨厌他，带兵的讨厌他。

但是白居易因为写"负能量诗"倒霉了吗？似乎并没有。

他一生中吃了一次大亏，就是被贬江州司马，但那主要是政治斗争所致，导火索是他的越职言事——当时宰相武元衡被藩镇刺杀，白居易上书要求严查肇事者，被政敌抓住把柄，认为他的言论不当，不符合身份。他的被贬和他搞的这些负能量诗没有太直接的关系。

因为一张不讨好的嘴，白居易也确实曾被皇帝嫌弃。据说唐宪宗曾讲过："白居易小子，是朕拔擢致名位，而无礼于朕，朕实难奈。"[4]

大意就是"白居易这小子，端起碗来吃饭，放下筷子骂娘，俺真是不能忍"。但宪宗下令整肃他了吗？并没有。而且皇帝所指的"无礼于朕"，主要也是指他的各种谏疏，不是诗歌。

白居易平平安安地活了七十四岁，是最长寿的唐代诗人之一。他也是唐代诗人中结局最好的人之一，晚年还做到太子少傅，分司东都，官至二品，可以说是待遇最优渥的养老闲官了，拿着"月俸百千"的高薪，也就是每个月十万钱。

他制造了那么多负面舆论，给朝廷抹黑，揭先皇的八卦，传播自己没有亲自调查的江南灾情，批评权贵和军阀，但从来没有因为这些被治罪。不少唐代大诗人都坐过牢，李白坐过牢，骆宾王坐过牢，王勃坐过牢，但白居易却从没有因为写诗坐过牢。

不只是我感到惊讶，很多古代人也早就为此感到惊讶。

宋代有个学者叫作洪迈。他写了一篇论文，叫作《唐诗无避讳》，其中说：唐朝的人写诗，到处戳朝廷的痛处，甚至连皇上宫廷里的八卦也去反复炒作，朝廷却居然不严厉整治他们！真是想不通。

原话是："唐人诗歌，其于先世及当时事，直辞咏寄，略无避隐。至宫禁嬖昵，非外间所应知者，皆反复极言，而上之人亦不以为罪。"而这其中，大肆炒作宫廷八卦、"反复极言"的最典型的人之一，就是白居易。

更让后人觉得有趣的是，白居易死后，居然还得到皇帝的深切怀念。唐宣宗李忱写了一首诗，名字就叫《吊白居易》：

缀玉联珠六十年，谁教冥路作诗仙。

浮云不系名居易，造化无为字乐天。

童子解吟长恨曲，胡儿能唱琵琶篇。

文章已满行人耳，一度思卿一怆然。

今天我们说起"诗仙"，都知道是李白。但其实白居易才是第一个大唐王朝官方认证过的"诗仙"。

皇帝说他"缀玉联珠"，他"缀"的是什么玉？缀的是批评贪污腐化的《不致仕》《轻肥》的玉；"联"的是什么珠？联的是耗竭民财的《红线毯》《卖炭翁》的珠。这些情况，难道宣宗不知道、不掌握吗？

他"造化无为"，他哪里是造化无为呢？他系统、有计划地搞讽喻诗，几十首几十首地写，他不是无为，而是太有为了、太敢为了。

"童子解吟长恨曲"，这事儿宣宗居然也拿来表扬，可童子们解吟的是什么？是自己先皇的桃色秘闻，是后宫的八卦，是祖上的昏庸糜烂，被白居易搞到小儿皆知！

所谓"胡儿能唱琵琶篇"，琵琶篇就是《琵琶行》，它传唱的是什么呢？是一个妓女的生活，其中渲染了唐代灰色产业的发达，诗的末尾，白居易还夹带私货，发泄了一下自己犯错误被谪贬的抱怨。如此不光彩的内容，白居易居然搞得连"胡儿"——少数民族的读者都在传唱。唐宣宗李忱居然还给他叫好。

还有"文章已满行人耳"，白居易这些大量的批评、尖刻的揭露，已经满了行人耳，成了难以挽回的局面。宣宗皇帝居然没有把白居易的诗撕碎丢在地上，没有下令永远禁绝他的诗，而是表扬他，怀念他，"一度思卿一怆然"。

这是超越了我们的经验和常识的一幕：

一个东方专制王朝的皇帝，在深宫之中，正悲伤、真挚地怀念着一个无数次批评自己的王朝、讽刺自己的官吏、揭露先人的八卦、丑化先人形象的诗人。

中唐丢掉了繁荣，没有丢掉气度；丢掉了强盛，没有丢掉自信。宣宗皇帝把被打脸变成了最好的长脸，把被人骂出翔变成了最好的出彩。

有句话叫"无诗不成唐"，我觉得反过来也是对的——"无唐不成诗"。经常被问到：唐诗为什么那么繁荣，为什么那样群星璀璨，为什么有后世难以超越的成就？也许我们可以从讨人嫌的白居易的身上找答案。

注释

[1] 白居易《与元九书》："启奏之外，有可以救济人病，裨补时阙，而难于指言者，辄歌咏之，欲稍稍递进闻于上。"

[2] 白居易《与元九书》："初应进士时，中朝无缌麻之亲，达官无半面之旧。"

[3] 比如唐郑还古《望思台》："谗语能令骨肉离，奸情难测事堪悲。何因掘得江充骨，捣作微尘祭望思。"

[4] 见《旧唐书·白居易传》。

我活二十七岁，让你争吵千年

一

公元 768 年，秋天。在美丽的江汉平原上，杜甫正在送一个远房亲戚去四川。

这位亲戚的名字有点拗口，叫作李晋肃。"远房"究竟有多远呢？反正杜甫叫李晋肃"二十九弟"，具体关系就搞不清了。目前已知有可能的一条是，杜甫的外公的外公的八爷爷，是李晋肃的先祖。[1]这时的杜甫，已是人生最后两年，很瘦，很憔悴；那位亲戚还是少年，很质朴，很阳光。

杜甫是个重感情的人。对这个超级远的远亲，他依依不舍，写诗送别：

> 我们的船啊，就要相背远离了。
> 那天上的雁啊，也排成一行在悲鸣。[2]

秋风中，年轻人含泪紧握杜甫的手："表兄，我也喜欢写诗，可什么时候才能写到你这个水平啊！"

杜甫拍了拍他的肩膀，安慰说："加油，你可以的。下次我们再交流。"

以上对话是我的揣测。可以确定的是，这一次别离之后，他们再也没有见过面。

杜甫大概想不到的是，虽然李晋肃的诗最终默默无闻，但他的儿子，却会成为一代巨擘。

日后，这个孩子将会从自己手中接过熊熊火炬，照耀唐诗的辉煌之路。

二

790 年，这个男孩出生了。他身体很差，又瘦又小。父亲李晋肃却很爱他，希望他健康幸福。

"我要用最吉利的字给他取名。"李晋肃想。他给儿子取名"贺"，字"长吉"，希望他一生都吉祥。

李贺的气质从小就很忧郁，不爱说话，眼里经常闪着奇怪的光。

"孩子，你将来打算做什么？"家人问。

"我要写诗。"李贺淡淡地说。

"快算了吧！"家长头都大了，"写诗很难有出路的呀，你以前的那些牛人，什么王维、李白、杜甫，把这个世界上能写的好诗都写完了！你看后来那什么'大历十才子'，不肯认尿，非要继续搞诗，也没搞出天大的名堂。现在不都时兴写散文了吗。"

李贺不吭声。他的目光穿越云层，直达苍穹。

冥冥之中，仿佛有个声音对他说："你真的想清楚了？诗的殿堂里，已经没有你的位子了。"

李贺四面看去，果然，在唐诗的光辉圣殿里，诗仙、诗圣、诗佛、诗狂、诗魔、诗豪，甚至诗囚都已经就位，真的没位子了。

"一定还有位子的。"他坚定地说。

"有是有，可是……只剩一个诗鬼了。"

李贺仰天长笑。我就来做这个诗鬼吧。

慢慢地，小李贺长大了。他的家乡在河南昌谷，一个神秘幽静的地方。他常常骑着父亲送的小毛驴，独自走出很远。

他会爬上充满神话色彩的女几山，看传说中兰香女神升天的古庙。他还来到残破的福昌宫，那里人迹罕至，是龙和凤凰出没的地方。

在这神奇的地方，小李贺郑重宣布，自己确定了写作风格。

"现实？浪漫？武侠？言情？"家人问。

"都不是，我的主攻方向是——魔幻。"李贺淡淡地说。家人又仆倒一片。

转眼到了十八岁。李贺整理好了诗，准备走出家乡，征服外面的世界。他的目标是一座伟大的城市——东都洛阳。

家里很担心："你虽然是大唐王孙，但是家道败落了，说是富农都够呛。现在考试都要托关系，你的写作风格又这么魔幻，谁帮你啊？"

李贺反问："现在文坛上，最大的腕是谁？"

"这……当然是韩愈院长。"

"好，我就找他。"

"人家是大腕，你是个小号，你找他做什么？"

李贺傲然一笑，说出了让家人再次晕倒的话："互推！"

别误会，所谓"互推"，不是互相推倒，而是互相推荐。

比如两个网络红人，互相发文说对方好，欢天喜地一起涨粉丝，这就叫作"互推"。

小李贺想去找韩愈互推，难比登天——无论文坛还是武林，都有个不成文的规矩：大号不和小号搞互推，怕吃亏、掉粉。

我的主业是解读金庸小说，就比如金庸的《射雕英雄传》里，黄蓉热情地邀请老爸黄药师和江南七怪搞互推："爹，我给你引见几位朋友。这是江湖上有名的江南六侠，是靖哥哥的师父。"

有数十万粉丝的大号黄药师粗鲁地拒绝了。他"眼睛一翻"，直接来了一句："我不见外人。"

韩愈在文坛的地位，相当于黄药师在武林。当时文坛最牛的原创文学号叫"古文运动"，是一个有几十万粉丝的超级大号，运营者就是韩愈。之前我们介绍过，韩愈也给人写软文，因为腕儿大，开价贵死人。他给人家写个墓志铭，收费动不动"马一匹，并鞍、衔及白玉腰带一条"，他的文章收入比人家做官的俸禄还多。

小李贺要打动大文豪韩愈，只有一条路：拿出最猛的诗，让韩院长吓一大跳。

按照惯例，开卷第一首尤其重要，要想短时间内快速吸引大佬的注意，卷首必须放上最精彩的代表作。李贺想了很久，终于做出了决定："第一首，放《雁门太守行》吧。"

三

韩愈院长是很忙的。

一天到晚，除了写作、科研、带学生，还要应付学校的杂事、教育部门的验收，以及各种崇拜者、女粉丝……

这天，韩愈刚刚送走了一个粉丝，非常疲惫，"极困"。[3] 他的研究生抱着一摞材料进来了。

"我说了晚上不看文件……"韩愈有点不耐烦。

"不是文件，是一个河南年轻人的投稿。"研究生说。

"那……好吧。"

对于年轻人的投稿，韩愈是重视的。他随手把裤腰带解了，盘腿窝在沙发上读。第一首正是《雁门太守行》。

才读了前四行，韩院长就激动地跳了起来，裤子都掉在脚脖子上。他读到的是：

> 黑云压城城欲摧，甲光向日金鳞开。
>
> 角声满天秋色里，塞上燕脂凝夜紫。

韩愈当然识货——有唐一代，无数猛人写乐府、写边塞，名篇如云，却从来没有这样凄美绝艳的画面。

他又读了下去，后面四句是：

> 半卷红旗临易水，霜重鼓寒声不起。
>
> 报君黄金台上意，提携玉龙为君死。

韩愈兴奋地大喊："快把这个人给我找回来！"

"是是，我这就把那女粉丝叫回来……"研究生说。

"粉你个头啊！不是女粉丝，是这个李贺！李贺！"

很快，大腕韩愈见到了小号李贺。他紧紧握住这个十八岁年轻人的手，只说了短短几个字："推！咱们互推！"

四

韩愈说话算数，在不少场合都推介了李贺的诗文，给他站台。有了他的帮助，李贺人气大增，开始迅速涨粉。

他本来应该趁热打铁，抓住机会去考进士。在唐代，科举是不糊名的，一个考生能不能考中，和他的名气有很大关系。李贺当时已颇有名气，又有了韩愈的赏识，登科的机会不小。

然而，一件意外的事打乱了李贺的计划——家乡忽然传来噩耗，他的父亲病故了，必须回老家服丧守制三年。

命运第一次玩弄了他。他只好眼睁睁看着三个好朋友王参元、杨敬之、权璩都考上了进士，自己却只能在老家等待。

韩愈没有忘记这个年轻人，特意给李贺写来了信，热情洋溢地鼓励他从头再来。

等待了八百多个日夜之后，李贺守制期满，再出江湖。重见之后，韩愈吓了一跳：你头发怎么都白了？

原来李贺天生早衰，不到二十岁就白头了。时间对他特别珍贵。"这一次，我无论如何不能失败。"

第一轮是河南府试，李贺成绩很好，轻松过关，拿到了"乡贡进士"资格，取得了去长安的门票。

下一站就要转场帝都了。他踌躇满志："眼大心雄知所以，莫忘作歌人姓李。"[4]

他没有注意到，在背后，许多竞争者正嫉恨地看着他，要把他搞掉。这些人拼文采很难拼过李贺，于是使出了最厉害的一招——告状。

这些人经过反复深挖，多方调查，终于发现了李贺的一个漏洞。

请屏住呼吸，听一听他们给李贺找到的这个罪名：

"李贺的老爸名叫'晋肃'，和'进士'谐音。李贺跑来考进士，就是对父亲的极大侮辱，是严重的不孝！"

你听了是不是险些晕倒？这也可以成立？

答案是：可以的。这一个罪名，足可以把李贺的前途判死刑。这样的例子还有很多。比如白居易的爷爷叫"锽"，和"宏"字相近，所以他就不能参加"博学宏词科"的考试。这是我们的文化中相当虚伪陈腐的一面。

目睹李贺被人告黑状，韩愈愤怒了。他要为李贺鸣冤。这名感性的文豪，写出了一篇犀利的雄文，叫作《讳辩》。

在文章中，他发出了那著名的一问：

"父名晋肃，子不得举进士；若父名仁，子不得为人乎？"

意思是："当爹的名叫'晋肃'，儿子就不能考进士；假如当爹的名叫'仁'，儿子就不能做人了吗？"

这是一篇伟大的文章，闪耀着那八个字的光芒："解放思想，实事求是。"每次读到，都为韩愈的人格而感动。

闲叙一笔，我本人并不很喜欢韩愈的诗，但他确确实实是一个了不起的人。在文坛上，同时代的很多诗人如李贺、张籍、贾岛、孟郊、李翱、皇甫湜，都得到过他真心的帮助。他是一个真正的良师益友。

可惜的是，韩愈的声援也救不了李贺。所谓"文可以变风俗"，这句常常被用来称赞文豪的话，有时真的只是一种美好的愿望。

二十岁的李贺失去了当进士的资格，悲伤地回到家乡。他不写日记，我们只有从诗里读到他后来的心情：

长安有男儿，二十心已朽。
楞伽堆案前，楚辞系肘后。
人生有穷拙，日暮聊饮酒。
只今道已塞，何必须白首。

李贺还描述了自己的彷徨无措，"礼节乃相去，憔悴如刍狗"，最后他大呼："天眼何时开，古剑庸一吼！"

此后的日子里，他几次出门奔前程，都不成功，回来只看到日渐败落的家庭。姐姐嫁人了，弟弟远行谋生，家里只有他和老母亲相依为命。

他曾谋到过一个职位"奉礼郎"，品级是从九品，相当于副科长，低到不能再低。但就连这个位子，也因为身体太差当不下去。

二十六岁那年，李贺进行了人生最后一次努力——我不能考试，但还可以参军，建功立业啊。

那时候的唐朝，已经不是王维、孟浩然所在的田园诗般的唐朝了，整天都有军阀反叛。李贺来到潞州，想参加平叛的军队，谋一份差事。那里有一个叫张彻的人，是韩愈的侄女婿，李贺打算投奔他。

张彻很够朋友，用美酒款待李贺，让他帮自己办理公文。他们"吟诗一夜东方白"[5]，准备一起平叛，报效国家。

快乐的日子没持续多久。大唐王朝江河日下，叛乱越平越多，连主战派的宰相都被人当街暗杀。李贺所在的部队孤立无援，人员星散。李贺只有再回家乡。

五

李贺还想奋斗，但已经没有了时间。

他一直咳嗽，高烧不退，开始出现幻觉。诗人不甘心死，希望苍天开眼，留住飞逝的时光：

飞光飞光，劝尔一杯酒。

吾不识青天高、黄地厚，

唯见月寒日暖，来煎人寿。

但是他又本能地知道，自己生命无多了。在他的诗里，频频出现鬼灯、秋坟、恨血、衰兰、腐草、冷烛、寒蟾、纸钱……无比凄美，但又让人看了发毛，每一篇都像是给自己的祭文。

就像他怀念钱塘名妓的那篇《苏小小墓》：

幽兰露，如啼眼。

无物结同心，烟花不堪剪。

眼看身体实在撑不住了，李贺整理了自己的诗稿，郑重交给一个叫沈子明的朋友，托付他传下去：

我的诗，阴风阵阵，鬼气森森，魅力很独特，缺点也很明显。

但是我在前有李、杜，同时代有韩愈、白居易、元稹、贾岛、孟郊、杜牧等无数猛人的环绕下，杀出了一条石破天惊的道路。

你叫它们恐怖诗、魔幻诗也好，黄泉诗、仙鬼诗也好，反正，它们是中国独一无二的美丽的诗。

顺便说一句，这个叫沈子明的哥们儿有点不靠谱，回头就把这事给忘了。直到李贺死了整整十五年，这哥们儿喝醉了酒，一翻箱子，才发现压在底下的李贺诗稿，估计都发霉了。

沈子明大概有点儿惭愧：哥们儿，我对不起你。我一定好好给你出版诗集，找一个当今文坛上最牛的人来给你作序。

当时老一代文豪韩愈已经故去，他找来作序的新一代牛人，叫作杜牧。没错，就是"停车坐爱枫林晚"的那位。

李贺的死充满传奇色彩。稍晚的大诗人李商隐记下了这样一件事：

二十七岁的李贺重病之时，忽然有一个穿红衣服的人，骑着赤龙，手拿着写满太古篆文的信来找他，说："天帝造了一座白玉楼，要你去写文章点赞。你和我走吧。那里生活很好，一点儿也不苦。"

李贺想到母亲，哭泣不止，但一切已晚。有目击者看到烟云升起，还听见了车轮和音乐的声音。李贺就此死去。

我不知道李贺究竟有没有去那天上的白玉楼。但记录者李商隐深信不疑，郑重表明：这是李贺姐姐亲口说的，她很老实，不会说谎。

六

李贺死后，这个只活了二十七岁[6]的诗人，让我们争吵了上千年。

有人说，李贺的诗很猛，比李白、杜甫还猛——"自苍生以来所绝无"[7]"在太白之上"[8]"杜陵非其匹"[9]。还有人说，他是中国的济慈、波德莱尔、柯勒律治。[10]

也有人说，他不过尔尔，不如温庭筠，[11] 也就是和唐代的王建、张籍一个水平。

二十世纪的早期，李贺成了一个腐朽、落后的地主阶级文化人——"他的立场是地主阶级的立场"，一味宣扬奢靡的生活，"除了描写肉欲与色情以外，内容是什么也没有的"，"建筑在对农人和小民的剥削上"，"没有同情农人和小民的痛苦"。[12]

到了七十年代的时候，李贺忽然又被形容成一个富有革命精神的先进分子，说他是法家诗人，有朴素唯物主义观点，并且反对分裂、要求统一，不顾儒家退步落后学者韩愈的拉拢，坚决和韩愈做斗争。

有人说，李贺生得太晚了，盛唐以后，诗歌路子越写越窄，李贺慨叹瑰丽的天国难以到达，只好把注意力移到棘草丛生的墓场。

也有人说，李贺生得太早了，人们不能充分明白他的价值。比如余光中就认为，李贺是一位"生得太早"的现代诗人。如果他活在二十世纪的中国，必然能在现代诗上有所作为。

对李贺的批评，有些有道理，有些没道理。

比如李贺生前遇到的一个人，就批评他只会写长调，不会写五言诗。[13]

这位朋友很遗憾，没有读过我们的小学语文课本。上面有一首李贺的《马》，恰恰就是一首五言诗。

李贺写诗很晦涩，喜欢弯弯绕绕，但他特意把自己最直露的情怀、最激昂的青春、最壮美的豪气，留给了这一首五言诗：

大漠沙如雪，燕山月似钩。

何当金络脑，快走踏清秋。

注释

[1] 冯至《杜甫传》："杜甫外祖的母亲又是舒王李元名的女儿。李元名是高祖的第十八子，太宗的弟弟。"而李贺的祖上，研究者多以为是郑王李亮，他是李渊的八叔，李元名的八爷爷。

[2] 杜甫《公安送李晋肃》："樯乌相背发，塞雁一行鸣。"

[3] 〔宋〕王谠《唐语林》："李贺以歌诗谒韩愈，愈时为国子博士分司，送客归，极困。"

[4] 李贺《唐儿歌》。

[5] 李贺《酒罢张大彻索赠诗》。

[6] 可怜的李贺到底活了多少岁？说法很多，说二十七岁、二十六岁、二十四岁的都有，反正是没活到三十岁。这里按照陈尧、云国霞《关于李贺生平的几个问题》中的说法："在诸多观点中，李贺生于贞元七年（791）、卒于元和十二年（817）、终年二十七岁的说法应是可靠的。"暂时认为李贺活了二十七岁。

[7] 〔宋〕刘克庄："长吉歌行，新意语险，自苍生以来所绝无者。"

[8] 明代王文禄说李贺："法《离骚》，多惊人句，无烟火气，在太白之上。"清代黎简说："论长吉每道是鬼才，而其为仙语，乃李白所不及。"超越李白，这大概是李贺得到的至高评价吧。

[9] 〔清〕王夫之："长吉长于讽刺，直以声情动今古，直与供奉为敌，杜陵非其匹。"王夫之是评诗的一代毒舌，这样推崇李贺，也是很不容易的。

[10] 林庚《中国文学史》说李贺是济慈那样的"啼血的夜莺"。把李贺和济慈、波德莱尔、柯勒律治做比较研究的文章不胜枚举。

[11] 〔清〕乔鹤侪《萝摩亭札记》说李贺："短钉成文，其篇题宜着议论者，即无一句可采，才当在温岐之下。温犹能以意驭文藻，昌谷不能。"

[12] 致干《没落贵族的诗人李长吉》（《文学杂志》1933 年 4 月第 1 号）："（李贺是）一个贵族诗人，他的立场是地主阶级的立场"，"没有同情农人和小民的痛苦"，"他的生活是建筑在对农人和小民的剥削上"。刘大杰《中国文学发展

292

史》:"(李贺)除了运用着最美丽的文字去描写肉欲与色情以外,内容是什么也没有的。"

[13] 李贺《申胡子觱篥歌序》说,自己曾经被人挑衅:"李长吉,尔徒能长调,不能作五字歌诗,直强回笔端,与陶谢诗势相远几里。"

"三百首"里不会有的那些"冷门"好诗

说完了李贺的故事，我们心里或许都有一点点怅然。接下来让我们再次暂停一下前行的脚步，休息一会儿，换一个更轻松的话题——那些"冷门"的好诗。我们从一本书《唐诗三百首》说起。

话说在清朝的时候，有一个知县叫作孙洙。他还有一个号，叫作蘅塘退士。这位孙县长虽然在官场上不是太成功，官职并不太高，但却编了一本书，大大的有名，那就是《唐诗三百首》。

这本书到底有多成功呢？这么说吧，唐代以来一千多年间，平均每两三年就能诞生一本唐诗选，但却没有一本能比《唐诗三百首》更家喻户晓的。

孙县长选诗是很有个性的。他不管你是什么流派、什么风格、什么题材，或者说，他对任何风格都没有偏见，而是只有一个标准，具体地说就是四个字：

脍炙人口！

能选进"三百首"的，无不是大家耳熟能详的名篇，比如五言绝句里，就有元稹的《行宫》、王维的《相思》、白居易的《问刘十九》；七言绝句里，就是贺知章的《回乡偶书》、李商隐的《嫦娥》、杜牧的《泊秦淮》……

这些作品，都是没有什么争议的热门作品，就好像是今天歌星的主打歌、成名曲，大红大紫，家喻户晓。几百年来，无数学生都是捧着它开始学唐诗，在心灵中点燃了热爱诗歌的第一束火焰。

但我们今天要聊的，不是这些热门作品，而是一些比较冷门的诗篇。就好像今天乐坛上，大歌星的成名曲固然脍炙人口，但也还有不少小众的歌手、冷门的专辑，虽然传唱不广，但也一样很有特色。

它们很少入热门排行榜，或是什么"流行金曲五百首"之类，如果不是发烧友，你可能都没听过这些音乐，但它们却各有各的迷人之处。

下面我们就来看几首这样的"冷门"好诗。

一

百年长扰扰，万事悉悠悠。
日光随意落，河水任情流。
礼乐囚姬旦，诗书缚孔丘。
不如高枕枕，时取醉消愁。
——王绩《赠程处士》

这首诗的作者是王绩。也许今天他不算妇孺皆知，《唐诗三百首》里也没有他的名字。但在隋末唐初，他却是最有成就的诗人之一。打开唐诗的辉煌历史，迎面走来的第一个人大概就是王绩。

相比于这首《赠程处士》，王绩更出名的作品是一首《野望》：

东皋薄暮望，徙倚欲何依。

树树皆秋色，山山唯落晖。

牧人驱犊返，猎马带禽归。

相顾无相识，长歌怀采薇。

这首诗可谓王绩的招牌之作。一说王绩，人们就会想起《野望》。它风格清新、淡雅，给人一种暖暖的感觉。正是因为这首"成名作"，使得王绩本人也留给读者一个恬淡谦退、人畜无害的好大叔形象，像是陶渊明再世。

然而我们大家可能都被《野望》给迷惑了。王绩根本就不是这样一个人。

他的一生性情旷达，嗜酒若命，人送外号"斗酒学士"。据说此人在唐朝当过一段时间的官，叫作"太乐丞"，他出仕的原因非常搞笑：是因为可以喝到同事史焦革酿的好酒。后来史焦革去世，王先生立刻辞官不干，回家隐居去了。

看看王绩给自己写的墓志铭就知道了："有唐逸人，太原王绩，若顽若愚，似矫似激。"这才是他向往的人格——根本就是一个狂士。

《赠程处士》里的王绩，大概才更接近他的真面目。"礼乐囚姬旦，诗书缚孔丘"，姬旦和孔丘都是圣人，王绩却认为一个被礼乐囚之、一个被诗书缚之，这在当时岂不是大放厥词吗。

但由于《野望》一不小心成名了，屡屡被各种选本选中，结果多年以来，他都留给人们一个安静沉稳的印象，真正的狂士王绩、酒鬼王绩反而不为人们所知。王绩如果泉下有知，恐怕会不爽的吧。

二

接着来看第二首诗：

> 梅岭花初发，天山雪未开。
> 雪处疑花满，花边似雪回。
> 因风入舞袖，杂粉向妆台。
> 匈奴几万里，春至不知来。
> ——卢照邻《横吹曲辞·梅花落》

卢照邻，作为"初唐四杰"之一，我们一提到他，第一印象就是善写七言歌行，例如赫赫有名的《长安古意》，"得成比目何辞死，愿作鸳鸯不羡仙"脍炙人口，水平已不输于盛唐时的一流歌行作品。

对他的五言诗，我们则往往印象很淡。《唐诗三百首》里，王勃、骆宾王都有五言诗入选，卢照邻却一首诗也没有。长期以来，大家都形成了一个"卢照邻不怎么会写五言诗"的印象。闻一多也说，"四杰"中大致分为两派，王勃和杨炯写五言，卢照邻和骆宾王写七言。

再加上卢照邻给人的印象是性格柔弱，最后还疾病缠身、投水自尽，更让人觉得他只会写婉约缠绵的七言歌行了。真是这样吗？

看一下他这首不算太出名的五言诗《横吹曲辞·梅花落》吧。多么流畅，又多么雄壮的一首诗，这是纯粹的男子汉的诗。当卢照邻看见梅花落下，想到的并不是赏雪、妓女、诗酒，而是天山的战士，是"匈奴几万里，春至不知来"——谁说卢照邻不会写五言诗、卢照邻太柔弱呢。

作者选择的乐府诗题，叫作"横吹曲辞"，它的本意就是马上的军乐，说明卢照邻一开始就打算要写一首豪迈的诗。

唐朝的诗人，能力是多面的，性格也是多面的。一直写宫廷诗的宋之问，也可以"佳期应借问，为报大刀头"；一直被认为是"山水田园诗人"的王维，其实边塞诗数量非常多，质量也很棒，"日暮沙漠陲，战声烟尘里"，什么题材都能玩。既然连王维都能被误读，卢照邻又岂能不被刻板化呢。

三

秋风凛凛月依依，飞过高梧影里时。

暗处若教同众类，世间争得有人知。

——郭震《萤》

接下来再看一位很有意思的诗人，叫作郭震，唐初的大臣。让他在文坛上青史留名的，是一首著名的长诗《宝剑篇》：

君不见昆吾铁冶飞炎烟，红光紫气俱赫然。

良工锻炼凡几年，铸得宝剑名龙泉。

龙泉颜色如霜雪，良工咨嗟叹奇绝。

琉璃玉匣吐莲花，错镂金环映明月。

…… ……

这首诗很可能还受到了武则天的激赏。传说郭震当年"任侠使气"，武后听见了他的名头，召来一看，果然出语不凡、人才难得。武则天又让他献诗文来看，郭震交上去的就是《宝剑篇》，武后大为赞叹，还拿给大臣们欣赏。

由于《宝剑篇》气势雄浑，也让郭震在我们心中留下一个黑又硬、粗豪勇敢的印象。以至于在唐代的传奇小说里都专门有一篇讲郭震的玄怪故事，说他见义勇为，杀死了一个猪妖，解救了民间少女。

但真是如此吗？从郭震其他的一些作品来看，他可不完全是个粗豪汉子，心思其实还蛮细腻的。尤其是一些小诗写得有特色。比如这一首《萤》：

"秋风凛凛月依依，飞过高梧影里时"，这是说环境，乃是一个深秋的夜晚。它还隐含告诉你一点：周围的一切，都比小小的萤火虫更巨大、更引人瞩目，且不说秋风、明月了，哪怕高大的梧桐，也能随便遮蔽你。

可是萤火虫却有自己的办法，它在努力闪烁着，在深夜之中，用那一点萤光，向一切高大伟岸的东西宣布自己的存在。哪怕是梧桐巨大的树影，都不能遮蔽住它。

这很像我们现代的歌曲：没有花香，没有树高，但谁也不能忽视我的闪耀。

最后，诗人发出感叹："暗处若教同众类，世间争得有人知。"越是在暗处，就越不能自甘平庸，越需要闪亮，不然世上哪里有人知道你的存在呢！

郭震这碗鸡汤炖得好。要说道理，其实并没有什么深刻之处，可他偏偏炖得那么有诗味，似乎是在说哲理，似乎又是在感慨身世，告诉千百年间的读者：我就是那只萤火虫。

郭震其实特别善于从小动物、小物件上入手，写出与众不同的角度。又比如这《野井》：

> 纵无汲引味清澄，冷浸寒空月一轮。
> 凿处若教当要路，为君常济往来人。

这首诗非常耐人寻味。它大意是说有一口井，出水非常甜，却偏偏被开凿在野外，来汲水的人很少。作者感慨：如果这口井位于大路、要道上的话，一定会滋润多得多的人吧！

这哪里是在说野井，这明明说的就是郭震自己，是一首怀才不遇的牢骚诗。

郭震的人生仕途，乍一看并不像"野井"。他曾长期治理边疆，立下不少功劳，不断升迁。武则天的时候他受重用，唐睿宗、唐玄宗的时候也受重用，似乎全不受一朝天子一朝臣的影响。后来他做到了兵部尚书、宰相，封代国公，表面上似乎一帆风顺。

但他也不是没有受过挫折和打击的。最沉重的一次打击发生在晚年。据说在一次军事演习中，他不恰当地出来奏事，打乱了演习，唐玄宗又借口军容不整，要绑了他斩首，被大臣们苦求告免。当然，这只是表面原因，根本上还是君王猜疑、厌弃他，要借故清理。

郭震由此被流放，一竿子给捅到广东。过了一阵，大概皇帝心情好了些，又让改去江西鄱阳。

《野井》到底是青年不遇的时候写的，还是晚年被逐的时候写的呢？都有可能。但在人生的最后，郭震一定是非常郁闷的，"冷浸寒空月一轮"，就像他的心情。大概正是由于心情抑郁，他在去江西的路上一病不起，五十多岁就去世了。

脍炙人口的《宝剑篇》，让我们记住了一个刚猛的郭震；而默默无闻的《萤》和《野井》，却静静诉说着一个细腻、敏感、幽怨的郭震。

四

十里一走马，五里一扬鞭。

都护军书至，匈奴围酒泉。

关山正飞雪，烽火断无烟。

——王维《陇西行》

之前说了，不少唐朝诗人的身上都有标签，有的是"边塞诗人"，有的是"田园诗人"，王维就经常被说成是"山水田园诗人"。但他本人要是听见，大概多半不会乐意的：你才是山水田园诗人，你全家都是山水田园诗人。

王维其实很会写边塞诗。林庚说，王维的边塞诗留下来三十多首，而著名的"边塞诗人"王昌龄不过只有二十多首，而同样以边塞诗著名的李颀只有不到十首。[1]

他有的作品慷慨热烈，侠气十足，不输于骆宾王、陈子昂，比如这一首《陇西行》：

"十里一走马，五里一扬鞭"，明明是写战争的诗，王维开篇却不写打仗，只写一个骑士在飞马扬鞭，玩命地跑。他这是要干什么呢？原来是去送信，因为"匈奴围酒泉"了。这才是真正的战事，王维却故意放到第四句才写，反而更显得山崩地裂，十万火急。

最后两句，王维笔锋又一转："关山正飞雪，烽火断无烟。"原来大雪之下，烽火台点不着，无法给后方报信。这么一来，送信的使者身上的担子就更重了，救兵如救火啊，他怎么能不风驰电掣、快马加鞭呢。

这首小诗，明快短促，一气呵成，这样的诗人，你给他一个山水田园诗人的外号，他能开心吗？

其实，王维除了边塞诗，还有一类诗——社交应酬诗也写得不错。

本来这类诗很容易写成套路的，但王维不同，赠文臣的、送武将的，写得既应景妥帖，又有相当文学价值，不是空洞套话。朋友中有考试不中的，有辞官回乡的，王维赠诗，都能在温勉之中见情真意挚，而且写出了新意，不落俗流。[2]

今天这里看一首他写给朋友的诗，写得很浅近通俗：

> 酌酒与君君自宽，人情翻覆似波澜。
> 白首相知犹按剑，朱门先达笑弹冠。
> 草色全经细雨湿，花枝欲动春风寒。
> 世事浮云何足问，不如高卧且加餐。
> ——王维《酌酒与裴迪》

在和朋友对饮的时候，王维打开了话匣子，对世道人心做了一次小小的吐槽。他说：人心的变化啊，像波澜一样反复无常，你没见到"白首相知犹按剑，朱门先达笑弹冠"吗？

对于这两句，金庸在武侠小说《白马啸西风》里做了一番解释：

你如有个知己朋友，跟他相交一生，两个人头发都白了，但你还是别相信他，他暗地里仍会加害你的。他走到你面前，你还是按着剑柄的好。至于"朱门先达笑弹冠"这一句，那是说你的好朋友得意了，青云直上，要是你盼望他来提拔你、帮助你，只不过惹得他一番耻笑罢了。

　　可能是因为性格，王维的诗里，比较少有李白、杜甫那样的大悲大喜，不常见到太激烈的表达。但一个人性子温和，不等于头脑糊涂。他少年成名，一生宦海沉浮，对世事看得很透。只不过他不走极端，也不太善于毒舌，一句"人情翻覆似波澜"，带着一点点坏笑，一点点讥刺，已经是对世道人心的最重的吐槽了。

　　从各种诗里，我们能读出不一样的王维，一个既恬静又侠气，既不平又豁达的王维。

　　所以，读诗越多，我们对诗人了解就越全面。"熟读唐诗三百首，不会作诗也会吟"，固然是这个道理，但要真正品出唐诗的味道，读懂千年前那些诗人们的心事，只读三百首还真不够呢。

注释

[1] 林庚《唐诗综论》："把盛唐诗人划作山水、边塞两派，本来就有碍于我们全面地认识一个诗人。"

[2] 王维赠送给落第的朋友的诗很有特色，例如《送丘为落第归江东》："知尔不能荐，羞称献纳臣。"《送綦毋潜落第还乡》："吾谋适不用，勿谓知音稀。"

何当共剪西窗烛

一

闲话之后,让我们继续回到唐诗的史话中。之前,我们聊了群星罗列的中唐,现在该向唐诗的最后一段风景——晚唐进发了。

815 年,中书舍人韩愈改了他的网络签名:

"李杜文章在,光焰万丈长。伊我生其后,举颈遥相望。"

他感慨说,前辈李白和杜甫的文章啊,真是光芒万丈。我作为他们的后人,只能抬头遥望,怎么都追赶不上。

韩愈是当时的文坛领袖,大唐诗歌俱乐部常务副主席。连他都自愧不如李白、杜甫,看来盛唐的那些家伙真是太牛了。诗歌到了今天,真的是要走下坡路了吧?

然而,不一定。

就在这一年,在郑州荥阳,一户普通的官宦人家里,有一位叫作李嗣的县令正在教孩子识字。儿子只有两岁,但特别聪明,学什么都很快。

李县长摸摸孩子的头:儿啊,你这么小,就学这么多字,累不累啊?

不累。孩子用稚嫩的声音说,又埋头识起字来。

说不定这个孩子能有点出息呢。李嗣心想。

我们必须恭喜李县长，他猜对了，这个孩子就是李商隐。有他在，李、杜的文章就后继有人，晚唐的诗坛就不会荒芜。

之所以给他取名"商隐"，字"义山"，大概是要他像秦汉时期著名的隐士"商山四皓"一样，不一定当多大官，但是有德有才，留下好名声。应该说，儿子没有让他失望。

"李商隐"这三个字，成为了唐诗史话里最光辉灿烂的名字之一。

二

转眼到了 829 年，韩愈已经离世，白居易、元稹几位老炮，要么已经抱病卧床，要么渐渐淡出江湖。

那一年，在东都洛阳，才刚十六岁的李商隐，兴致勃勃地来到了一位大领导令狐楚的家里。

所谓的大领导，究竟是多大的官呢？在这一年的年初，他是检校兵部尚书、东都留守，也就是有国防部长级荣誉头衔的东都留守，也是东都系统的最高长官。在整个洛阳城里，他就是最大的干部。到了这一年的年底，他又前进一步，做了检校右仆射，也就是代宰相。

而李商隐呢？虽然在后来的诗文里，他一再说自己是皇帝家的亲戚，但这一点从来没有被官方承认过。他的父亲尽管做过县长，但这时也已经去世了好几年。李商隐跟着母亲在洛阳[1]安了家，生活很贫困，靠给人家抄书、舂米，赚点钱贴补家用。

可是，大干部令狐楚一见到穷孩子李商隐，竟然特别高兴，连白胡子都开心地飘起来，拉着他的手，说：来来来，好孩子，我等你好久啦！来跟我认识一下府里的人吧！

他带着李商隐在府里参观，每遇到了人，就热情地介绍：

记住啊，这个孩子叫作李商隐，我看过他的文章，写得棒极啦，以后一定有大出息！

在书房，他们遇到了一个正在练字的男子，他大概三十多岁，面相稳重。这个人叫令狐绹，是令狐楚的儿子。

看到老爸，令狐绹吃了一惊："爹，你又来检查啦，我真的有在用功啊！你瞧，我今天写了这么多……"

"咳……不是检查。"令狐楚说，"来，介绍一个年轻人给你认识，他叫作李商隐，虽然年纪比你小，但才华可比你高啊！以后你要和他多接触，多学习。"

令狐绹有点惊讶。他了解自己的老爹阅人无数，眼界很高，平时很少这么看重人的，何况是眼前这样一个寒门少年。

他放下笔，绕着桌子走过来，微笑着和李商隐握手：

"你好，商隐，我叫令狐绹，今后多多指教。要是生活上有什么困难，只管开口。"

令狐家对于李商隐很照顾。令狐楚不久就召他来做幕僚。李商隐几次去参加考试，令狐楚都资助了他。后来李商隐回忆说，自己有一件破袍子穿了十年，多亏令狐家的赞助，才能做件新衣服上考场。

李商隐在诗人圈子里没有人脉，名气不大，令狐楚就介绍他认识当时腕儿最大的诗人白居易、刘禹锡，还介绍他去做刘禹锡的幕僚。诗坛上，谁要是说李商隐坏话，令狐楚老人家往往还亲自出马，亲自帮李商隐骂回来。

令狐楚还教李商隐写文章。你可能有点怀疑：老爷子资助李商隐没问题，但要教人家写作文，他行不行啊，他不会是只能写"老干部体"的诗歌吧，还能教得了李商隐？

那你可就小看令狐老爷子了。事实上，令狐楚的骈文当时被称为"三绝"之一，而其余的两绝说出来吓死人，乃是韩愈的古文、杜甫的诗歌。后来李商隐成为骈文大家，很大程度上多亏了令狐楚这些年的教诲。

令狐楚对李商隐很关心，那么令狐绚呢？他也会像老爹一样善待李商隐吗？看来是个未知数。

开成元年（836），李商隐又一次准备高考。之前他考了四次都没有中。而令狐绚中了进士后，靠着深厚的背景，以及自己稳重的做事风格，逐步晋升。

李商隐想起了令狐绚。他点亮台灯，铺开纸，给他写了一封求助信：

"现在老兄你越来越顺，我却还是一直没有什么长进。着急啊！"

令狐绚收到了信，看了几遍后，没有表态，放进了办公桌抽屉。从他平静的表情上，完全看不出要不要帮李商隐的意思。

终于，李商隐的第五次高考到来了。他怀着忐忑的心情交了卷。这一年的主考官正是令狐绚的朋友。

他问令狐绚：令尊门下的人士，令狐兄和哪一个关系最好？

这是非常有深意的一问。可以说，令狐绚答出谁的名字，谁就要占便宜。唐朝的高考就是这样要拼关系的。

令狐绚淡定地回答了三个字：李商隐。

问了四次，令狐绚的回答都是同一个名字：李商隐。

不久，礼部公布了录取名单。李商隐赫然在列。他终于中了进士了。

他非常感激，对令狐绹说了不少感谢的话。令狐绹挥挥手：

"不要客气。我把你当兄弟。"

这一年，老爷子令狐楚病重。临终前，他让李商隐为自己起草遗表，还让他奉丧回长安，这是完全把李商隐当成自己家的孩子看待了。

人生中能遇见令狐楚，是李商隐的幸运。十年来，这位爱才的老人一直无私地帮助着他。在李白、杜甫的一生中，都没有遇到过这样给力的知遇之人。

对于这位伯乐，他无以为报，只有写诗。比如这一首《谢书》：

微意何曾有一毫，空携笔砚奉龙韬。

自蒙半夜传衣后，不羡王祥得佩刀。

这是一首满怀感激的诗，里面用了三个典故。

第一个，是张良和黄石公。张良是汉朝的开国功臣，年轻的时候遇到怪老头黄石公，老头故意把鞋子踢到桥下去，张良恭恭敬敬地给他捡起来，来回几次考验之后，黄石公终于传了他《太公兵法》，成就了他的事业。

李商隐诗里面的"龙韬"，就是太公兵法里的一篇《龙韬篇》。李商隐这是把令狐楚比作黄石公。

第二个典故，是佛教里的"传衣"。禅宗五祖弘忍把袈裟传给慧能，后者成为了禅宗六祖。李商隐说，这就像是令狐楚对自己的恩情。

第三个典故，叫作"王祥得佩刀"。晋代的大臣吕虔有柄佩刀，传说只有做了"三公"这样大领导的人才能佩带。如若你资格不到，佩了这把刀反而有害。吕虔把刀传给了晚辈王祥，最后王祥果然做了司空、太保，位列三公。

李商隐的意思是，我得到了您传的衣钵和学问，比什么都珍贵，就连王祥得到佩刀那样的际遇我也不稀罕了。

其实，哪怕这三个典故我们一个都不懂，也是能读懂这首诗的，照样能看得出李商隐满满的感激之情。

终于，令狐楚的丧事圆满完成了，令狐绹和李商隐都舒了口气，互相对望了一眼，微微一笑。这对朋友相识已有十年了，虽然一个仕途节节高升，另一个还在等待时机，双方的地位有了差距，但毕竟共同经历过青涩年华，美好的记忆还留在各自心头。

我们要把这份关系维持下去。他们都想。可惜两人都忘了一件事：友谊的小船说翻就翻。

三

这一天，李商隐给令狐绹打来了电话，字斟句酌地说：

"绹兄，我过几天要去甘肃泾州了，去王茂元手下做事。"

王茂元，当时担任泾原节度使，是官场上一个颇有实力的人物。

令狐绹有点吃惊，愣了一下："你想好了？那里……可有点远啊。"

李商隐回答："想好啦。这些年老给你添麻烦，太不好意思。

等有机会回长安，就来看你。"

"好吧。一路平安。"令狐绹说完，默默挂了电话。

一种强烈的不爽浮上他的心头。商隐啊商隐，我爹这才过世呢，你这么快就要另找靠山啦？要攀高枝，那也由得你，可是你非要找王茂元，考虑过我的感受吗？

为什么令狐绹很介意王茂元这个人呢？一般的说法是，他们两家是对头。当时朝廷上党争严重，两派人几十年间互相倾轧，以搞垮对方为使命。其中一派叫"牛党"，领头人叫作牛僧孺，另一派叫"李党"，领头人叫李德裕。

一般普遍认为，令狐家属于牛党，而王茂元属于李党。现在令狐楚一死，李商隐就去做王茂元的秘书，在他们看来，这叫作背叛，就好像皇马的球员去投奔巴萨一样。

电话的对面，李商隐也心情沉重，缓缓放下了听筒。他也有他的心事。

绹兄啊绹兄，你可能有点不开心，觉得我另攀高枝吧？

可是我毕竟不能和你比啊，你是什么门第、什么前程啊，而我呢？没有了靠山帮忙，在今天这样的官场怎么能生存下去啊。我毕竟不是你家的人啊。现在王茂元很欣赏我，诚心诚意邀请我去。这样的机会，对我来说不多的，怎么能轻易放弃呢。

李商隐带着不多的行李去了泾州。那里是和吐蕃打仗的前线，条件比首都艰苦很多。他并不介意，开始努力工作，要好好表现，博一个前程。

王茂元也确实是个爱才的人。话说当时有一个人叫作韩瞻，开成二年（837）的进士，挺有才学。王茂元看了很欣赏，大手一挥：把我女儿嫁他！

没想到，婚事办完，王茂元认识了李商隐，一看就呆了，这小子比韩瞻还有才，而且那一年考进士，李商隐的名次比韩瞻还高。

家人小声问：老爷，小姐已经嫁了，这可怎么办。

王茂元大手又一挥：没事，大小姐嫁了，二小姐不是还没嫁吗！

就这样，开成四年（839），李商隐成了王茂元的女婿。顺便说一句，他的那个连襟韩瞻，后来生了一个儿子，就是晚唐著名的艳情诗人韩偓。李商隐是他的姨父。

婚礼上，李商隐拜倒在王茂元面前，就像当年他拜在令狐楚面前一样。

他的感激是真心的。李商隐也不傻，他知道这样一来，自己彻底就成了王茂元的人了，也就彻底成了所谓"李党"的人了。但那所谓的"牛李党争"，对他来说是上面神仙打架的事，他管不着，也顾不上。他只知道，反正眼前这个老人是对自己真心好，跟着他做事有奔头。

就在那一天，令狐绹的签名变成了简单的两个字：

"呵呵。"

当时，各级官员、文士们的论坛和聊天群里，特别是牛党人的内部群里，冒出来好多挖苦李商隐的帖子。比如《论一个见风使舵者的修养》《李某人，你还记得有个人叫令狐楚吗?》《做人不能太李商隐》……

李商隐无法分辩，默默退出了这些群。那些日子，在泾川县城外的小路上，常常看见他在独自徘徊。

这一天，他信步登上城北的安定城楼，举目远眺，远处树木郁郁葱葱，洲渚尽收眼底。忽然间手机响了，低头一看，朋友又转来了一篇笑话他的文章，提醒他注意，题目叫作《有一种投机，叫作当女婿》。

李商隐关上了手机，心潮起伏。他拿起笔，写下了一首诗：

> 迢递高城百尺楼，绿杨枝外尽汀洲。
>
> 贾生年少虚垂泪，王粲春来更远游。
>
> 永忆江湖归白发，欲回天地入扁舟。
>
> 不知腐鼠成滋味，猜意鹓雏竟未休。

那一年，李商隐二十六岁。他写出的这一首诗，就是传唱不衰的名篇《安定城楼》。

李商隐把自己比作贾生，比作王粲。大家不妨留意一下这两个名字，因为唐代的诗人们会一次又一次地把自己比喻成这两个人。如果不熟悉他们，有些诗我们就会看不懂。比如李白说，"君登凤池去，勿弃贾生才"，我们就不会明白李白到底是想说什么。

他们俩是什么人呢？简单地说，都是过去历史上的天才少年，才高八斗，作文大赛得第一、选秀必定拿冠军的。贾生叫作贾谊，就是语文课本里《过秦论》的作者，汉朝初年的人，年纪很轻的时候就以文章知名。后来司马迁写《史记》，把贾谊和谁放在了一个传里一起写呢？是屈原，叫作"屈原贾生列传"。他们一起被后人叫作"屈贾"。你看贾谊的水平有多么高。

再说王粲。他比贾谊晚一点，汉末三国时期的人，也是少年有才。大家应该都听过一个著名的文学组合，叫作"建安七子"。王粲不但名列七子，而且是这个男子组合的主唱、灵魂人物，水平最高的一个，被叫作"七子之冠冕"。之前说贾谊被人和屈原并称，叫作"屈贾"。那么王粲又被人拿来和谁并称呢？是曹植，人称"曹王"。

这两个人，都经历过一番沉沦。贾谊少年的时候给皇帝献策，提建议，但不被采纳，所以叫"年少虚垂涕"。王粲青年时从长安跑到荆州去投靠刘表，寄人篱下，很不得志，所以叫"春来更远游"。

但李商隐大概没有料到的是，他自比贾谊、王粲，仍然是比得太美好了。他后来的际遇其实还不如这两位。

几年之后，岳父王茂元去世了。是的，小李同学就是这么点儿背，老丈人还没有什么机会栽培提拔他就撒手人寰。李商隐又一次失去了靠山。这时候李商隐三十一岁，已经拖家带口。长安的人才市场上，又出现了他抱着简历找工作的身影。

"啊哈，你看那个女婿，改换门庭，还以为他飞黄腾达了，现在怎么又来投简历啦？"

"那还用说？现在李党不行啦，他老丈人又挂了，他当年去投靠李党，这叫作上错船啦……"

旁边，人们三三两两地议论着。李商隐只当没有听见。

这几年，他不断跳槽，一会儿在长安，一会儿又在桂州、徐州给人做秘书和参谋。

在最困顿的时候，他还会摸出手机，看着上面一些号码。那些都是他找人打听来的牛党要人的号码，都是在朝廷里正当红的，比如宰相周墀，又比如首都市长郑涓。终于，他叹了口气，字斟句酌地给他们编辑短信，拉近关系。

这些短信，有的人回了，有的人没回。一些短信被截屏传了出来，让人知道了，又笑他没节操。

很快，时间来到了大中五年（851）。那是李商隐人生最艰难的一年。

他又一次失业了。新近投靠的老板——武宁军节度使卢弘正在这一年病故。这位卢老板算得上一位名臣，很有能力，他的父亲是著名诗人卢纶，就是写"林暗草惊风，将军夜引弓"的那位。可惜，他也没有太多机会照拂李商隐。

李商隐独自收拾着行李。这些行李，两年前他才从家里带到徐州，没想到现在又要带回去。想到这个，他自己也不禁苦笑。

忽然，手机响了，是家里人打来的。

"义山，你动身了吗？"电话对面，家人的声音有些异样。

"快啦，我在收拾行李。"

"唉……动作快点吧。"家人欲言又止，终于说，"夫人的情况，有点不太好。"

瞬间，李商隐呆在当地，说不出话来，只觉得一阵阵眩晕。

他娶王氏夫人，当初是因为岳父赏识，也的确是为了给自己找个靠山。但是这些年里，他们同甘苦共患难，感情一直是很好的。

李商隐草草收拾了一下，飞奔回家。等他翻越重重关山，终于赶到家中的时候，王氏夫人已经不在了。他没能见到最后一面。

空荡荡的闺房里，只剩下冰凉的玉簟，上面盖着碧绿的轻罗，旁边还摆放着锦瑟，那都是她的遗物，可那美丽的人，却再也不会回来了。

那些天里，在夫人的锦瑟旁边，李商隐整夜枯坐着，却并没有流泪。

某日，家人在他的书桌上发现了一页纸，压在砚角，上面写满了凌乱的字迹，是一首诗。

他念了出来：

> 锦瑟无端五十弦，一弦一柱思华年。

庄生晓梦迷蝴蝶，望帝春心托杜鹃。

沧海月明珠有泪，蓝田日暖玉生烟。

此情可待成追忆，只是当时已惘然。

这一首诗，就是著名的《锦瑟》。

唐诗里面，像这么美的诗，也还是有的。但再难找出这样的一首，在一片华美的氤氲里面，却藏着难言之痛、至苦之情。

他是诗人，他的泪，是要流到诗里去的。

四

相比于李商隐，令狐绹的人生直线上升，从考功郎中、知制诰，一路做到翰林学士、中书舍人，岗位越来越重要。大中五年，令狐绹已经做到了宰相，风头之劲，一时无两。

这天他办完了公，秘书拿过来一堆选好的信，一封封给他看。

"有没有李商隐的？"他看完信，忽然问。

秘书一愣："有倒是有，到了两礼拜了，怕您不乐意看，就没有拿过来……"

"唉，我不是说过吗，李商隐的信，都要给我。"

信很快被取了过来。读过之后，令狐绹陷入了沉思中。

他过得真是很不好啊。今年也三十八、三十九了吧，不年轻了，太太最近又过世了，一定很难过吧。现在又来信想要我帮他谋工作。可是……也难啊。

令狐绹拉开底层的抽屉，里面放着一些李商隐的旧信，都是几年前的，有的已经发黄了。他信手翻着，随机拆开一封，李商隐以前写下的几句话又映入眼帘：

> 一日相从，百年见肺肝。尔来足下仕益达，仆困不动，固不能有常合而有常离。

令狐绹轻轻吁了一声，不动声色，就像他平时一贯的凝稳神态一样。他把信叠好，又放进了抽屉。在他的脸上，没有任何的悲喜。

一段时间之后，李商隐忽然接到通知，到人事部门报到，要找他谈话。

工作人员言简意赅，告诉李商隐，你得到了一个职位——太学博士，级别是正六品上。

听着不算太牛，但这其实是李商隐至今为止担任的级别最高的一个职位了。在他人生最穷蹙的一年，令狐绹帮了他。

后来，很多人评论说，令狐绹不够朋友，太抠了，这么一个小官、冷官，就打发了李商隐。他一定是还记恨李商隐呢！

这是什么逻辑呢？令狐绹应该帮李商隐到什么份儿上，才算是讲义气、够朋友呢？

对于这件事，云南大学傅剑平老师有一段话，我觉得讲得很到位，引在这里：

> 这个国子博士的"冷官"，他（令狐绹）的亲哥哥令狐绪就曾做过。这个自己亲哥哥做得的官职，李商隐就做不得？这样荐引安排，就是敷衍塞责，挤兑压制？……令狐绹要荐引李商隐一个什么样的官职，才能平息古往今来、千年不息的种种

物议指责呢？

　　以当时的政治形势而论……李党已被一网打尽，泥沙俱下，玉石俱焚，政治党派斗争早成你死我活的白热化状态。在这种情况下，令狐绹能不计前隙，做出这样的安排，不是已经十分难能可贵了吗？[2]

　　说令狐绹爱记仇、寡义，是不太公平的。确实，李商隐和他之间，关系不可能再和当初年轻时完全一样了。人生的际遇、经历如果相差太大，生活的轨迹渐行渐远，感情和关系是不可能没有变化的。就连李商隐自己都明白："固不能有常合而有常离。"这是人性之常，不能说是令狐绹的错。

　　今天，我们参加个中学同学会，都往往会觉得隔膜了，聊不到一块儿了。这种情感，我们可以有，令狐绹一个做宰相的人就不可以有？

　　后来，李商隐又生活了七年，换了几处工作。大中十二年，也就是 858 年，他死于故乡。晚唐也许是最牛的一个诗人，终于悄无声息地走了。

　　前文说了，他把自己比作贾谊、王粲，结果从仕途上来说仍然太乐观了。贾谊后来虽然失宠，但早先毕竟被汉文帝欣赏和提拔过，还采纳了他很多重要建议。王粲早年怀才不遇，但后来很受曹操父子的信任，封关内侯，又做过侍中。王粲死了之后，曹丕还为他搞了一次有名的"驴鸣送行"，提出："老王平时爱听驴叫，我们大家就学一次驴叫，为他送行吧！"现场顿时一片驴鸣之声。

　　李商隐的际遇远不如这两个人。非要说的话，他只有寿命超过了他俩，贾谊活了三十二岁，王粲活了四十一岁，李商隐活了四十五岁——三大才子，活四十五岁就能拿冠军，听着也是让人想哭。

李商隐死后，葬在了河南故乡。每年七八月，在当地的雨季，点点雨水洒落墓园，打湿了树叶，流淌进池塘，就像他写的那一首诗：

君问归期未有期，巴山夜雨涨秋池。

何当共剪西窗烛，却话巴山夜雨时。

这首诗，有人说题目是《夜雨寄内》，是寄给妻子王氏的，因为他们俩伉俪情深，感情很好。也有人说题目是《夜雨寄北》，是寄给令狐绹的，这对朋友也算是有始有终。

今天的我们已经没法确定，在那一天的雨夜，他究竟是想和谁共剪西窗烛了。那是李商隐美丽的小秘密。

注释

[1] 李商隐定居在东甸。关于这个"东甸"到底在哪里，有很多说法，认为是蒲州、怀州、郑州、洛阳的都有。本文暂且采信李商隐在洛阳的说法，去见令狐楚最方便，让他少走一点路吧。

[2] 傅剑平《李商隐与令狐绹关系要论》（《华南师范大学学报》，2006 年 8 月）。

李商隐的小宇宙

一

曾经有一个古老的故事，叫作"一道传三友"。

在《封神演义》里，有一个终极大神，叫作鸿钧道人。他把道术传给了三个徒弟：大徒弟老子，二徒弟元始天尊，三徒弟通天教主。后来所有的神仙故事，都是从这"一道传三友"开始的。

在金庸的武侠小说《倚天屠龙记》里，也有一个"一道传三友"的故事。

南宋末年，少林寺遭到强敌来攻。危难之际，高僧觉远大师挺身而出，力战护寺，却反而招致寺中小人妒恨，被谗逐出寺，不久后就去世了。

临终之前，觉远大师背诵《九阳真经》的经文，有三个人有幸在场，各自听见了一部分。后来，他们分别习练神功，开宗立派，都成为一代宗师。

这三个人，一个是无色禅师，一个是郭襄，还有一个就是张三丰。

后来，每当拿起《倚天屠龙记》，读到这一节，想象觉远大师的高风懿范，还有那一次影响了武林上百年的深夜传功，都让我很怅惘。

其实，在唐诗的历史上，也是有过这样一次"一道传三友"的。谁是觉远大师呢？就是伟大的杜甫。

让我们发挥一下想象吧。那一晚，就像《倚天屠龙记》里所写的一样，山谷中一片宁静，暮霭四合，归鸦阵阵。

杜甫悄然端坐着。这位卓立千古的一代宗师，就像觉远大师一样，正语气平静地低声宣讲，阐述着关于诗歌的道理。

在他的面前，有三个晚辈正盘膝而坐，带着满脸的崇敬，聚精会神地聆听，唯恐错过了一个字。他们是两个青年，一个少年。

这一堂课持续了大半夜，直讲到斗转星移，月落西山。老师已经离去了，三个学生却还一脸迷茫地坐在那里。杜甫讲的内容，他们有的懂了，有的还不能全懂，都在苦苦思索。

忽然间，一个青年浑身一震，惊呼："我明白了！我明白了！"

他大笑着，长身而起，向老师的方向深深一礼，大踏步而去。

这个后生的名字，叫作韩愈。[1] 杜甫一生的绝学，他得到了一个字——"骨"。后来，他果然成了一位大高手，开创了属于自己的门派。他的诗，奇崛陡峭，骨力遒劲，"七尺大刀奋如湍，丈八蛇矛左右盘"，人们都说，很多方面真的很像杜甫。[2]

又过了一会儿，另一个青年露出微笑，喃喃说道："我悟到了！我悟到了！"

他的名字，叫作白居易。杜甫的绝学，他也得到了一个字——"真"。

白居易后来也成为了一派宗师。他用最率真、最浅白的语言写诗，很多直接是用口语。他还关心着时事，看见了什么不公平的现象，就直抒胸臆地呐喊出来，不怕得罪人，就像杜甫当年写《石壕吏》《新安吏》一样。人们也说，他这些地方好像杜甫。

两个青年先后都走了，只剩那个少年还留在原地。

他仍然在思考着。天渐渐地亮了，徐徐晨风吹来，少年终于豁然贯通。他得到了杜甫的一个字——"情"。

许多年后，他也成了一代宗匠，而且是对后世影响最大的唐代诗人之一。他的诗，和杜甫一样，"温柔敦厚""忠爱缠绵"，对天地万物、一虫一鸟、一草一木，无不饱含着深情。

后世的王安石说，唐朝的人学杜甫，真正学到家的，只有他一个。还有人说，他得到杜甫的真传，因为两个人骨子里都是天性特别醇厚的诗人，都是深于诗而多于情，"忧乐俱过于人"。[3]

他的名字，就是李商隐。

二

如果不是李商隐，晚唐的诗没有那么绚丽。

上一篇文章里，我们讲了李商隐的故事。这一篇，我们来讲他的意义。

他是有一个小宇宙的。明清之交的学者吴乔说，唐代诗人里能自己开辟一方宇宙的，只有四个人：李白、杜甫、韩昌黎、李义山。[4] 李义山就是李商隐。

"宇宙"这个词，不太好懂。今天我们叫作"次元"。唐诗大概有过三个次元。

从初唐到李白、杜甫，是第一次元。李白和杜甫两位，是一次元的顶峰。

到了顶峰，不能再高了，除非把天捅个窟窿。于是韩愈的时代开辟了二次元。它不是韩老师独自开辟的,而是和白居易、元稹、贾岛、孟郊等众多高手合力开创的成果。

这个全新的次元里,诗人们把旧世界的维度打破了,制定了新的物理规律,由此诞生了各种奇观:有"通俗浅白派",有"惊险奇崛派",有"苦仄怪异派",诗国的苍穹之下,布满了一个个壮观的浮空天体。

这一个新的世界维持了数十年,又开始出现了不稳固的迹象,大地轻轻震颤着,元素的碎片如雨点般从天剥落。

这一个时代的伟大的造物主们,如韩愈、如刘禹锡、如白居易,要么死亡陨落了,要么因年老而迟钝了,[5]二次元的世界出现了坍塌之势。

有一个诗人在这关键的时刻出现了。他要穿破云层,再造一个全新的次元。这个人就是李商隐。

他手指到处,暗沉沉的云被冲破一个洞。霎时间五彩的光照了进来,带着异香的风吹了进来,人们惊呼着抬头,看到了那一孔之外的全新的世界——一个绵延无尽的曼妙虚空。

白居易、韩愈们所主持的那个二次元,是最后一个凡人可以注释和理解的次元。他们写的诗,不管再险、再怪,也都是我们可以读懂的。而李商隐所开辟的三次元,再也不可解释、不可笺注了,对于它的奥妙难明,我们别无能为,唯有感受。

三

其实,李商隐本来完全不必开创什么新的纪元的。以他的本事，完全可以在旧的纪元里呼风唤雨。

这有点像画画的毕加索。据说毕加索曾经声称，自己十四岁的时候，就能画得像拉斐尔一样好。李商隐也可以轻狂地说，我早就可以写和杜甫老师一样的诗了。

他的有些诗，分明就是杜诗。你看"永忆江湖归白发，欲回天地入扁舟"，多么像是杜甫的诗啊！"天意怜幽草，人间重晚晴""苍桐应露下，白阁自云深"，又多么像是杜甫的诗啊！难怪宋代的学者感叹说：把它放在杜甫的诗集里也毫不违和！ [6]

就像毕加索一样，对于旧世界的这些功夫，小李早已经练得纯熟了。他是晚唐诗人里最全能的一个，五言七言、古诗律诗、长篇短篇，乃至四六骈文，他的水平都是顶级的。

他的七绝几乎可以和李白、王昌龄相埒，长篇五言古诗的造诣甚至在韩愈之上。清代的纪晓岚说，李商隐的"西郊"诗，水平虽然还赶不上杜甫的《北征》，但已经超过了韩愈的《南山》。

哪怕是写完全符合儒家道德标准的教化诗、主旋律诗，他也是一流高手，今天人们还传诵着他的警句："雏凤清于老凤声""莫恃金汤忽太平""成由勤俭败由奢"。

这样一个全能的家伙，不只是晚唐，整个唐朝近三百年历史上也找不出几个。哪怕拿掉他所有的《无题》《锦瑟》之类的篇章，李商隐也应该是一代大家。他完全可以不必搞什么创新的。

但他却不满于此。他不愿停留在二次元，不愿仅仅是在旧世界中割据一方、称王称霸，而是要做造物主，开辟新的世界。

我们常常这样评价李商隐：唐诗的终结者，唐代诗人中最后一位大家。[7]

实际上，是他挽救了晚唐。

在他的时代里，大批诗人追捧着贾岛，整天躲在墙角里、禅床上辗转苦吟，寻章摘句，零敲碎打，研究着"你吃了吗"和"你吃了没"到底哪一个更好，以塞满自己的那首五言律。[8] 这批诗人的面前好像总是有一堵墙，阻住了他们的想象力，让他们的眼光超不过前方十米。

幸亏崛起了一个李商隐，让晚唐诗焕发出了动人的光彩。

有句话叫"一种风流吾最爱，六朝人物晚唐诗"，如果不是小李，不知道还剩几个人会认可这句话，不知道在我们的心目中，晚唐还能不能呈现一片绮霞般的奇幻色彩。

四

我们对李商隐，都用错了情。我们钻进过一个死胡同——总想一字一句解释他的诗。

他的那个次元，是不能被理解、被注释的呀。可我们却不甘心。世界上哪有不能解释的诗呢！《诗经》那么难，来自那么遥远的古代，我们都可以注释得了呢，难道还会解释不了一个公元800年后的诗人吗！

为了解释李商隐，后人花了很多心血。俗话说"千家注杜"，意思是说给杜甫做注释的人数不胜数。但实际上说"千家注商隐"也不为过。[9] 李商隐被注解的次数，大概仅次于杜甫，比其余任何一个唐代大诗人都多。

可是我们发现了一个奇怪的现象：越是想注释，李商隐就离我们越遥远；越是想解析，李商隐的面目就越模糊。

什么叫"血凝血散今谁是"？什么叫"断无消息石榴红"？我们拆散了字句，剥下来零件，拿到显微镜下去分析，可是几百年研究下来，得到的不过是一堆乱码。

我们根据他的诗里的片言只句，给他塞了一堆情人的名字：燕台——"长吟远下燕台去"；朝云——"欲书花叶寄朝云"；锦瑟——"锦瑟无端五十弦"；柳枝——"柳枝井上蟠"；还有什么飞鸾、轻凤、宋华阳……我们安排给他的姑娘之多，够韦小宝开四院联号了。

至于春蚕、蜡炬，要不是因为被引用得实在太多，而且现代人已经约定俗成用来比喻人民教师，确实不好意思再瞎解释了，否则这两个词搞不好也要变成李商隐情人的艺名。

研究者们安排给他的女朋友，身份也是五花八门，[10] 包括皇宫里的女子、宰相家的侍妾、玉阳山的女道士……有的人便坚持认为，李商隐的《无题》诗全是写给姑娘的，有如但丁写《神曲》，是奉献给恋人。

为了讲通他的诗，我们大开脑洞，编出了千奇百怪的魔幻故事，比小说还精彩。

比如他有一首诗叫作《药转》。在这首诗里，李商隐不知为什么，有两句忽然写到了厕所，当然，他的措辞是十分雅致婉约的，读者必须了解《世说新语》里的典故才懂这是厕所。

他怎么会忽然写厕所呢？他是想隐喻什么呢？后世的注释家们发挥了神奇的想象力：有的把它解读成言情小说，说是李商隐在厕所里看到了老情人，所以写了首诗；有的把它解读成武侠小说，说是有一个女杀手躲在厕所里，被李商隐撞见了，发生了一串离奇故事；有的解读成知音体，说这首诗是暗喻有姑娘在厕所里用药物流产；有的则把它解读成舆论监督，说李商隐这是在讽刺权贵的炼丹活动。

我们给李商隐编的剧情还经常反转。比如一句著名的"何当共剪西窗烛，却话巴山夜雨时"，有那么一阵子，大家都说这是他寄给妻子的，然后人人为此感动不已，强烈呼吁：做男人就要像李商隐。

可后来剧情忽然反转了。有研究发现，在写这首诗的时候，他的妻子王氏应该早就去世了。于是乎，纯情的幻想破灭了，我们尴尬地拭去泪水，又开始争论这句诗究竟是他写给情人的、写给上司的，还是写给基友的。

我们给了他许多无缘无故的恨。一些道德家看他的诗，越看越黄，越看越忿，说他轻浮、猥琐，"其诗喜说妇人"。后来的陆游便说唐人的《无题》诗"率皆杯酒狎邪之语"。[11]

我们也给了他许多莫名其妙的爱。喜欢他的人据理力争，不住地拔高他的境界，说他讲的统统不是"妇人"，而都是在隐喻国家和人生大事，是在弘扬正能量——他写春愁闺怨，是在隐喻怀才不遇的愤懑；他描绘香艳场面，是在抨击讽刺当政者荒淫无耻；甚至他表示思念女人，有人说那其实是在思念岳父。

五

对于解读李商隐，叶嘉莹写过一首挺有趣的小诗，叫作《读义山诗》：

> 信有姮娥偏耐冷，休从宋玉觅微辞。
> 千年沧海遗珠泪，未许人笺锦瑟诗。

对于这首诗，《叶嘉莹说中晚唐诗》中做了一番解释，我把它引在最后：

> 我相信世界上果然有一个像嫦娥一样的女子，她"碧海青天夜夜心"，她忍耐了高空的寒冷寂寞，大家不相信怎么会有这样的人愿意过这样的生活。"休从宋玉觅微辞"，李商隐的诗你不用给他牵强比附，去做指实的解说。
>
> "千年沧海遗珠泪"，千年之下他的诗篇好像沧海之中留下的一颗珍珠，一滴眼泪，像珍珠一样的眼泪。"未许人笺锦瑟诗"，是不许人给他作笺释、注解的。

李商隐让我们矛盾。一方面，我们遗憾着"独恨无人作郑笺"[12]，巴不得有能人站出来，替我们把李商隐的诗讲清楚；另一方面，我们又觉得"未许人笺锦瑟诗"，害怕越解释越煞风景，越搅越糊涂。

读李商隐，有点像是在夜晚仰看星云。人人都知道它美，但人人都是在看热闹——那星云里是什么物质？是气体还是固体？它有没有生命？藏着什么故事？我们一概不知道。然而我们却又偏傻站着不肯离去，仍然愿意仰着头，啧啧地说："哦哦，真美，真美。"

注释

[1] 杜甫真的给韩愈、白居易、李商隐讲过课吗？很遗憾，没有。文中的情景只是一种想象。他们不在同一个年代。杜甫去世的时候，韩愈才两三岁，白居易、李商隐都还没有出生。不过，如果你问他们三个：杜甫是你们的老师吗？我相信他们都会回答：是的，我永远爱戴他。

[2] 〔清〕沈德潜《唐诗别裁集》说："乐天忠君爱国，遇事托讽，与少陵相同。特以平易近人，变少陵之沉雄浑厚，不袭其貌而得其神也。"《唐宋诗醇》说他的《西凉伎》："笔力排奡，仿佛似杜。"

[3] 刘汾《论杜甫、李商隐诗歌的情感品质及其创作异同》。

[4] 〔清〕吴乔《西昆发微序》："唐人能自辟宇宙者，惟李、杜、昌黎、义山。"

[5] 白居易晚年变得碎嘴而啰唆。〔清〕王渔洋《香祖笔记》："白古诗晚岁重复，什而七八。"

[6] 〔宋〕朱弁《风月堂诗话》："李义山……其他句'苍桐应露下，白阁自云深'，'天意怜幽草，人间重晚晴'，置杜集中亦无愧矣。"

[7] 常民强《虚负凌云万丈才，一生襟抱未曾开——李商隐研究述评》："李商隐是唐代诗人中最后一位大家，也可以说是唐诗的终结者。"

[8] 〔清〕邵长蘅："晚唐自昌黎外，惟许浑、杜牧、李商隐三数家，差铮铮耳。余子专攻近体，就近体又仅仅求工句字间，尺幅窘苦不堪。"

[9] 宇文所安《晚唐诗》。

[10] 苏雪林《李义山恋爱事迹考》，研究称李商隐的情人包括女道士、宫女、娼妓等等。

[11] 〔宋〕陆游《老学庵笔记》："唐人《无题》诗'率皆杯酒狎邪之语'。"

[12] 〔金〕元好问："诗家总爱西昆好，独恨无人作郑笺。"

唐诗里最美的四种植物

一

在李商隐的故事之后，聊一个有趣的话题——唐诗里的植物。

花花草草那么多种，不是每一样都可以幸运入诗的。你看《唐诗植物图鉴》，五万首唐诗，其中经常露脸的植物不过七八十种。

究竟哪几种植物，能成为大诗人们的最爱，不惜亲自给它写诗、代言？我认为最猛的有四种。

它们天生丽质，色艺双绝，成为了唐诗中的耀眼巨星。

我们从排行榜上的第四名说起。

今天，它的名字如雷贯耳。但在唐朝的很长一段时间里，它并不太出名，只是西北地区的一种花花。

就像今天的娱乐明星一样，它也有过很土鳖的"曾用名"。有人叫它"鼠姑"，有人叫它"鹿韭"，有的仅仅因为它和芍药很像，就叫它"木芍药"，也真是够不走心的。

当时，它真的并不红。

从初唐到盛唐，在一个个诗人的炒作包装下，很多花花草草都已经红了，比如兰花、丹橘、桂子、蔷薇……可它还是在默默地当二三线艺人，没有大红大紫。

这一年，有一个大名鼎鼎的诗人遇到了它，瞬间被它的美丽惊到了。这个诗人叫作王维。

王维想必很惊讶：天啊，这么美貌的花花，我大唐开国都一百年了，居然没有诗人认真写过你？

那么，今天就让我来给你写首诗吧。

于是，就有了那首《红牡丹》：

> 绿艳闲且静，红衣浅复深。
> 花心愁欲断，春色岂知心。

这是自有唐朝以来，所能知道的咏牡丹的最早的诗。

可惜的是，这首诗仍然没有红。看来，即便是人气数一数二的大腕王维，也不是每首诗都会红的。

陆续又有一些诗人给它写诗，比如岑参，比如裴士淹……但牡丹还是不很红。它还在静静等待着机会。

终于，它等到了这一天。因为唐代的三个女人，使它一飞冲天，成为唐诗中的绝代名花。

第一个女人，叫作武则天。她和牡丹的纠葛，还发生在王维写诗之前。这是一个妇孺皆知的故事：

武则天有一天突发奇想，想要冬天游公园，命令百花紧急绽放。所有的花都从了，只有牡丹不搭理她。

没有人能无礼地命令我开花，哪怕你是女皇。

武则天大怒，把牡丹谪贬出首都长安，赶到洛阳。但牡丹的高傲，却开始渐渐征服唐代人的心。

第二个女人，叫作杨贵妃。她无意中成为了牡丹的代言人，因为唐代第一文案高手李白给她写过一首诗，把她比作牡丹：

云想衣裳花想容，春风拂槛露华浓。

有了这两个名女人的背书，牡丹越来越红了。到了中唐，它终于成长为一名巨星。那个时代最强的诗人刘禹锡也倾倒在它裙下：

庭前芍药妖无格，池上芙蕖净少情。
唯有牡丹真国色，花开时节动京城。

但是我却觉得，只靠两个名女人的代言，牡丹想要跻身唐诗中最美的四种名花草之一，还仍然不够。我更喜欢的是第三个女人的代言。

她只是个普通的女孩子，并不是什么名女人，更不是什么贵妃、女皇。我们甚至不知道她的准确姓氏、身份、生平。但牡丹在唐诗中的地位，却最终是由她奠定的。

事情经过也许是这样的：那一年，有一个二十二岁的男青年，看见了这个女孩子。

他想给她写首诗，题目就叫《牡丹》。

这是一首绝美的诗，这是一首绝美的诗，这是一首绝美的诗——重要的事情说三遍。它的最后两句是：

我是梦中传彩笔，欲书花叶寄朝云。

这个青年诗人，叫作李商隐；而那个神秘的姑娘，大概就叫作朝云。

今天，再牛的学者，也考证不出这位朝云姑娘的来历了。但李商隐的诗，却为牡丹最终戴上了金冠。

二

排名第三的植物，是菊花。

你可能不同意：它凭什么能排在牡丹的前面？难道它也有杨贵妃、武则天、李商隐当代言人吗？不要着急，我慢慢告诉你原因。

有人说，唐诗无非就是四种套路：田园有宅男，边塞多愤青，咏古伤不起，送别满基情。

可是你知道吗，四种套路中的前两种——唐诗里所谓的"宅男"和"愤青"全都喜欢菊花。什么叫"半壁江山"？这就叫半壁江山。

众所周知，日本有一个著名的菊花王朝。但我觉得，唐朝才是名副其实的"菊花王朝"。这一种奇花，可谓是伴随了唐朝的始终。

首先，唐朝就是在菊花的芬芳中开启的。唐代第一个杰出的诗人，叫作王绩。他是一代著名田园宅男，被认为是陶渊明再世。和陶渊明一样，他也喜欢菊花：

涧松寒转直，山菊秋自香。

其次，唐朝还是在菊花的摇曳中走向盛世的。比如孟浩然，他一生都生活在王朝最强盛的年代，虽然从来没有做过官，但却洋溢着盛世的气派、悠闲和自信：

待到重阳日，还来就菊花。

最后，唐朝还是在菊花的狂舞中走向灭亡的。

那一年，有一个失意的年轻人，高考失败，混得也不好。他觉得社会不公平，于是满怀愤怨地写了一首诗，题目就叫作《咏菊》。

这人叫作黄巢，是整个唐朝最大的一枚愤青。

我说过，当时的愤青也是喜欢菊花的。黄巢的这一首菊花诗，让整个大唐王朝都在战栗、颤抖：

待到秋来九月八，我花开后百花杀。
冲天香阵透长安，满城尽带黄金甲。

黄巢后来兑现了他可怕的誓言。他率领大军攻入长安，给摇摇欲坠的唐王朝捅了深深一刀。

这个王朝捂着伤口，再也没能痊愈，二十多年后就覆灭了。

这不禁让我想起，在距此半个多世纪前，大才子元稹曾经写过一首一语成谶的菊花诗：

不是花中偏爱菊，此花开尽更无花。

这预言太准了。当黄巢的菊花绽放之后，唐朝就再也没有花好月圆的机会了。

三

现在，请屏住呼吸，让我隆重介绍在唐诗中排名第二的植物——杨柳。

它在诗歌史上的地位高不可攀。在它面前，千花伏地，万木拱手。前文说了，菊花伴随了唐诗的始终；而杨柳却可以更骄傲地说，这算什么，整个中国的诗歌，都是从我杨柳开始的。

因为早在距今近三千年前，那一部伟大的《诗经》里的那一首伟大的诗："昔我往矣，杨柳依依。今我来思，雨雪霏霏。"

许多人相信，从这首诗开始，中国的诗不只是发泄，不只是言志，不只是男女勾引对方交配的呼号，不只是献给鬼神的言语，而是为了追求一种新的、纯粹的东西——美。

在整个唐代，杨柳，就几乎是唐诗的形象标识。如果说田园宅男和边塞愤青都喜欢菊花，那么"咏古伤不起"和"送别满基情"，则几乎全靠杨柳。

它出现在唐朝人离别的时候："渭城朝雨浥轻尘，客舍青青柳色新。"在他们恋爱的时候："杨柳青青江水平，闻郎江上唱歌声。"

在他们思春的时候："忽见陌头杨柳色，悔教夫婿觅封侯。"在他们怀古的时候："一上高楼万里愁，蒹葭杨柳似汀洲。"

在他们开心的时候："最是一年春好处，绝胜烟柳满皇都。"在他们沉吟的时候："羌笛何须怨杨柳，春风不度玉门关。"……

要不是有下面的这一位的话，杨柳真的应该排名唐诗第一的。

四

这或许是唐诗里最哀婉的一个传说：

这一年，在洛阳，有一个叫顾况[1]的青年诗人，正在皇宫御沟的水边游玩。忽然间，一片红色的叶子顺水漂来，上面依稀写有几行小字。顾况捡起了它，发现那是一首诗：

> 一入深宫里，年年不见春。
> 聊题一片叶，寄与有情人。

这是一个宫女题诗后放入水里的。她所在的这座宫殿，就是大名鼎鼎的上阳宫。

上阳宫的出名，主要因为两点：一是里面关着的宫女多；二是皇帝来得少。

这里是名义上的行宫，实质上的冷宫。它像一座没有火焰、没有温度的炉子，焚烧的是无数少女的青春。

顾况手持红叶，伤感不已——这个宫女一定很孤独，很寂寞吧？她可能还要再被关上几十年，变成老太婆了，才有希望出来吧？

他也找了一片叶子，写上一首诗，从御沟的上游放了进去：

> 君恩不禁东流水，[2] 叶上题诗欲寄谁？

我们不知道宫女是否收到了这片叶子，也不知道她有没有再写诗给顾况。尽管有一种一厢情愿的说法称，宫女捡到了红叶，又给顾况回了诗，两人搭上了线，多年之后他们最终在一起了。

留下这段美丽传奇的，就是唐诗中最美的角色——红叶[3]。

它有时候是丹枫，有时候是黄栌。和前面三种植物相比，它并不是严格的一种植物。但在诗歌里，它们共享了红叶这个头衔。

它是慈悲的。皇宫里有无数牡丹，但在关键时刻，都不如一片红叶能帮助宫女传情。

唐代的每一个伟大诗人，心中几乎总有一片红叶。李白是在夜晚想起它的："明朝挂帆席，枫叶落纷纷。"王维是在晨时想起它的："荆溪白石出，天寒红叶稀。"

白居易在醉的时候想起它："似烧非因火，如花不待春。"张继在醒的时候想起它："月落乌啼霜满天，江枫渔火对愁眠。"

和别的花花草草相比，红叶更含蓄，它怨而不愤，哀而不伤，感情从不过度浓烈；它也更飘忽，不像杨柳，代表离别的印记太深，也不像牡丹，总是代言高贵的妇人。

这也是为什么，在今天存世的五万首唐诗中，我觉得写到植物最美的，是这一首几乎所有小孩子都会背的诗：

> 远上寒山石径斜，白云生处有人家。
> 停车坐爱枫林晚，霜叶红于二月花。

这首诗，很安静，很平和。它证明了唐诗完全可以没有田园宅男、没有边塞愤青、没有咏古骚人，也没有送别基情。这就是红叶的气质——它可以无比深情，也可以无比地正大、平和、醇美。

唐诗第一，我给红叶。它是最动人的一抹红。

注释

[1] 还有一个说法是中书舍人卢渥。

[2] 一说是"帝城不禁东流水"。

[3] 这里的红叶并不只是一种植物。我们暂且把枫树、黄栌等都算上。

聂夷中的两个梦

一

824 年，韩愈去世了，离开了他奋战一生的诗坛。

这一年，白居易倒还身体健康，跑到洛阳买了房子，开始安排未来的退休生活。

我们这一篇故事的主角，正是这一年出生的，他的名字叫作聂夷中。他是晚唐的孩子。

小聂出生在一个小山村里，家里不富裕，但他很喜欢看书学习，经常熬夜用功到很晚。

老爸很担心，说："孩子啊，你这么折腾自己，到底是为什么呀？"小聂说："我要做出一番事业。"

老爸点点头，一咬牙，找来了一把刀子，说："脱裤子吧孩子。"

"啥？"小聂大吃一惊，"为什么要脱裤子？"

老爸说，我给你净身啊！你不是要做出一番事业、出人头地吗？现在全天下最有势力的人就是宦官老爷了，比皇帝、大臣还厉害，你不净身，怎么出人头地啊？

小聂急忙说，爹你误会了，我的志向不是当宦官，而是要写诗。

老爸有些意外：原来如此。好孩子，有志气，比你爹强。爹挺你。

一夜又一夜，小聂一边苦读，一边试着写作。全村里，他的灯总是亮得最早，熄得最晚。但越是学习，他就越是苦闷：

我到底该写什么样的诗呢？选择一条什么样的创作之路呢？这村子太小了，太闭塞了，我又该向谁请教呢？

终于有一天，他鼓起勇气找到父亲：

听说在山的外面，有很多了不起的大诗人。我想去找到他们，向他们诚心请教。他们也许会告诉我接下去的路怎么走。

父亲点点头，又是一咬牙，转身走了。不过这一次回来的时候，他拿的不是刀子，而是一包铜钱，还有满满一大口袋干粮。

"家里就这点东西了。拿着，去找到那些大诗人吧！"

二

小聂跋山涉水，走了很多地方。

但他渐渐发现一个事：那些名气最大的诗人，都不好好写诗了。他四处奔波，没有什么所获。

这一天，小聂走得又困又倦，嚼了几口干粮，靠着一块大石头沉沉睡去。合眼不久，忽然听见有人喊：洛阳到了！

聂夷中一睁眼，发现自己正站在一座大街市里，街上人烟阜盛、车水马龙，可不是洛阳嘛！

小聂很高兴，他早就想来洛阳了，大唐诗歌俱乐部的总舵如今就设在这里，德高望重的老诗人们可都在这里开会办公呢，尤其是，这里住着一个名震天下的人物——白居易。

小聂决定去拜访白居易。他怀里揣上了白居易的名篇《新乐府》，打算见到了老爷子后，先恭恭敬敬请他签个名，再求他好好指点，怎么才能写出"可怜身上衣正单，心忧炭贱愿天寒""地不知寒人要暖，少夺人衣作地衣"那么有力量的诗句！

一路上，他七拐八弯，踩了好几个人的脚，好不容易才找到了白府，那座著名的豪宅"履道里一号"，一进门就看见一行大字——"形容逐日老，官秩随年高。白乐天书。"

"进来进来！"白居易一看是求学的青年人，非常热情，"我身体不好，就不出来接你啦。哎呀你是河东人呀？裴度老爷子也是河东人，我们经常一起吃酒作诗呢，可惜他去年去世啦……"

小聂见到偶像，这位传说中的诗坛一代天王竟然近在眼前，禁不住热泪盈眶，摸出了怀里的《新乐府》，还有自己写的诗："白老爷子，请您……"

白居易接过来随手翻了两页，丢在一边，说："这些都不忙说，来来来，你先看看我装的这个房子怎么样……"

他让仆人抬着自己，搂着小聂，开心地带他看花园：

"你看，我这个房子，当年从杨常侍的手上买的，现钱不够，我还拿了两匹好马来抵的价呢。一共有十七亩，花园有十五亩，池子里还可以划船，虽然还是小了点，不能和裴度裴老爷子、李德裕李老爷子家的园子比，但也还不错吧？

"喏喏，你看这个园子的装修，那块太湖石，洋气吧？还有那个白莲和青板舫，都是我当苏州刺史的时候搞的。那块天竺石，还有两只华亭鹤，是我在当杭州刺史的时候搞的……对了，瞧见池子边上那块大青石头没，那是外地朋友送的，又长又滑，夏天躺着听听音乐，爽呆啦！"

他拉着聂夷中看了半天豪宅，这才意犹未尽地转回身来："对了，你找我什么事来着……"

聂夷中刚要说诗的事，忽然白居易一拍脑门："哎哟差点忘了，今天十五号，是理财日。管家，管家，算账啦！"

只见高高的账簿堆起，仆人还在一本一本往外搬。白居易开心地坐着，一本本地计算和检查。

"算账，真是一件快乐的事呀，我年纪越大就越喜欢算账。你猜我薪水现在多少？一个月十万钱，不赖吧！前些年我做太子左庶子分司东都的时候，薪水就有八九万。后来提了太子少傅，又涨了一点。"

只听算盘声噼啪作响，白居易一边说："小聂啊，要说这做官，最爽的就是'分司东都'了，比长安清闲多了！我在洛阳，级别又高，待遇又好，事情又少，每天你猜我上班做什么事？哈哈，隔三岔五给皇上请个安，给神佛烧烧香，再学习点文件、讲话什么的，'月俸百千官二品，朝廷雇我作闲人'……咦，这里怎么有一笔支出两千块呀？哦哦，想起来了，是托人给我带的腌螃蟹的钱……"

好不容易算完账，搬走了账本，白居易和聂夷中正要谈诗，忽然人声喧哗，一群白发老头找上了门来："乐天公！乐天公！在家吗？我们来找你论诗啦！"

定睛一看，乃是洛阳诗歌圈里的张公、顾公、牛公、裴公……他们都是大唐诗歌俱乐部的副秘书长、委员、主任之类，各自带着仆人，拿着酒壶、小吃，有的还带着妓女，乌泱泱涌了进来，白府的仆人们连忙搬椅子、加座位，忙个不迭。

"乐天公，最近又作了几斤诗啊？"一个老诗人问。

"不多不多，最近都忙着整理五百多斤的旧诗稿了，新诗只作了两斤多，顾公您呢？"

"啊哈，我倒作了五斤多诗，不过比较好的只有两斤多一点，惭愧，惭愧呀！"顾公摸着白胡子，似有遗憾。

又有一个老头说："最近有一些小年轻，发文章批判我们，说什么我们洛阳这些老头是'东都混日子养老派'，简称'混派'。真是狂妄啊！想我们元和年间威震江湖，白乐天兄'慈恩塔下题名处，十七人中最少年'的时候，他们这帮小崽子还不知道在哪个宇宙次元里呢！"

他们七嘴八舌，吃酒听曲，闹到很晚。聂夷中根本插不上话。直到天黑，白居易才想起小聂来，留他吃了晚饭，合了影、签了名，连声道歉，送出白府来。

走出门，冷风一吹，聂夷中打了个激灵，猛然醒了，原来刚才是个梦。

四周是一片荒野，头顶是无际星空，他觉得很孤单。低头一看怀里，平时不离身的白居易的照片和那本《新乐府》仍然好端端躺着。

小聂想起了这些年的所见所闻，和梦里几乎一样，十分感慨。那些成名的老诗人们，已经不是自己学习的对象了。

三

他开始了继续寻找的道路，要找到理想中的真正的诗。

"混日子养老派"是学不得了，他下一个打算学习的，是当时最流行的另一大门派，"惨兮兮苦吟派"，简称"苦派"。

可是，拜访了许多诗人，学了很多作品之后，小聂逐渐发现，"苦派"的诗也不适合他。

这一天，他在小旅店歇脚，洗了脸，读了几卷书，刚沉沉睡去，忽然听见有人喊：五泄山寺到了！

小聂不由得一喜，浙江诸暨县的五泄山寺，那可是诗坛"苦派"大师——贯休的研究所啊。

抬头一看，就见山门上挂着大横幅——"热烈庆祝苦吟诗派研讨大会召开"。原来苦派正开大会，群贤毕至，那可太好了，我一定要去好好旁听学习。

他兴奋地赶往会议室，一路上，发现沿途到处都是前辈中唐诗人贾岛的雕像，旁边还有字样："开派宗师""万古流芳""苦吟圣手"之类。

到了会议室门口，正要探头进去看，两条木棒忽然飞出，交叉拦在他面前。持棒的是两个和尚，喝道："站住！口令！"

聂夷中差点被棒子敲中脑袋，吓了一跳："口令？参加个文学论坛要什么口令啊？"

一个和尚表情严肃地说："你必须背诵贾岛大师至少三联名句，才能进入！"

"可是，为什么偏偏是贾岛大师呢？"聂夷中不解。

和尚脸色愈发难看了："你这说的什么话？我苦吟一派，开派宗师就是贾岛他老人家。他吟诗吟到撞墙吐血的精神照耀千古。你连这个都不知道？口令！"

聂夷中有点害怕了，连忙念道："鸟宿池边树，僧敲月下门。"

"哼。还有两联！"和尚说。

"'两句三年得，一吟双泪流。''只在此山中，云深不知处。'"小聂忙补充说。

和尚一撇嘴："去那边领香，给贾岛大师像敬过了，就进去开会吧。"

聂夷中赶忙领了香，拜了贾岛像，这才蹑手蹑脚进了会场。

那是一个铅灰色的屋子，房顶是铅灰色的，墙壁是铅灰色的，地板也是铅灰色的，像是一个大铁盒。屋里坐着几十个人，有僧有俗。阴暗的光线从 A4 纸大的窗户射进来，每一个人的脸孔都模模糊糊看不清楚，只有一些圆圆的小光团在攒动，仔细一看，原来是和尚的头顶反光。

一个和尚发言了："列位，这一句'气射灯花落'，到底是'落'好，还是'尽'好呢？我已经想了一年多啦。"

底下嗡嗡一片讨论之声，有的说"落"好，有的说"尽"好。还有的说都不好，用"灯花散""灯花眩""灯花爆"更好。

一个人感叹说："贯休老师真不愧是当今苦吟派学术带头人，一个字可以想一年。比起当年贾岛大师'两句三年得'，也只差两年而已。"

又一个人驳斥说："不然。贯休老师一年想一个字，当年贾岛大师虽然是花了三年，但是想的是整整两句，十个字。两人苦吟的境界，其实已经相差仿佛了。"

聂夷中忍不住问身边一个人："兄台，你觉得是'落'好，还是'尽'好？咦，你……你怎么流鼻血啦？"

那人眼神呆滞地看着聂夷中，鼻下流着两道血线，也不在意，随手一擦，说："没什么特别啊。吟诗吟的呗。我有一联诗，已经苦思了五个月了，现在一吟就流鼻血。"

聂夷中正要劝劝他，忽然"哇"地一声，有一个客人吐出一口鲜血，栽倒在地。旁边的人七手八脚，赶快相扶。

吐血的客人挣扎说："我……我没事……就是想一个字想了八个月，有点累，呵呵。"

话音未落，对面一个诗僧"砰砰"地拿头撞墙，痛苦地喊："我这一联，到底是用'飞'字好，还是'升'字好？"

随着论坛的继续，聂夷中只听"砰砰"声此起彼伏，撞墙的人越来越多。小聂有点害怕起来，再这样研究下去，别搞出人命来，慌忙背上书包离场。

门口，两条交叉的棍子又飞出来了："站住！口令！出门的人，要先背诵三联苦吟派亚圣——孟郊大师的诗！"

"'慈母手中线，游子身上衣！''夜学晓未休，苦吟神鬼愁！''镜破不改光，兰死不改香！'"

棍子放行了。聂夷中赶紧跑出，一边逃一边擦汗。这苦哈哈的苦吟派，看来也学不得啊。忽然间，他一不小心脚下踏空，摔了一跤，睁开眼来，只看见小旅店发黄的蚊帐，桌上一点孤灯，原来又是个梦。

四

那段日子，在荒凉古道上，经常能看见聂夷中踟蹰的身影。

他到处奔走，努力求学，眼看年纪已经不轻了，可是仍然不知道自己该写什么诗，没有拿出满意的作品。

放眼现在的诗坛，"混派"一心退休养老，研究些花花草草，不问世事了；"苦派"则是一伙龟毛男，抱着各自的五言绝句敲敲打打，反复斟酌些鸡毛蒜皮；还有日益壮大的"艳派"，大写恋爱诗、小黄诗，在网络诗歌排行榜上大行其道。

甚至著名的杜牧，写的小黄诗还真不少，例如写女生的袜子的

"钿尺裁量减四分，纤纤玉笋裹轻云"，这些，都不是我想写的诗歌啊！聂夷中苦闷不已。诗的黄金时代，难道真的过去了吗？

这一天，秋雨淅沥，无法赶路，他滞留在一个小旅店里，百无聊赖，一摸背囊，已是干瘪无比，只剩下一把短琴、一本小书了。

聂夷中苦笑一下，随手摸出书来，正是一本《诗经》。

他心中一动，打开《诗经》，就着昏黄的灯光翻看起来。映入眼帘的，都是一行行早已经无比熟悉的诗句：

> 硕鼠硕鼠，无食我黍！三岁贯女，莫我肯顾……
> 蒹葭苍苍，白露为霜，所谓伊人，在水一方……
> 坎坎伐檀兮，置之河之干兮，河水清且涟猗……

聂夷中越读越是感动。这朴素的字眼、真挚的情感，不正是我自己一直追求的好的诗歌吗？

一个念头渐渐冒了出来：在当世，我没有诗人可以学习，没有流派可以跟随，但那又怎么样呢？我难道就不能追根溯源，向诗歌的祖宗——《诗经》三百篇学习吗？

聂夷中豁然开朗，合上《诗经》，忍不住仰天长笑。

"这书生是不是得了神经病？"店小二低声问掌柜。

掌柜忙说："嘘！小声点。估计是一直考不上，脑子受刺激了吧。唉，现在世道乱，大家日子都苦，考试也不公正，穷书生也不容易啊……"

这一天之后，聂夷中终于找到了自己的"诗歌正道"。他不再忙着去拜访名家了，而是到处阅历采风，专门往农村里、田地上跑——我的诗，要写我眼前的时代，要写亲历的乡土，还有我遇到的人。

他所看到最多的，是一个残破的大唐，随处都是抛荒的田地和破败的村落。有的地方十户人已经逃空了九户，剩下的人也扛不住赋税，眼看要逃跑了。军阀们则还在连年打仗，好几次聂夷中和部队遭遇，要不是他反应快，躲避及时，多半已经被大军给踩死了。

他经常想：这个时代，和当年卢照邻说"人歌小岁酒，花舞大唐春"的时候，和当年杜甫说"稻米流脂粟米白"的时候，真的是同一个时代吗？真的是同一个大唐吗？

有一天，他遇到了一对正在努力耕作的父子农夫。当时是六月，天气还不热，但父子俩已经忙得额头冒汗。

"你们两位这么努力，收成一定不会坏吧？"聂夷中问。

父亲苦涩地笑一下，指了指远处："那又有什么用啊，种出来还不是白种，官家早已经追着屁股修了仓库，跷着脚，就等着催我们纳粮啦！"

聂夷中如鲠在喉，心情久久难以平静。不是曾有人写诗说"又作丰年望，田夫笑向人"吗？怎么我看到的不是这样呢？

当晚，他把这一幕写成了一首诗，题目就叫《田家》：

父耕原上田，子劚山下荒。
六月禾未秀，官家已修仓。

这一首诗一诞生，就被许多人传唱了开来。它言简意长，悲天悯人，是可以和《锄禾》并称的名篇。

又有一次，他来到一个破败的村落，发现官家二月份就猴急地跑来收税了。本来按照规定，应该是夏天、秋天才收税的。眼下，农夫的蚕还小得和蚂蚁一样，桑树都没冒嫩芽，拿什么交税呢？只好贱价抵押了新丝，去借高利贷。

"寅吃卯粮，以后怎么办呢？"聂夷中问。

"以后？呵呵，哪里顾得上呢！等到五月，收税的还会来的，我们就要抵押谷子再借一次高利贷啦！"

离开村子的时候，聂夷中心想，也许到了明年，这里的住户都要逃光了吧？

这天晚上，聂夷中点亮了灯，又写起诗来，题目就叫作《伤田家》。白天的见闻变成了短短四行诗：

> 二月卖新丝，五月粜新谷。
> 医得眼前疮，剜却心头肉。

写完之后，他仍然心情起伏，难以平复，觉得话还没有说完。窗外暗沉沉的，刮着大风，他觉得自己的声音是那么小、那么微弱。但他仍然想要呐喊，要把这黑夜喊穿，要呼唤阳光照临大地。

他坐回案前，又写下了后四句诗：

> 我愿君王心，化作光明烛。
> 不照绮罗筵，只照逃亡屋。

你可以说这是一首幼稚的诗。如果要评选晚唐诗歌异想天开、不自量力第一名，它有可能要当选的。

一个寒酸的书生，居然想向君王呼喊，要他的心变成明亮的烛光，这不是异想天开吗？何况，那个时候大唐的君王被宦官操弄着，被军阀威胁着，自己都顾不上自己了，还能照亮别人吗？

可是，要评选晚唐最勇敢的诗、最有力量的诗，它也有可能是要当选的。

它是一个最手无缚鸡之力的读书人，发出的最有力的质疑；是一个最微小的身躯，发出的最大的声响。这声音，和千年前的《硕鼠》《伐檀》一样有力量，和百年前杜甫的"三吏""三别"也一样有力量。

"苦派"的大宗师贾岛曾说："两句三年得，一吟双泪流。"其实真正能"一吟双泪流"的，是聂夷中"二月卖新丝"这样的诗句。它并不需要"两句三年得"那么便秘。

一说起晚唐的诗，我们就好像不以为然，觉得没什么意思了，甚至好像是足球比赛里到了"垃圾时间"。

但在晚唐的诗人里，还有聂夷中这样的存在。他不很红，名字也不很响亮，似乎只是浩瀚夜空中的一颗小星，守在天边一角，多它一颗也不多。

但是如果少了它这一颗，如果拿掉他的诗歌，唐诗会有大大的缺憾，唐诗的光彩会减弱许多。

是的，我是一个小诗人，我生在晚唐，但我刷出了存在感。只要有这样的诗在，就没有人敢无视晚唐。

从长城窟到菩萨蛮

一

远路应悲春晼晚。

这是李商隐的诗句。美好的时光，总是会过去的。

公元897年7月，盛夏中炎热的一天，在陕西华州的著名景点齐云楼上，来了一个特殊的游客——唐昭宗皇帝李晔。

他相貌威严，甚至称得上英俊，但是却有些憔悴，头发蓬乱，满脸都是尘土，好像很多天都没有好好洗个澡了。他身后跟着的都是些王公、学士，一个个也臊眉耷眼，提不起精神。

原因很简单——他们是被人挟持到这儿来的。

就在不久前，军阀李茂贞带兵进犯首都。在唐末，这种事已经屡见不鲜了，全国到处是恶狠狠的军阀，朝廷只能管理巴掌大的地盘。军阀们和皇帝一言不合，动不动就打上门来。

昭宗皇帝被逼无奈，带着干部集体出逃。他们本来想去太原，结果路上又遇到另一个军阀韩建，把君臣一干人等挟持到华州。

皇帝逃跑，在唐朝也已经不是第一次，过去"安史之乱"的时候唐玄宗跑过，黄巢犯长安的时候唐僖宗跑过，但他们逃跑的时候手上还是有底牌的、有部队的。今天昭宗逃跑的时候，已是孤家寡人了。

这个时候登上齐云楼，几乎和号子里放风差不多。昭宗皇帝的心情可想而知。

站在楼上，向西望去，就是渭南；过了渭南，就是长安了。[1]那里是首都，是家，是自己应该在的地方。但举目远眺，只看见茫茫烟树、千山万丘，看不到家的影子。

昭宗感慨伤怀，他叫来了乐工，唱起了自己写的一首词：

> 登楼遥望秦宫殿，茫茫只见双飞燕。
>
> 渭水一条流，千山与万丘。
>
> 远烟笼碧树，陌上行人去。
>
> 安得有英雄，迎归大内中。
>
> ……　……

这一首词的词牌，叫作《菩萨蛮》。当音乐结束时，君臣都流下了眼泪。皇帝说的是遥望"秦宫殿"，那是委婉的说法，昭宗眼巴巴望着的哪里是秦宫殿呢，明明是自己的宫殿。

后来，昭宗的境遇也没有什么改变，一直在军阀和宦官这两股势力的夹缝中艰难维持着局面。他一度被宦官关起来，饭食都从小洞里送入。好不容易脱离宦官掌握后，他又再次被各路军阀挟持，跟随他的官员和随从被一批批杀掉，防止皇帝倚仗他们生事。几年后，昭宗终于被朱温的部下杀死。

他死亡的经过有详细记载。朱温的士兵夜入皇宫，昭宗察觉不妙，从床上爬起来，衣衫不整地绕着柱子逃跑，被士兵追上杀死。一名昭仪试图用身体保护皇帝，也被一起杀了。昭宗死后，朱温扶植了一个小皇帝上台，唐王朝实际上已名存实亡了。

齐云楼上的这一首《菩萨蛮》，是大唐王朝的安魂曲，也是最后的挽歌。

一说起《菩萨蛮》，我们就容易想到温庭筠和韦庄。他们都写过风流旖旎的《菩萨蛮》，一个"小山重叠金明灭，鬓云欲度香腮雪"，一个"人人尽说江南好，游人只合江南老"，几乎给《菩萨蛮》这个词牌定了调子，好像它就该是这么柔美的。事实上，还有唐昭宗这样悲伤、苦闷的菩萨蛮。

时光如果倒流二百七十多年，那是昭宗的先祖——李世民的时代。当时大唐王朝肇建，李世民正带兵出征，曾经吟了一首《饮马长城窟行》：

> 塞外悲风切，交河冰已结。
> 瀚海百重波，阴山千里雪。
> 迥戍危烽火，层峦引高节。
> 悠悠卷旆旌，饮马出长城。
> ………………

真是此一时彼一时。《饮马长城窟行》吟响的时候，李世民是去讨伐敌将，意气风发；而当《菩萨蛮》唱响的时候，是李晔受辱于叛将，仓皇辞庙；二百七十年前，帝国、太宗都是青春年少，朝气蓬勃，写的诗是那么雄壮、豪迈；而二百七十年后，当李晔站在齐云楼头，唱起哀乐，又是多么无奈和凄凉。

从《饮马长城窟行》到《菩萨蛮》的历史，正是大唐帝国走过的历史，也是唐诗走过的历史。

二

更让人感慨的故事，发生在昭宗死了之后。

就在他被朱温杀掉不久后的天祐二年（905），一群人迫不及待地跳了出来，发文章、打报告，猛踩唐昭宗，标题叫作《强烈要求重新评价坏皇帝唐昭宗》。带头的人叫作起居郎苏楷。这些帖子的大意是：

"昭宗的这个'昭'字，太抬举他啦！他也配？我们广大士民绝不答应，我们强烈要求，要尊重历史，重新评价，给他降级降格！"

太常卿张弘范也跑出来踩昭宗几脚，说：昭宗定的谥号是"圣穆景文孝皇帝"，这些字眼太正面了，太好了，严重不符合事实，我们都觉得不公平，情感受到了一万点伤害。我看应该改成"恭灵庄闵皇帝"，他的庙号"昭宗"也应该改成庙号"襄宗"。

"圣穆景文孝皇帝"和"恭灵庄闵皇帝"，到底有什么区别呢？简单解释一下，"恭灵庄闵"这几个字，第一个字"恭"算是美谥，是正面评价，所以苏楷、张弘范把它放在最前头当个幌子。但是"恭"也有"既过能改"的意思，也是隐隐地把评价打了折扣的。

第二个字"灵"是一个恶谥，是负面评价，"好祭鬼怪曰灵"，"不勤成名曰灵"，这是明显的恶评。第三个字"庄"也是含义复杂，"死于原野曰庄"，"屡征杀伐曰庄"，在这里不能说是美谥。最后一个"闵"则是平谥，"在国遭难曰闵"，无褒无贬。[2]

这是明显的欺负人了。李晔都已经死了，谥号都已经定了，按照规矩本来没有更改的道理。如果在正常的时节，给苏楷一百个胆子，他也不敢挑这个头。但是昭宗作为大唐末世之君，他生前死后都只能由人欺负，活着的时候，被军阀欺负，死了之后名声也被这一帮文人欺负，用踩昭宗来取媚新主。

苏楷、张弘范这些人发了帖子，得意扬扬，偷眼看着新老板朱温：表扬我啊，怎么还不表扬我呀。

如果要发一个"见风使舵没节操奖"的话，苏楷这些人都是很有希望的。

不过，大唐末代的士人里，也不全是苏楷这样的，也是有例外的。

在南方的吴越，当昭宗被杀死的消息传来，吴越王找来了一位参谋询问："朱温看样子是要取代李唐家，自己开新公司了，我们怎么办，跟着他吗？"

这位参谋对吴越王说了一句话："奈何交臂事贼，为终古之羞乎！"意思是：我们怎么能侍奉贼臣，留下千古的骂名呢？他激动地告诉吴越王，我们应该起兵讨伐朱温，给昭宗报仇。

看着眼前这位悲愤的参谋，吴越王觉得非常意外：

"罗老师呀，你这样我就搞不懂了。朱温杀皇帝，别人生气倒也罢了，怎么你也这么气愤呢？大唐朝廷可是什么好处也没给你啊！你过去不一直是批评朝廷的刺儿头吗？"

这位吴越王都搞不懂的参谋罗老师，名字叫作罗隐。让我们记住这个名字，不但因为他的才华，也因为他的个性和节操。

三

首先，罗隐有才。

他是唐朝最后的时光里，最有才情的一个诗人。晚唐的诗人们大多境界逼仄，没有什么才气，罗隐却是个例外。此外，他不但有才，而且作品很富有流行气质。如果放到今天，他会是特别有商业价值的诗人。

他的诗很容易流行，许多妇孺皆知的通俗句子都来自他的笔下。比如"今朝有酒今朝醉"，人人都听过，就来自他的《自遣》；"为谁辛苦为谁甜"，大家也都熟，就来自他的《蜂》。

又比如，唐朝那么多诗人缅怀诸葛亮，相关的篇章数不胜数，可是最红的句子之一却是罗隐写的："时来天地皆同力，运去英雄不自由。"同样地，唐朝诗人里，写给风尘女子的诗也很多，罗隐却能一写就红，脍炙人口："我未成名卿未嫁，可能俱是不如人。"

我们来看看他的诗有多美：

> 一年两度锦城游，前值东风后值秋。
> 芳草有情皆碍马，好云无处不遮楼。
> 山将别恨和心断，水带离声入梦流。
> 今日因君试回首，淡烟乔木隔绵州。

非要说他有什么缺憾的话，那就是颜值低了一点，和他的诗有点儿不相称。罗同学真人长相很丑。有多丑呢？据他自己说，是长得像猴子，而且"未能惭面黑，只是恨头方"，女粉丝看见他真人都要被吓跑。

最后一句话还真不是我瞎编的，真有点儿根据。据说当时宰相郑畋有个女儿，是罗隐的粉丝，幻想罗同学一定相貌英俊、风流倜傥，为他得了相思病。

郑畋知道了女儿的心事。也不知道他是为了玉成好事，还是为了打破女儿的迷思，就把罗隐带到了家里。郑小姐隔着帘子一看，我的天啊，罗老师原来这么丑，美好的想象顿时幻灭了，从此粉转路，再也不看罗隐的诗文。

罗隐有才，我们介绍了。他还有一个特点：有个性，有节操。

实如吴越王所说，罗隐这个人，从来没有得到昭宗和朝廷的什么好处。比如考试，大家都知道杜甫考运不好，一共落榜过几次呢？一般认为是两次。和罗隐悲惨的考试人生一比，那就是小巫见大巫了。罗隐考了多少次没上呢？十次！史称"十举不第"。

罗隐的大半生简直是一部催人泪下的被虐史：三十六岁，他参加第七次考试，落第；四十一岁，第八次考试落第；四十二岁，第九次考试落第；四十五到六十五岁至少再考过一次，仍然不中。[3]直考得他"寒饿相接"，苦不堪言。

曾经有一次高考，昭宗亲自过问，毕竟他一向是很重视选拔人才的。罗隐的卷子被他看中了，认为作文写得不错，又有思想，就想把它录取为甲科。这可是很罕见的，有记载说："进士有甲乙二科，自武德以来，明经唯有丁第，进士唯乙科而已。"什么意思呢，就是说武德年之后，进士就不给甲科了。

类似的历史记载还有不少。对于这些记载，学者们有很多解释，但至少有一点是确定的，甲科是不轻易给人的。

结果，有官员一听罗隐的名字，立刻出来提意见：陛下，不行啊！这个家伙经常说朝廷的坏话，可不能录取他！[4]

唐昭宗问：他说了什么坏话呢？

官员从袖子里摸出一首诗，正是罗隐的《华清诗》：

楼殿层层佳气多，开元时节好笙歌。

也知道德胜尧舜，争奈杨妃解笑何。

"您瞧瞧，这不是赤裸裸地讽刺吗？说咱们玄宗皇帝为了杨贵妃的一笑，把尧舜之道都抛之脑后了！这是胡说八道，是传播负能量！您想想，他连英明伟大的玄宗皇帝都敢讽刺，何况是咱们呢？这种人怎么能用！"

昭宗皇帝被说动了，放弃了罗隐。

可能是落榜太多受刺激了，罗隐在错误的诗歌写作路线上越走越远，动不动就讽刺诋毁朝廷。他写了一本叫《谗书》的小品集，相当于今天的段子汇编之类，大肆讥讽时事时政。甚至连当朝皇帝本人，他也直接调侃讽刺起来。

那时唐昭宗身边有一个艺人，很会驯养猴子，专门给昭宗逗乐。昭宗一高兴，便和猴子闹着玩，赐给了它绯色的官袍（一说是给养猴的艺人官袍，不是给猴子。后文的"孙供奉"也是指艺人）。在唐朝，这是五品以上官员才能穿的服色，等于是当了厅长。这只猴子还得了一个官名，叫"孙供奉"。

罗隐抓住这个事大肆炒作，专门写了一首诗：

十二三年就试期，五湖烟月奈相违。

何如学取孙供奉，一笑君王便著绯。

这诗的意思是说，我刻苦读书，十考不中，还不如学人家猴子呢，把皇上逗开了心，就立刻做五品官。这首诗一发表就刷了屏，流传很广，造成了巨大的负面影响，可以说严重影响了唐王朝和领导人昭宗的形象。

按照我们的想象，这样一个平时专给昭宗抹黑、唱反调的人，和大唐王朝离心离德的人，在唐昭宗被弑之后，应该很开心吧，搞不好还要放鞭炮庆祝吧？

但谁想到，在苏楷、张弘范等一群士人出来猛踩昭宗，以讨好新主子朱温的时候，偏偏是罗隐，没有落井下石，没有幸灾乐祸，反而要攻打朱温，大呼："奈何交臂事贼，为终古之羞乎！"

这是发人深思的一幕——过去讽刺朝廷最狠的人，最后反而却最忠贞、最赤诚；平时敢批评指摘昭宗的人，在昭宗被弑之后反而表现得最热血、最仗义。相反地，那些平日里和皇上保持高度一致的人、唯唯诺诺的人，到了关键时刻却见风使舵、大肆投机。

当然，罗隐提出讨伐朱温的建议，吴越王没有采纳。他没有对抗朱温的实力，也没有那个必要，而是更乐意于安居一隅。但从此之后，他对罗隐更加敬重了，"心甚义之"。

罗隐手上没有兵权，无法指挥部队出征。他能做的只有写诗，抒发不平之气。

他曾写了这样的诗，叫："屈指不堪言甲子，披风常记是庚申。"意思是说：每当想起甲子、庚申这两个时间，都非常痛心。这都是昭宗受难的日子。

他还有两句咏松树的诗，叫作："陵迁谷变须高节，莫向人间作大夫。"所谓"陵迁谷变"，就是指时局大变、山摇地动的时候。越是在这样的时刻，越需要守住高洁的品性。如果那个世界确已经被污染了，松树宁可自立孤山，也莫要见风使舵、同流合污。

所以吴越王才摇头感叹：罗隐啊罗隐，我真是搞不懂你。

这不禁让我想起李世民当年曾经留下过的两句诗："疾风知劲草，板荡识诚臣。"在唐朝最后的岁月里，当疾风最劲、板荡最剧的时候，诗人罗隐向李世民的子孙们再一次验证了这句话。我们经常把赞美等同于忠诚，把批评等同于敌对，这实在是一个天大的误区，罗隐告诉我们：从来都没有这个等式。

注释

[1] 之所以说向西望去是渭南，因为当时渭南不属于华州。武德元年（618）改华山郡为华州，割雍州渭南县来属，武德五年（622）渭南县又复隶雍州，不再属华州。

[2] 也有说是"愍"的。我怀疑应是"愍"不是"闵"。因为后者说"在国遭难"，有同情昭宗的意思，起不到讨好朱温的效果，可能还会有反作用。

[3] 以上考试经历，按林启兴《罗隐的"十举不第"与晚唐科举》（《北京师范大学学报》，1994 年）。

[4] 〔宋〕计有功《唐诗纪事》："昭宗欲以甲科处之，有大臣奏曰：'隐虽有才，然多轻易。'"罗隐遂因为口过而落第。

流水今日，明月前身

一

天祐四年（907），也是唐王朝289年历程里的最后一年。帝国的运数即将终结了，唐诗的故事也翻到了最后一页。

这一天，在山西中条山一处叫作王官谷的幽静山谷里，来了一伙大摇大摆的使者。

"哪个是司空图啊？出来，快出来！"使者趾高气昂。

"我就是……"一间小木屋里，一个七十岁的白发老人，头戴着乌纱巾，穿着粗布衣服，正坐在那里吃鸡翅膀。

房间里布置很简陋，使者还是微微吃了一惊：放眼望去，四壁全都是书。他们还从来没有看过那么多书。

使者拿出一个红头文件递给老头："喏，司空老师，告诉你一个好消息，现在唐朝已经没有了，改成大梁啦！新皇帝已经坐了龙庭了！皇上特别爱才，叫你去做礼部尚书，你收拾收拾，这就跟我们走吧。"

司空图露出无比吃惊又无比懊恼的表情："什么？让我去做大官？还是礼部尚书？哎呀呀，真是太可惜了，我不幸得了绝症，五级肝炎八级胃胀气十级肺痨，马上就要死了，不能去做官了呀！"

使者大怒："胡说八道，你得了绝症，怎么还能在这里吃烤鸡翅膀呢？"

司空图又唱又跳："烤鸡翅膀，我最爱吃……越是快升天就越应该要拼命吃，如果现在不吃以后没机会再吃……"

终于，使者悻悻地走了，一边走一边喃喃地骂："臭老头，给脸不要脸……"

等使者走远，司空图才重新又坐下，默默地放下了鸡翅膀。转头一看窗外，红日已经西沉。他发出了一声极低极低的叹息。

这太阳，终于是落山啦。

很快，准确的消息传来，唐朝果然灭亡了，被朱温建立的大梁取代。不久之后，被废的小皇帝也被杀害。

司空图听说之后，停止了进食。不久他便死去了，时年七十二岁。[1]

二

按理说，为唐朝绝食而死的人不该是司空图。他不是这样"轴"的人。

王朝的更迭，不是寻常事吗？一个和李唐家丝毫不沾亲带故的人，偏偏自己那么入戏，学古代传说中的伯夷叔齐，效仿他们在殷商灭亡后"耻食周粟"，为了一次王朝的更迭饿死自己，固然是很忠贞、很刚烈，但也多多少少有一点认死理、钻牛角尖、遇事想不开的轴劲吧？

可是，我要负责任地说，司空图完全不是这种人。相反地，他是一个遇事很想得开的人，平时的口头禅就是："做人哪，最重要的就是开心。"[2]

如果你来到他隐居的王官谷，看见这位老人，一定会惊讶于他的平易近人、潇洒旷达。他的打扮很简朴，"布衣鸠杖"，每当村里有什么集体活动，比如求雨、祭祀、评选先进之类，他一定参加，和不识字的老农坐在一起，乐呵呵地吃饭喝酒聊天，活像是住在霍比特人村落里的甘道夫。[3]

对名，对利，他也都是能看得破的。他三十三岁就中了进士，先后做过光禄寺主簿、知制诰、中书舍人，后来还升到"大中大夫尚书兵部侍郎，赐紫金鱼袋"。[4] 但他并不贪权恋栈，在唐末的大乱世中选择了安心隐居。有的地方实力派拉他去做官，还给了他绢千匹，他居然把这些绢堆到市集上，让大家免费去取，玩了一把行为艺术。

他晚年的诗也写得很豁达，很少张口闭口谈什么忠君爱国、礼义廉耻的大道理。七十岁的时候，他乐呵呵地说："今朝人日逢人喜，不料偷生作老人。"觉得自己活了那么大，赚到了。他还说："甘心七十且酣歌，自算平生幸已多。"为自己的寿数心满意足。

一个心态多么好、多么自得其乐的老人啊。

那么，他遇事容易激动吗？常在诗里抒发愤懑之情吗？并不。相反地，他说："诗中有虑犹须戒，莫向诗中著不平。"——有什么不爽、生气的事，不要弄到诗里面来。

就算偶尔在诗里说起一些伤感的话题，他也会提醒自己：别找不开心，还是聊点儿让人高兴的事吧。

> 莫话伤心事，投春满鬓霜。
> 殷勤共尊酒，今岁只残阳。

这不活活是一个王绩吗？人家王绩可是并没有一点为隋朝绝食

而死的意思啊。

此外，司空图不但是一个豁达的人，而且还是个聪明的人，很谙熟官场手腕和变通之道，懂得自保，完全不是个只会死战死谏的一根筋。

那个一手埋葬了唐朝的朱温就曾经两次让他去做官。就在唐朝灭亡前两年，司空图就被他半请半抓地弄到了洛阳，被逼着出仕。

司空图不愿出仕，又不能得罪朱温，怎么办呢？他的表现非常精彩，在朝堂上演了一场无厘头的喜剧，所谓"堕笏失仪"，笏板都抓不住掉在地上，还磨牙抠脚，打嗝放屁，各种失礼，全力表现得自己又老又蠢，完全不中用。[5] 朱温的部下看他实在寒碜，不耐烦了，打发他回了老家。[6]

这种表演，一是为了不当贼臣，保全名节，二来大概也是为了自保。

要知道，唐末的朝官是很不好当的，十有八九难以善终。我们看一下下图唐末宰相们的结局表就知道了：

姓名	结局	姓名	结局	姓名	结局
韦昭度	被杀	卢光启	被杀	孔纬	得以保全
张濬	被杀	陆扆	被杀	刘崇望	得以保全
崔昭纬	被杀	朱朴	被杀	张文蔚	得以保全
崔胤	被杀	崔远	被杀	杨涉	得以保全
李磎	被杀	裴贽	被杀	孙偓	被贬
王搏	被杀	王溥	被杀	徐彦若	被贬
张浚	被杀	裴枢	被杀	韦贻范	被贬
苏检	被杀	崔远	被杀	郑延昌	以病罢
杜让能	被杀	柳璨	被杀	陆希声	被罢
王抟	被杀	独孤损	被杀	郑繁	托病致仕

＊表中崔远被杀两次，应为误。

《唐昭宗与唐哀帝时宰相结局列表》

出自：杨春蓉《论唐朝末期的宰相群体》（《西南民族大学学报》）

对这种高危的职业，司空图能用一场表演摆脱，简直应该拿奥斯卡奖啊。

于是问题就来了：像这样一个见过无数世面，头脑清楚，又旷达潇洒的隐士，怎么会想不开主动求死呢？

三

放眼晚唐诗坛，比他更有可能壮烈、为唐朝殉身的人还有不少。

比如罗隐，在唐昭宗死后，曾经积极劝谏吴越王发兵报仇。又比如韦庄，唐亡时他在蜀国做事，曾经专门作书反对朱温。还比如韩偓，是写艳情诗的大家，他的一些诗尺度大得今天人看了都要脸红。但作为唐末大臣，韩偓却是少有的敢当面忤逆朱温的人。后来朱温召他做官，他坚决不干，一路逃到江西、福建。

这几个诗人，都是唐末比较有气节的。可是他们都不曾自尽，并没有绑着自己和唐朝这艘破船一起沉没。偏偏是一向最豁达的司空图死了，没有迈过心里的那道坎。我很好奇：在决定离开这人世之前，他到底是怎么想的呢？

由于没有任何遗言和遗书，我们已经无法准确知道他的心境，只能猜想。

也许，在隐居的岁月里，他心中曾无数次地告诉自己：算了吧，王朝的兴亡关我什么事呢，好好当隐士吧。做人呢，最重要的是开心。

一遍又一遍地，他写着闲适的诗句，"将取一壶闲日月，长歌深入武陵溪","不用名山访真诀，退休便是养生方"，似乎是一种表态，更似乎是一种自我暗示，让自己更加坚定地置身世外。

为了让自己真的成为一个成色十足的逍遥子，他还兴致勃勃地修起了藏书阁，取名叫作"麒麟阁"，藏书多达七千余卷。他还用心装修了自己的房子，"泉石林亭，颇称幽栖之趣"，决心安享晚年。

他又给自己取了个外号，叫作"耐辱居士"，并且给自己定下了人生格言：

> 众人皆察察，而我独昏昏。
> 取训于老氏，大辩欲讷言。

"老氏"就是老子。吟诵完这首诗，司空图摸着雪白的胡子，终于感到满足了——我真的可以做一个万事不关心的隐士啦。我有书，有诗，有酒，有房子，我真的很开心。

然而，当大唐王朝真的覆灭的那一天到来，当小皇帝哀宗也被朱温杀掉的消息传来，司空图的精神世界轰然崩塌了。

悲痛，还是悲痛。之前信誓旦旦的那些诗"将取一壶闲日月""甘心七十且醻歌"，他根本做不到。

诗人活了七十多岁，大概直到最后一刻才弄懂了自己——原来，我根本就不是一个隐士；我从来就没有说服过自己；我学不了释家，也学不了老庄；我其实不是一个想得开的人。

这大概是他绝食之前的真实心态。

前文曾经说过，司空图不是一个冥顽、愚忠的人，也绝不是不知变通的人。他是懂得韬晦的，是懂得明哲保身的。他晚年儒释道三家皆通，并不是只推崇儒家、立志要做忠臣烈士。

一个人，如果他只被灌输了一种思想，只知道一种人生选择，只被教授了一个价值取向，然后他为此牺牲，相对是容易的。更难的是，他明明知道生命之舟有许多航道，未必都不光明，未必都可鄙视，他明明知道人可以灵活一点，做忠臣也有很多方式，未必要搭上老命。你看韩偓选择了避祸到南方去，不也完全可以说得过去吗，不也可以自况是"羲皇白接䍦"[7] 吗？

可是司空图仍然选择了用结束生命，表示和朱温的不合作。

这就是人最可宝贵的——了解之后的拒绝，渊博之后的专注，选择之后的坚持。

别忘了，司空图是一个美学家。他的死，与其说是道义上的选择，我更宁愿相信他是美学上的选择。因为朱温等人支配的那个世界太恶、太残暴、太不美了，作为一个对"美"有洁癖的人，他受不了，他无法与之同存于世。

我曾经想过很多遍，要用哪一位诗人的故事来结束唐诗的故事。才气四射的罗隐？风流的韩偓？精致深情的韦庄？甚至是诡谲脱俗的段成式、更有八卦可聊的花蕊夫人？

但最后还是决定用司空图来结尾。唐诗是美的高峰，当它将近三百年的历程走完时，能得而有这样一位诗人、美学家作为收束，也算是一种圆满。

司空图留下来了两百多首诗。我想找出一首来形容他本人，却发现很少有贴切的。在那些诗里，他往往把自己描写成一个陶渊明式的隐士，然而我们知道，那不能完全体现他最真实的一面。

幸运的是，司空图有一部诗歌理论著作，叫作《二十四诗品》，[8]

其中谈论了诗的二十四种风格。在形容其中的一品时，他写下了一段
美丽的文字，我觉得恰恰可以用来形容他自己：

犹矿出金，如铅出银。

超心炼冶，绝爱缁磷。

空潭泻春，古镜照神。

体素储洁，乘月返真。

载瞻星辰，载歌幽人。

流水今日，明月前身。

注释

[1] 绝食是《新唐书》的说法。《旧唐书》里说司空图是郁郁而终，并没有提他绝食。

[2] 司空图有很多这样的诗："甘心七十且酣歌，自算平生幸已多。不似香山白居士，晚将心事著禅魔。""诗中有虑犹须戒，莫向诗中著不平。"

[3]《旧唐书·司空图传》："图布衣鸠杖，出则以女家人鸾台自随。岁时村雩祠祷，鼓舞会集，图必造之，与野老同席，曾无傲色。"

[4] 见王步高、苏倩倩《司空图晚年行迹考》。

[5]《旧唐书·司空图传》："图……至洛阳，谒见之日，堕笏失仪，旨趣极野。"

[6] 司空图是被朱温的宰相柳璨放回的。《旧唐书·司空图传》："璨知不可屈，诏曰：'司空图……可放还山 。'"有一种说法就认为，柳璨是在暗中帮助司空图。

[7] 韩偓避祸到南方，被人攻击他不够忠贞。他就写了一首诗，里面有两句叫"不羞莽卓黄金印，却笑羲皇白接䍦"。

[8] 也有说法称《二十四诗品》是伪作。

唐诗，就是一场太阳和月亮的战争

一

讲完了司空图，唐诗的故事，也就到了尾声。

我们已经不知不觉，走过了接近三百年的历程，该是回望一下的时候了。

唐诗，究竟是一个什么样的故事呢？

让我们把光阴倒转，重新回到初唐的公元 669 年，那一年的深秋。唐诗的江湖版图上，在偏僻的巴蜀这一角，忽然异常地亮了一下。

在那里，有一个十九岁的年轻人，写出了一首超美的送别诗。

他就是王勃。这天夜晚，他和一名朋友道别。在烟水迷蒙的江边，他望着友人的背影，仰看空中的冷月，不禁感慨万千。刹那间，滔滔友情化为四句，奔涌而出：

乱烟笼碧砌，飞月向南端。

寂寂离亭掩，江山此夜寒。

我觉得，这是唐朝开国半个世纪以来，诞生的最美的送别诗。

在后世，任凭是多么毒舌的批评家，从黄叔灿到王国维，都对这一句"江山此夜寒"击节赞叹。

王勃是很狂傲的。或许他想过：我这一首《江亭夜月送别》，大概要称霸江湖，再难有什么送别诗可以媲美了吧？

数十年后，另一个诗人站了出来。他是我们的老熟人高适。

他也送别了一个朋友。和王勃不同，他不是在月下，而是在白天；他不是怅惘的、小资的，而是心情更开阔，更慷慨激昂。一首传唱更广的送别诗诞生了，那就是《别董大》：

千里黄云白日曛，北风吹雁雪纷纷。
莫愁前路无知己，天下谁人不识君。

这一役，"白日"似乎压过"飞月"了。

然而事情远没有结束，又一个诗人出手了，他叫作李白。众所周知，李白是月亮的朋友。他要用才华为月亮"带盐"：

杨花落尽子规啼，闻道龙标过五溪。
我寄愁心与明月，随风直到夜郎西。

高适，你的"黄云白日曛"是很豪迈，但是有我的"愁心寄明月"飘逸吗？

李白可是诗歌江湖上巨人般的存在。他这一出手，是不是可以宣布此战结束了？

不是的。这可是唐朝，再小的角色，都有挑战宗师的可能。果然，一个小诗人弱弱地举起了手：

"让我来试试！"

他叫作严维。在唐代群星璀璨的诗人里，他是一个不很起眼的存在，但他却有一个长项，正是送别诗。眼下，他要为太阳写诗，所交出的作品就是著名的《丹阳送韦参军》：

> 丹阳郭里送行舟，一别心知两地秋。
> 日晚江南望江北，寒鸦飞尽水悠悠。

无数人读到它，都不禁赞叹：感情多么深挚，余韵多么悠长，双关又是多么巧妙。

因为这首诗，后世很多学者纷纷对严维路转粉。明朝著名的才子高棅说："'日晚'二句，多少相思！"

光阴飞逝，李白离去了，高适离去了，江湖上高手已经更迭几代。还有没有人能写出更美的送别诗，为月亮扳回一局呢？有的。

一位风姿绰约的女子站了出来，妩媚一笑：我来吧。我要代表月亮消灭你们。

她叫作薛涛。这是一个传奇女性，虽然是营妓出身，但要论才华和成就，在唐代所有女诗人中都是第一。上官婉儿、鱼玄机，都不是她的对手。

薛涛的这一首送别诗，就是《送友人》：

> 水国蒹葭夜有霜，月寒山色共苍苍。
> 谁言千里自今夕，离梦杳如关塞长。

我们已经无法确定，薛美女送的这个"友人"究竟是谁了。是

风流潇洒的元稹，还是白居易、王建？又或者是位高权重的西南之
王韦皋、武元衡？

不管他是谁，能够得到薛涛的"离梦"，他应该满足了。

二

太阳和月亮之战，还在唐诗的各个战场上演。

李白给自己定了一个小目标——先拿到唐诗七言绝句的第一名：

朝辞白帝彩云间，千里江陵一日还。
两岸猿声啼不住，轻舟已过万重山。

他是不按套路出牌的。我说过，他是月亮的朋友，但这一次却
奇兵突出，为白日代言，眼看真要拿七绝第一了。

但另一位绝句大师王昌龄却不答应。有我王龙标在，谁敢轻言
说七绝第一呢？他纵马扬鞭，吟出了关于月亮的杰作：

秦时明月汉时关，万里长征人未还。
但使龙城飞将在，不教胡马度阴山。

后世很多学者评论说，这一首才是唐代七言绝句的压卷之作，
该当第一。

那么，哪一首又是最美的边塞诗呢？高适写出了壮美的《燕歌
行》，那是关于太阳的：

战士军前半死生，美人帐下犹歌舞。

大漠穷秋塞草腓，孤城落日斗兵稀。

不想，隔壁老王又出手了。作为边塞诗狂人，王昌龄拒绝向"孤城落日"妥协，又一次交出了关于月亮的名篇：

琵琶起舞换新声，总是关山旧别情。

撩乱边愁听不尽，高高秋月照长城。

一时间，罕有人敢挑战王昌龄的边塞诗。文坛之上，老王傲视群雄，四下无人敢当。

然而，到了中唐，一位少年侠客却斜刺里杀出。他叫作李贺。

仗着一身鬼才，他写出了名篇《雁门太守行》，重新点燃了太阳的光辉：

黑云压城城欲摧，甲光向日金鳞开。

角声满天秋色里，塞上燕脂凝夜紫。

………………

这首诗，一度震动了大唐的诗坛。据说当时的文坛领袖韩愈读完，本来是宽衣解带的北京瘫姿势，一下惊讶得跳起来，裤子都掉在脚脖子上。

但即便是李贺，也无法终结边塞诗的日月之战。

这一天夜里，在遥远的灵州边关，有一位诗人，孤独地登上了一座城池。

他满脸风霜之色，看来在边关已经漂泊很久了。靠在城垛上望去，遍地都是白沙，像是无边积雪。冷冷的月光洒下来，如同满天飞霜。

一阵清幽的笛声随风而至，在城上飘荡。诗人触景生情，写下了一首诗：

> 回乐峰前沙似雪，受降城外月如霜。
> 不知何处吹芦管，一夜征人尽望乡。

这位诗人叫作李益。他的这一首诗，就是千古名作《夜上受降城闻笛》。

这首诗被谱成曲子，天下传唱。明代的文坛领袖王世贞读了之后，当场给跪了，说：有这样的诗，何必王龙标、李供奉？

"王龙标"就是王昌龄，"李供奉"就是李白。在唐朝，只有难以逾越的杰作，从来没有不可挑战的诗人。

三

一场又一场日与月的战斗，仍然在不断爆发，让人眼花缭乱。

比如哪一首是最好的五言律诗？一位叫王湾的高手先声夺人，抛出了关于太阳的金句：

> 海日生残夜，江春入旧年。

同时代的大师张九龄，则以一首关于月亮的神作捍卫了自己的江湖地位：

海上生明月，天涯共此时。

接着，王维出手了，歌咏的是太阳：

大漠孤烟直，长河落日圆。

大师杜甫淡淡一笑，又写出了《旅夜书怀》：

星垂平野阔，月涌大江流。

他们从五律杀到五绝，从初唐杀到晚唐。有"蓝田日暖"，就有"月落乌啼"；有"落日照大旗"，就有"月下飞天镜"；有"白日放歌须纵酒"，就有"夜吟应觉月光寒"；有"东边日出西边雨"，就有"露似真珠月似弓"。

终于，厮杀进行到了最激烈的阶段。一顶万众瞩目的金冠被捧了出来：谁，是唐诗的第一名？

它一直被不少人认为是属于太阳的，正是崔颢的《黄鹤楼》："日暮乡关何处是，烟波江上使人愁。"

相传李白看到了这一首诗，都觉得服气，说自己没法再写黄鹤楼了。这首诗也经常被列为唐诗第一——连李白都为它低头，谁还敢质疑呢？

然而这一年，后世有一个大学者叫作李攀龙的，在做一本诗集。

他随手翻读着一卷又一卷材料，忽然，在一些前人编的诗歌选本里，他发现了一首诗。

这首诗，很冷门，向来不太被人重视。只因为它是一首乐府诗，这才幸运地被一些乐府诗的集子保留了，传了下来，否则说不定都已经失传了。

李攀龙激动得一拍桌子："这样牛的一首诗，居然没有人注意它？"

他读了又读，郑重地把它选了出来：我要推这首诗！

有了大才子的力推，从此一传十、十传百，人们开始争相传诵着它，这首诗的江湖地位也青云直上，从当初的默默无闻，变得蜚声天下：

春江潮水连海平，海上明月共潮生。

它就是被埋没了数百年的《春江花月夜》。

它华丽又空灵，深沉又壮美。学者称它为"孤篇横绝"，这一句评语后来被通俗地演绎成了另一句话：孤篇压全唐。

看来，日月之争彻底胜负已分了？

不是的。"孤篇横绝"，是一座耀眼的金杯。但是金杯银杯，不如老百姓的口碑。

五万篇唐诗中，究竟哪一首，才是全世界华人的共同记忆，不论生长环境、教育程度、宗教信仰，都无人不知、无人不晓的千古一诗？

让我们的目光来到盛唐。我们的老朋友王之涣，正昂然立在鹳雀楼头，高高举起了权杖：

> 白日依山尽，黄河入海流。
> 欲穷千里目，更上一层楼。

我们之前介绍过这首诗。这二十个字，之洗练，之壮阔，之雄视千古，仿佛不是出自人的手，而是出自神的剪裁。它是唐诗里的最强音，是盛唐气象最完美的代言。

如果没有下一首诗，"白日依山尽"要夺魁的。我们每个小孩子背的第一首诗，都会是它。

然而，在这最最关键的一战里，李白出手了。他是带着一身月色而来的：

> 床前明月光，疑是地上霜。
> 举头望明月，低头思故乡。

论境界、论匠心、论巧夺天工，"白日依山尽"都不输给"床前明月光"。它是输给了人心——前者是宏伟的豪言，后者却是心灵上柔软的一击。日间的浩荡气象，再写到极处，也终究没有月下的相思打动人。

这两首诗，其实也正是中国人矛盾的两面。在白天，裹挟在大时代的征尘里，为了生存和理想奔走，勉励自己"欲穷千里目，更上一层楼"；在夜晚，则又每每想起了乡土、故人，"举头望明月，低头思故乡"，潸然泪下。

太阳和月亮，对于中国人来说，早已不只是遥远的天体，它们早已镌上了李白、杜甫、张九龄、薛涛们的悲忧喜乐，并时时提醒着我们，在千百年前的某一日、某一夜，那些才华横溢又敏感多情的先人们看着它们的时候，是怎样的心情。

众人说磊磊

六神磊磊是我很关注的写作者。这本著作寓庄于谐，举重若轻，堪称一部鲜活的唐诗小史。

——张帆　北大历史系教授

六神磊磊是个有趣的人，他读金庸，读唐诗，都别有天地，自成一家。

——蒙曼　学者

唐诗比他熟的，远没他文采好；比他文采好的，唐诗远没他熟。这是我平生所见有关唐诗可读性最强、见解最精辟的书。读完这本书，你对唐代那个诗歌的锦绣之世，将会有不亚于专业程度的了解。

——史杰鹏　历史小说家

认识六神磊磊是因为做节目，然后就关注了他的公众号。这是个技术加力气活，常常这一分钟刚收藏，下一分钟就没了。虽然麻烦，却莫名觉得他酷酷的。只是，老忘记他是我广院的师弟，感觉他更像北大的。这样说没有贬低或抬高，只是，气质是个难以言表的东西，文艺范，艺术范，文学范，文化范，各不相同。

一直羡慕写字的人。一个人，一支笔，不用抛头露面，不用和周围你来我往，安全，逍遥，孤独。只是，想想他每天下午两点带着手机电脑和茶在咖啡馆写作，我都替他焦虑。在节目中他曾气定神闲地对我说，一个写字的人，随时要做好被忘记的准备。我们都会被忘记，在那一天到来之前，还是要努力被记住。这也是文字的意义。

——鲁豫　主持人

　　都说唐诗是通向中国文化的一扇门，直到遇到六神磊磊这个把门人。他逆转了这扇门的方向。从此，唐诗不仅通向古远，还通向当下。在这本书里，你对诗人不会再仰望，而是相逢。

——罗振宇　罗辑思维创始人

　　"六神磊磊读金庸"是一个影响力非常大的公号，说它是移动互联网时代内容原创一个很难超越的标杆亦不为过。六神磊磊以金庸武侠小说这个大 IP 为基本盘，用笔如剑，纵横千古，落在当下，谈世道人心，说兴亡成败，让读者大呼过瘾。

　　以金庸武侠这个酒杯浇自己块垒的写手，不知凡几，为什么六神能一骑绝尘？我以为关键在于他对中国古诗词特别是唐诗烂熟在胸，更难得的是他既能以现代人的视野来读唐诗，又能以"了解之同情"的态度去体察古代诗人的情感与胸怀。如此读唐诗既没有古今之隔，又不流于戏说的油滑。六神磊磊读唐诗，颇有"今人不见古时月，今月曾经照古人"的意趣。了解六神磊磊如何读唐诗，才能明白他解读金庸武侠令众人如醉如痴的功夫从何而来。

——十年砍柴　作家

图书在版编目（CIP）数据

六神磊磊读唐诗／王晓磊著．－－ 2 版．－－ 北京：
北京十月文艺出版社，2022.10（2025.10 重印）
ISBN 978-7-5302-2253-9

Ⅰ. ①六… Ⅱ. ①王… Ⅲ. ①散文集－中国－当代②
杂文集－中国－当代 Ⅳ. ① I267

中国版本图书馆 CIP 数据核字（2022）第 146565 号

六神磊磊读唐诗
LIUSHENLEILEI DU TANGSHI
王晓磊 著

出　　版　北 京 出 版 集 团
　　　　　北京十月文艺出版社
地　　址　北京北三环中路 6 号
邮　　编　100120
网　　址　www.bph.com.cn
发　　行　新经典发行有限公司
　　　　　电话 (010)68423599
经　　销　新华书店
印　　刷　山东京沪印刷科技有限公司
版　　次　2022 年 10 月第 2 版
印　　次　2025 年 10 月第 11 次印刷
开　　本　850 毫米 ×1168 毫米　1/32
印　　张　12.25
字　　数　200 千字
书　　号　ISBN 978-7-5302-2253-9
定　　价　59.00 元
质量监督电话　010-58572393
如有印装质量问题，由本社负责调换。